MINGUO TONGSU XIAOSHUO
DIANCANG WENKU

劫泪缘

民国通俗小说典藏文库·冯玉奇卷

冯玉奇 ◎ 著

中国文史出版社

目　　录

第一回　遭水灾穷途悲落魄

　　　　投至戚姑父欺孤儿 ………… 1

第二回　怜我怜卿情深若海

　　　　赠帕赠金义重于山 ………… 11

第三回　迫饥寒投考遭骗

　　　　浇块垒借酒看花 ………… 26

第四回　充园丁暂执贱役

　　　　呼大哥且做西宾 ………… 42

第五回　侠义客拯姝出泥污

　　　　风雨夕游子病缠绵 ………… 57

第六回　体贴入微三姨情重

　　　　压迫到死孽子恨长 ………… 72

第七回　效鹣奔惊生意外艳

　　　　畏多露节全个中人 ………… 86

第八回　疑外疑寻珠逅秋柳

　　　　巧中巧拾笔识芳蓉 ………… 98

第九回　坐对名花听雅谑

　　　　携将西子泛轻舟 ………… 110

第十回　趁良宵雪中逢旧雨

　　　　晤高足灯下探真情 ………… 126

1

第十一回 一室生春围炉把酒

三径就荒对影招魂 ················ 138

第十二回 为陆郎抛家出走

感双美着语温存 ················ 148

第十三回 海客言旋承色笑

湖滨小驻乐优游 ················ 159

第十四回 温而柔并肩话绮语

酸又苦携手试芳心 ················ 170

第十五回 祝寿星笙歌并作

见绿珠啼笑皆非 ················ 183

第十六回 有心人果然成眷属

多情女毕竟践前盟 ················ 196

第十七回 左右为难情敌当面

始终如一割爱明心 ················ 209

第十八回 割断情根用心良苦

传来蜜柬感德莫忘 ················ 222

附　录 从鸳鸯蝴蝶派谈到冯玉奇小说 ·········· 裴效维 237

第一回

遭水灾穷途悲落魄
投至戚姑父欺孤儿

　　太阳像喝醉了酒，涨红着脸儿，在西山下慢慢地沉沦，剩下的一片余光，反映在淡蓝的天空里，呈现出片片的红霞，似金波高涌，似彩云回绕，五光十色，刻刻变化无定，一会儿像天女散花，红紫的花朵，纷纷地飘飞，一会儿又像五彩画像，丹枫婆娑，山峦起伏，蔚为奇观。几只海鸥掠着水面，上下飞翔，那白羽衬着晚霞，更觉美丽。远望长江一碧无际，只觉得天连水，水接天，此景此情，真是"落霞与孤鹜齐飞，秋水共长天一色"了。那时候，茫茫的长江上，漂浮着一只商船，舱顶上满站着人，大家都在眺望黄昏时江面的美景。在船尾铁栏杆旁倚着一个少年，独个儿抬着头，望了天空，默默地出神，仿佛水流心不竞，云在意俱迟。时间一刻一刻地过去，夕阳整个地去睡了，天空的彩霞也慢慢地消逝了，四周罩了一层薄薄的烟雾。舱顶上的人们，知道夜色已整个降临了大地，大家都回到舱里去，只有在船尾的那个少年却仍是呆呆地站着。四周寂静了许多，没有谈话声，也没有嬉笑声，只有一阵阵的秋风，发出萧萧的秋意，使四周的景色，更增加了不少的凄凉。那少年也觉得黄昏的好景，也就这样地幻灭得无影无踪。李义山所谓"夕阳无限好，只是近黄昏"真令人感慨系之。因此更想起了人生在世，何尝不是像浮云一般，夕阳一霎，刻刻地变换。即以我个人而论，自己过去的生

1

活是多么酣蜜，想到眼前要飘离异乡，又是多么凄楚。茫茫的大地，何处让我安身呢？未来的生命，不也是和浮云一样飘摇无定吗？他想到这里，忍不住长长地叹了一声。

天空由灰白色变成紫蓝色了，无数的小星闪烁着出来，但见银河在天，万籁寂然，耳际唯闻水声澎湃，好像万马奔腾，又如千军呐喊。四周是更黑暗了，他低下了头，望着微弱的灯光下，船尾的叶子板不停地盘旋，打得水花飞溅，发出了嗒喋的音调。虽没有成韵，倒还合着节拍。因此他又坠入了一种幻想，要是自己能跳了下去，那一定被它打成一片片葬身在鱼腹之内。他觉得这样子，确乎是一件痛快的事，丢了一切的烦恼，得了人生的归宿。他握着铁栏杆，望着黑漆的水面，那水也如乎和他在点头。他在这时候，又若失去魂魄一般，心如麻乱，忽觉有人在他背上一拍，接着大声叫道："喂，陆青超，你一个人还老是站着干吗？累得我好找。"青超这才恢复了他原有知觉，回过头来一见，原来是他的同伴范白化。因对他望了一眼道："你找我干什么？"白化听了一呆道："现在什么时候了，找你还有什么事？快下去吃饭啦。"白化说着也不等他的同意，拉了就跑。

进了舱里，就觉得一阵热气，怪难闻的。白化拖着青超在舱内圆窗边一只铺上坐下。青超瞧着凳上放着两碗黄米饭、一碟子咸菜，和一碟子豆腐干，因望了白化一下。白化却笑着端起饭碗来，用筷子一指青超道："怎么不吃啦？"青超这才端起碗来，划了一口，用筷子去夹咸菜，还未放进嘴里，就觉一阵又酸又臭的气味直冲鼻内，叫他实在难以下咽，便把一筷子的咸菜仍放在碟子内，轻轻地叹了一声，呆呆地端着饭碗不动了。白化见他这个样子，摇了一下头道："青超，你有三天不曾好好儿吃饭了，身子要紧哩。现在逃性命的当儿，只好马虎一些，好在明天一早可到上海了，就熬了这一晚吧。"青超把饭碗放在凳上摇头道："我委实不想吃，你独个儿吃吧。"白化向他望了一望道："那么向茶

2

房另买一只菜吧。"白化说着伸手到青布的夹长衫袋里，如乎要去摸钱。青超忙拉着他的衣袖子道："大哥，你别费心了，我真的不想吃。"白化道："饿坏了身子可不是玩儿的。"青超如乎不耐烦般地躺了下来道："哪里就会饿坏了身子？你自己吃吧。"白化听他这样说，也就不再开口了。青超望着小小的一间舱内，倒要住着三四十个人。横一只铺，又直一只铺，好像沙场上的尸体，东西南北地歪着。声音又嘈杂起来，有老年人的咳嗽声，有小孩子的啼哭声，还有拉琴叫唱……

在几盏暗淡的电灯光下，流动着烟雾。空气又龌龊又湿闷，他觉得眼前一切是这样秽浊的，因转了一个身，静悄悄地脸朝着内，斜躺着。白化吃完了饭，茶房拧上面巾，把碗筷菜碟都收拾了去。白化呆呆地瞧了一会儿青超，推他一下道："你有没有不舒服？"青超懒洋洋地答道："没有什么。你别担心啦。"白化叹了一口气道："你也别整天愁眉苦脸了。这次故乡的水灾（汉口于民国廿三年旧历七月初，江水曾涨至一丈余，全市人民遭灾者不知其数），我与你能活在今天，完全是虎口余生，也算不幸中之大幸啦。陆太爷和老太被水淹死了，这是人力不能挽救的，你能逃出了这条性命，这还算是陆太爷为人慈善的报答呢。你想着过去的事，固然伤心，不过你瞧瞧我，不是一家也都淹死了吗？你还只二十岁的小伙子，又是大学里出来的，到了上海不怕找不到一个职业，就是我将近三十岁的人，也还想活命呢。你别以为这样子算苦了，要知道再苦些也得忍耐下去。所以一个年轻的人，终要吃些苦，把身子锻炼一下，将来才有用呢。"他说到这里，如乎又在感叹了。青超听了，更觉沉闷，听到后来，一团愤愤不平之气，更觉无限伤心，一时又转念一想，觉得他的话亦是有理。想白化在我爸的店内做了五年的账房，他的性情我也知道，他向来是直爽的，无论谁有了错处，他都不管人家恼怒，非向人家直说不可。平日空的时候，和他谈谈，倒也感到很有些兴趣，所以俩人感情很好。这次的水灾，真巧得很，偏又和他一同逃出，一路上倒也亏他照顾的。青超想到这里，心里又觉得万分地感激。忽听白化又接下去道："明天早晨，到了上海，我先送你到静安寺路愚园路苏公馆后，我就要动身到南京去……"

白化说到这里，突见青超从铺上坐了起来，握住了白化的手道："大哥，咱们同在死里逃生，你难道不能在上海找些事做吗？为什么这样匆匆地又要别开哩？"白化倒没防着他突然地坐起来，不免一怔，听了他这样说，因笑了一笑道："我所以要到南京去也有个原因，一则南京我有一个朋友，他在党部里办事，或许能有个机会；二则上海人地生疏，比不得你有姑母家去安身。"青超听了忙抢着道："大哥，这是哪里话？我父亲在日，帮助姑父的地方很多，难道凭着我的脸，连大哥暂住几天都会不允许了吗？"白化淡淡地笑了一下道："老弟的话固然不错，不过现在的人心比不得从前，有钱人最恨的就是穷人。季子所谓'贫贱则父母不子，富贵则亲戚畏惧'，这两句话，我以为还要掉过来，应该说富贵则父母不子，贫穷则亲戚畏惧才对哩。像你老太爷这样能救济别人的患难，现在世界上能找得出几个呢？这次你这个模样儿去，恐怕就另有一副脸儿了……"白化说到这里，忙又咽住了，握了青超的手，摇了一下转口道，"总之，咱们暂时相别是没甚关系的，咱们日后见面的日子可多着啦。到了南京之后，有了安身的地方，就会写信给你的。"青超微微地叹了一口气道："我真想不到会弄得这样狼狈。"白化道："你别傻了，这也并不是我们两人如此，你瞧全舱这许多人，哪个不像我们一样，要去亡命他乡呢？"青超也没有什么回答，回转头来向小圆窗外望了一眼，水面上漆黑的，只有星光点点，如伴着旅人的寂寞，便仍又懒洋洋地躺了下来。这时舱内的声音是比较静得多了，人们都

4

入睡乡了，只有不多几个人，虽然是躺在铺子上，眼睛却睁得大大的，望着头顶上白漆漆的铁板。

第二天早晨，小贩的一阵叫卖声把青超从梦中惊醒，忙一个翻身起来，揉了一下眼睛，见白化已经洗好脸，因忙笑道："你已起来了。"白化点头道："船已碰码头了。"青超两手一伸，如乎还不曾睡醒，又打了一个呵欠道："这样早已经到了吗？"白化笑道："自然到了，你瞧哪里来这许多小贩呢。"说着叫茶房来倒了面水，让青超洗脸漱口。白化又买了几块蛋糕，俩人充了饥。好在没有行李，也不必忙了一阵。给茶房酒资后，与青超下了码头。

天尚灰色，如乎还在下着霏霏细雨，晨风吹在脸上，是已感到了秋意。青超十岁的时候曾到过上海，那年是跟着父亲出来的，记得在姑父家里住了三个月，韶光易过，一忽儿已是十年。这时抬头望着外滩的建筑物，又添了不少。回想自己的学业，毫无进展，而命途又这样地多乖，岁月依然，湖海浮沉，剩有一身。正在想着，白化道："三年前为了营业上的事，到上海来住过几天，这里是十六铺，过去是爱多亚路，再下去便是英租界了。""这些我倒还记得的，"青超道，"十年前，我姑父是住在虹口的。"这时白化已叫到两辆人力车，青超在车内瞧着一路上高大的商店，似丽华、永安、先施等都巍巍然矗立天空。汽车来去不绝，往来女子奇装异服，目不暇接，有的穿着裸脚的皮鞋，旗袍的叉子开到大腿上，觉得上海号称第二巴黎的，真名不虚传，与十年前的情景大不相同了。

车子到了静安寺路愚园路苏公馆的门前，停了下来。这时候细雨已停止，而还开起淡淡的秋阳来。白化握着青超的手笑道："老弟，恕我不送了。"青超听了忙连连道："大哥，你干什么这般急？你既然是不愿意在这儿耽搁，那么进去坐一会儿也不妨事

5

呀。"白化道："并不是这样说，我想趁十点班的车到南京，坐了以后，时候恐怕是来不及。"青超凄然道："那么我该送大哥一阵才是。"白化笑了笑道："你别客气了，咱们后会有期，前途保重吧。"青超紧紧地握着他手摇撼了一阵，仍是依依不舍。白化放脱了手向他一挥道："进去吧，咱们终有相见的日子。"青超呆呆地站着，望着他长大的身影渐渐消逝了，才回身向苏公馆的大门前走去。抬头见两扇乌漆大铁门紧紧地闭着，只有旁边一扇小门，里面坐着一个穿制服的管门人。青超想姑父现在可更富裕了，十年前我记得不还只有住着三楼三底的租屋吗？青超忽又想起，哦，是了，五年前，自己尚在中学里求学，听说姑父不知怎样，得罪了一个社会闻人，便要捉他，姑父来求我父亲，不是父亲请了人替他解了围？后来他在交易所买公债，便发了财，所以现在住这样大的公馆了。青超想着，便走了上去，向管门的人道："请问苏成芳先生可有在家？请你通报一声，有个亲戚陆青超求见。"那个管门人好似没有听见，头也不回一回，只管自己抽着烟。

青超虽然是因水灾来投亲戚的，不过他不是什么土老儿，会向那个门房说好话，恳求他去通报。青超在武汉大学求学时，什么人都瞧见过，凭着父亲只养了他一个，平日挥金如土，无论什么地方，哪个下人们不称呼一声"少爷"奉承他？今天见那管门人如此无礼，怎不恼怒？不禁喝道："喂，你耳朵可有聋了没有？"那个管门人这才回过头来，把手中的烟尾向地上一掷，对青超上下打量了好一会儿，见他穿着一件灰哗叽的长衫并里面的纺绸衬衫，均已污秽不堪，一条维也纳的裤子也已有几个小破洞，脚下一双皮鞋已给水浸成不像样子，这便冷笑了一声道："我倒没有聋了耳朵，你可真是瞎了眼珠不成？直呼老爷的名字，你可吃了老虎胆吗？敢在这儿放肆！"青超听了这几句话，真把脸儿都气得白了。他自落娘胎，从未经人这般骂过，这就恨得咬紧了牙齿，伸手就是一掌打去。那个管门人因为平日来拜望老爷的人，终是坐着汽车来的，尚且不敢直呼老爷名字，今见他衣衫如此褴褛，已是憎厌，又见他这般倔强，更是瞧不入眼，以为给自己一吓，他定会软化，而且还要哀求，也可以给他知道这里的威势。不料事出意外，今天遇到了辣手，一则他也没有防到，二则，青超在校里，是加入国术团的，所以这一下打去，其力不小，把那管门人，从凳上跌倒在地下，爬也爬不起来。这时青超才气出一句话来道："大胆走狗，今天不给你一些教训，日后更要仗势欺人了。"那管门人在地上挣扎了好一会儿才爬了起来，右颊上已深深地印上了五个手指痕。他仍似狼似虎地跑上来，拖住了青超的衣袖子。正想吹警笛的时候，忽听汽车喇叭呜的一声，只见一辆天蓝色的汽车已驶到了门前。

车中人因为见门房里没有人来开门，因探出头来娇声呼道："苏大，又在和人吵闹了。"青超一听，原来是个女子声音。苏大听了，便忙连声道："小姐，不知哪里来的野小子，竟敢持蛮地欺侮我，还呼老爷的名字。你瞧我的脸，不是已被他打得统肿了。"那女子见苏大真的脸上高起了一块，便也含怒道："你这人，为什么要打我们的门房啦？"青超便回过头来，见车中那女子只探出半个头，所以瞧不清楚她的容貌。听她责问着自己，心里更觉愤愤不平，忍不住冷笑了一声道："笑话，自己的门房依势欺人，倒来派别人的不是。我陆青超不给他一些教训，以后更要没有国法了。"那女子一听说"陆青超"三个字，忙开了车门，跳下车厢，对苏大呵斥道："这就是陆表少爷，你还拉着干吗？快给我赔罪！"说着又向青超笑盈盈地点了点头道："你莫非就是青超表哥吗？"青超听了这话，不觉一怔，便向她呆呆打量一番，见她头上烫着最新式的波浪发，眉不画而翠，唇不点而红，最动人的是剪水双瞳，并那两颊上的酒窝儿。身上穿着一件淡绿色的旗袍，袖子短到肘上，露出嫩藕的玉臂，柔软可爱。指上戴着两只钻戒，脚上踏着一双淡黄色的革履，亭亭玉立，笑意生春地向自己瞧着。青超觉得这个脸儿甚是面熟，仔细一想，哦，是了，自己真有些气昏了，怎样小时常一同玩儿的绿珠妹妹都认不识了？因忙亦含笑道："正是，你可不是绿珠表妹妹嘛！"绿珠点头微笑道："表哥，你可别计气。"说着回头又问苏大道："苏大，你还呆站着干什么？"苏大这次真出乎意料，被他打了一掌，还得赔罪，只得自认晦气，这也是平日狐假虎威的一些小教训。

　　绿珠开了车门，笑向青超点头，青超会意跳上了车，绿珠关了车门。苏大早已开了大铁门，绿珠拨动机件，车身便驶了进去。为了大门与大厅弯弯曲曲地离了许多路，车子慢慢地进去，倒也要有几分钟。青超因望了她一眼笑道："表妹，十年不见，连汽车都会驾驶了，刚是在哪儿玩儿？"绿珠微笑道："早晨去买一些衣料，昨天校里开学，今天星期六，后天正式上课。"青超道："我倒没知道表妹是在哪个学校里求学？"绿珠道："说也惭愧，中国女中下学期才可毕业哩。"青超道："妹妹小我两岁，那就胜我多啦。"绿珠听了，把眼波向他一瞅笑道："你还说啦，我听爸说，你在武汉大学里明年可以毕业了。"绿珠说到这里，又换了感叹的口吻道，"光阴真也容易过，记得十年前，舅父和表哥到我家里来的时候，咱们两个不还是一团的孩子气吗？刚才要不是你说出了姓名，我哪里还认识呢？"绿珠说到这里，忽然又想起为什么他只有一个儿出来，而且弄得这般狼狈模样。正向青超问舅父母可曾同来的时候，车子已到了大厅堂前面。石阶前正在浇花的苏元，一见小姐来了，忙放下水壶子，来开车门，绿珠挥手道："你快去通报老爷，说汉口陆表少爷来了。"苏元答应一声，便直奔内堂去了。绿珠挟了一包衣料和青超跳下车来，走上石阶。

到了客厅，苏珍把衣料子接过拿进去，苏利端上香茗。青超瞧着厅上摆着全副紫檀红木的家具，四围油着雪白的粉壁，挂着名人的字画，上面还放着许多古董，商彝、周鼎、秦瓦、汉砖，真是目不暇接，美不胜收，纤尘不染。绿珠笑道："请坐呀，老是站着干吗？"青超笑了一笑，便坐下来，绿珠便也在对面坐下陪着。这时候苏元出来道："老爷说过一会儿就出来的，小姐先伴陆少爷谈谈吧。"绿珠道："爸每天不到十二点是不肯起身的。"青超笑了一笑喝了一口茶道："表妹你倒是起得很早的。"绿珠抹嘴笑道："这也不知道为什么，起得迟一些反而要头疼的。我知道自己该是长在乡村里才对。"青超听了也笑道："起得早，对于身体是很好的。我想表妹大概每天很忙吧？"绿珠扑哧笑道："我是无事忙，每天空闲着，终想找些事干。"青超道："还是瞧瞧书消遣。"绿珠道："瞧书我没有这样好的耐性，翻了两页，就觉闷了，倒还是常和姨娘谈谈聊天。"

　　正在这时，忽见厅后走出一个四十多岁的中年人，留着短短的胡须，见青超这样狼狈的形状，便把笑容渐渐收了，冷冷地叫他坐下，又向青超打量一会儿淡淡地道："你的令尊令堂可有一同出来？此次汉口大水，你们有受影响没有？"青超听他提起了父母，忍不住一阵心酸，眼圈儿一红道："这次大水涨至一丈余，遭难者不计其数，可怜我父母不幸，亦都被水淹死了。"青超说到这里，已是哽咽无声，眼泪水不断地滚了下来。成芳听他父母俱亡，心里更觉不喜，蹙紧了眉毛，摇了两摇头，也不劝慰他，只管自己吸着烟卷。倒还是绿珠，站在她爸身旁，听着舅父母都死了，暗自想，怪不得超哥这般狼狈模样，原来他是从死里逃生的。自己也真糊涂得可怜，报上载着汉口水灾，我却还蒙在鼓里不知道。瞧着青超泪流满面，想着自己小时母亲早亡，多亏舅父母慈爱抚养，也忍不住一阵伤心，泪珠就簌簌下来。青超拭去了

9

泪痕接着道："我恳求姑父替侄儿找个职业，那就感恩不尽了。"成芳听了这话，把雪茄烟用手指弹了一下，现出不耐烦的神气，觑了他一眼道："上海市面也是十分凋零，各业大受影响，谋一个职业实在不是容易的事。不瞒你说，我的大沪银行也难以维持，而且我去年已经说过，以后再不管什么闲事了。现在你既然到我这里来托了我，我瞧在亲戚的份儿上，破了一下例。不过你暂且在这里住几天，我慢慢替你想法吧。我还有一些事先走了。珠囡，你伴着他去见你的姨娘。"说着便站了起来。绿珠觉得父亲对待青超这个样儿，实在太冷淡了，真出乎自己意料。正想说话，见苏亭已叫阿三把老爷的汽车开过来。

成芳已上了汽车，青超勉强站起来，走到石阶上送着，直到瞧不见了汽车影子，仍是呆呆地站在石阶级上。想着早知姑父如此无情，我宁可饿死也不上这势利的门了。有其主必有其仆，姑父待人如此，无怪刚才管门的也有这副丑相待客人了。因此他又想着了，昨夜在船上白化大哥对自己所说的话，真是洞悉人情、阅历之谈了。但是姑父与我家的交谊而说，真是不应该如此冷淡对我的。记得父亲在日，那年姑父到汉口来拜望我父亲的时候，见了我，不是口口地称赞我？父亲还客气地说，以后叫姑父照应，他不是连声说"当然，当然"？现在呢，言犹在耳，那环境却是完全相反了。古人云："穷且益坚，不坠青云之志。"我青超眼前人虽穷，其志难道也会穷吗？我何不早早离开这里，免得受人家的憎厌，别丢了父亲生前的脸。天无绝人之路，我有的是两只手，不怕找不到一碗饭吃。以前只知挥金如土，只有人求我，没有我求人，今天才得了这个教训，唉，还不算是迟呢。他如醉如痴，想到这里，反哈哈笑了起来自语道："走吧，这里非我留恋的地方。"说着像失了神般地一步一步地踱下石阶级走去。未知后事如何，且看下回分解。

第二回

怜我怜卿情深若海
赠帕赠金义重于山

　　当时绿珠站在青超的背后，见青超呆呆地站在石阶级上，知道他心内感到失望，一定是十分痛苦的，想父亲是真的太无情了，刚才这种的情形，不是使他难堪吗？但是自己用什么话来安慰他好呢？绿珠正在欲前不前地想着，忽见青超自言自语地说了这句话，便慢慢地踱了下去。绿珠再也忍耐不住，便忙赶了下来，到青超背后，轻轻地拍他一下道："超哥，你走到哪儿去呀？"青超头也不回，隐隐地闻他说："大丈夫怕就这样饿死不成？"说着仍是紧紧地向前走着。绿珠听他说出这话来，心里又恨又怨，恨的是爸爸太不讲情理，怨的是想我对你的一番情意，你难道一些也不知道我的心吗？就是你有不平的话要说，也该对我爸去说呀。想我俩自小一块儿长大，虽不能说心心相印，但两小无猜。现在虽然隔别了多年，我也何尝有不把你放在心上？女子痴心的多，岂知你这样无情？绿珠想到这里，忍不住一阵心酸，一时便呜呜咽咽起来。

　　青超听了她的哭声，方才如梦初觉，一面停步，回过头来，骤见绿珠在一株梧桐树下，把手帕掩着脸儿哽咽着，心里懊恼万分，深悔不该如此决绝。但这也是自己一时的气愤，姑父这样无情，对于珠妹，本就不相干的，我何苦使她芳心难堪呢？要是她也有姑父那样嫌贫的心理，刚才门外也没有那样的深情对我了。

青超觉得自己实在太不应该了，一时心里感觉得十分不安。又瞧着她倚在梧桐树下，淌着眼泪，不胜娇媚，仿佛如带雨莲花，心里怎能忍得住不回转身来？走到她的身旁，伸出一只手来，轻轻拍她一下道："珠妹，请您恕了我吧。"绿珠听他这般地说，心里不知是悲是喜，泪珠儿愈觉滚滚地落下来，粉颊上沾了不少的泪痕。青超乃把她的手帕拿来，替她拭去了眼泪连声道："珠妹，珠妹，你别哭啦，我知道你的心，我……"青超说到这里，绿珠忽然带泪一笑，把手背向眼帘揉了一下道："好啦，我问你，你现在要走到哪儿去呀？"青超见她是一脸笑容，兀那含着眼泪，觉得她仍是不脱孩子气，心里就更感到她的可爱。见她问这句话，自己倒真的回答不出，因长长地叹了一声，呆呆地望着绿珠，仍是说不出一句话。

这时候一阵微风吹过，把早晨落下的雨水留在梧桐叶上的水珠儿滚滚滴了下来，打在两人的脸颊上，都吃了一惊。绿珠抬头向树梢上一望，微笑道："我道又要下雨了。超哥，你来，咱们进去见了姨娘，我有话对你说哩。"绿珠说着秋波向他一瞟，又低身笑了。青超见她仍是谈笑如若，便不敢拂她的意思，慢慢地跟着她走着，从几株梧桐树转了弯，进了另一个的院子。里面周围种着冬青，高与人齐，两旁叠石为山，十分透剔，下面草地上种满秋花，红白相间开得十分茂盛。正面一间小小的会客堂，里面摆设得非常时式。有两个老妈子在打扫，一见了绿珠，便叫着小姐。绿珠道："吴妈，姨娘起来没有？你说汉口陆少爷来了。"吴妈忙答道："姨太太起来了。"说着便从长廊走入内房去了。不多一会儿，只见走廊边走出一个三十六七岁，徐娘半老的人来。青超思量，这大概是她的姨娘徐氏了。

记得绿珠在三岁的时候就没了娘。那时姑父并不富裕，也没续弦。珠妹在我家住了三年，我妈把她当作了亲生女一样地爱护。这年湖北来了一大批的难民，我父亲因为珠妹久住我家，也是不便。然而给姑父带回家去，又怕没人照顾，所以就在难民里拣了一个二十几岁的姑娘，出了五十元的钱，代姑父娶了一个姨娘。好在徐氏为人存心很好，对待珠妹像自己亲生一般，所以绿珠对她亦像母亲一般，十分亲密。自己小时候是常瞧见的，曾记得她还带着我睡过，现在隔了许多年，有些不认识她了。青超想着，站起来上前叫了一声。徐氏见了青超，满脸含笑道："你就是超儿吗？长得这样大了，要是在路上遇见，真的不认识了。舅父母可都好？"青超一听此话，突然眼眶儿又红了起来。绿珠在旁接着代答道："舅父母都已给大水淹死了。"徐氏听了，忍不住失声哭泣，想着自己要不是舅父，哪里有今天的一日呢？因连连叹息道："舅父母这样慈和的人，竟遭此灾难。"青超见她如此模样，更忍不住那眼泪，夺眶而出。绿珠忙劝道："姨娘别引起超哥的伤心了，我们还是谈些旁的事吧。"

徐氏这才拭泪道："光阴真是过得太快了，从前我不是常见你俩孩子时在一块儿玩儿着，眼前就成了两个怪俊秀的人儿了。"绿珠听了，以眼视青超，俩人都默不作声。徐氏知他们心中难过，因劝慰他道："超儿，你也别伤心了，我对你姑父说，找个好些职业，你就在这里静静地住下。好在你和珠囡自小一块儿长大，从前大家玩吵，一会儿恼了，一会儿好了，现在大了，别学以前的样儿。珠囡平日终喊着寂寞，现在有了伴，就好得多了。闲时一同出去玩玩儿，以前珠囡一个儿出去，我终不大放心，她的爸又不长住家的。"徐氏说着笑了一笑，又向绿珠道，"珠囡刚才你剪来的衣料，苏珍已拿进来了。"绿珠点点头，见青超仍是默默无语，只是低着头儿，便站起来到徐氏旁边，低说方才爸爸回绝青超的几句话。徐氏听了，忙又向青超道："超儿你放心，你在这里暂住几天，我终得给你想法子的。"青超见徐氏如此说着，心中非常感激，觉得别人家这样热心地对待自己，自己若一味地执拗，是有些不好意思，因抬起头来道："多谢姨妈好意，我在这儿暂住就是。"绿珠知道青超不会立刻就走了，心里才安心，因笑道："超哥，我同你到后园去玩玩儿，那边有两株桂树开得很灿烂，倒是怪香的。"徐氏笑道："对啦，你们去玩玩儿好了，我吩咐他们做点心，过一会儿叫吴妈来找你们吧。"绿珠笑着答应。

出了会客室，在西首的一扇小门进去，转了两个弯，就见修竹一丛，那边果然有两株桂树，风吹来，觉清香袭人。园东有平屋三间，绿珠青超同坐在窗前石凳上，青超望了一下四周景色，觉得比前面两院更清静幽雅。在西首一条小径，大概是通前园的。青超正在瞧着，见绿珠微笑道："早晨的事，望超哥瞧在我的脸上，别计气了。"青超回过头来，握着绿珠的手道："这是哪儿话？我知道年轻的人是都有些依赖性的。现在我明白了，可与环境去奋斗啦。但是为了我，倒叫妹妹流了不少的泪，这真使我心里不安。"绿珠趁势把手扑在他的肩上道："这些别说了，我求你在这里安心住下了吧。"青超道："今明两天是妹妹放假日，所以我留着。不过我虽然是出外去找事，心里是永远不会忘记妹妹的。"绿珠眼珠一转含笑道："超哥，你难道真的仍要出去吗？"青超道："如果你爸答应了，也是很勉强的，对于这种苦苦求来的职业，无论怎样好，我是深以为耻的，这是我实心儿的话。不怪妹妹听了计气，我是这样直说的。"绿珠听了点头正色道："不错，一个青年应该有这样的志气，但是我终怪爸是太没情义了。我想超哥心里一定怪我们都是负心人。"

青超听到这里，忙接着道："妹妹，你别这般说，我知道妹妹是绝没有这心的。姑父呢，所谓彼一时，此一时，环境刻刻在改造他。得啦，现在过去的事也别谈了，我问你，姨妈直到现在还没有养过孩子吗？"绿珠听了秋波向他一瞟，抹嘴笑道："姨娘吗？她曾小产了一个，一直还没有养过呢。倒还是这样子清洁，你瞧她不是仍显得很嫩吗？"绿珠说到这里，忽然又哧地笑了，青超望她一眼道："你笑什么？"绿珠把纤手轻轻拍着他肩膀道："我笑姨娘的记性可真好，她说我俩小时候就是一会儿恼了，一会儿好了，我倒忘了，不知可真的有这个样子吗？"青超听了也忍不住笑了，想她姨娘以前待我像自己儿子一般，刚才见了我依然如此，真是个好姨妈。不知姑父会如此嫌贫重富，丈夫的见识反不如一妇人。

青超轻轻叹了一声，绿珠却没有觉得，回过头去，折了一枝桂花，拿到青超面前笑道："你瞧桂花的品怎样，还清高吗？"青超接来闻了一下道："桂花一名木樨，每当中秋月圆，闺中士女携手共赏，不特其品清高，而且香气馥郁，袭人衣袖，永久不散。妹妹心里喜欢它，妹妹真可称为月中仙子了。将来福慧双修，定得多情快婿，可不叫我羡煞人吗？"绿珠笑道："哥哥你说得真好，妹妹亦但愿哥哥于月圆时节，折得桂枝，做探花郎呢！"俩人相对含笑，无限情意。正在这时，忽听老妈子在叫小姐了，绿珠挽着他手起来笑道："我们去吧，姨娘一定已做好了点心。"

俩人出了院门，见吴妈正在找着，见了绿珠笑道："小姐，姨太太请陆少爷吃点心去。"绿珠答应了。到了会客室，徐氏笑道："你们真的玩得忘了饥了。"绿珠笑道："我们还没谈上几句话呢，点心怎么做得这样快啦！"徐氏笑道："这也怪不得你们了，兄妹俩隔别了这许多年，是该亲热些了。现在已过了一个多的钟点了，你们还没谈畅快吗？过一会子吃好了点心，让你们去谈一整天吧。"说得两人微红了脸儿，忍不住又相视笑了。大家入了座，吴妈端上一碗团子，碗匙都是用银子制成，小巧玲珑，十分细致。徐氏笑道："超儿在这里，一切都别客气。"青超点头答应，徐氏拿匙掏起团子吃了一口，向青超望了一眼道："我的记忆力真不济事，你在什么学校读书呀？"青超道："在武汉里。"徐氏哦了一声，想了一会儿又道："我们这里三个人，就是三个阶级，以前我倒亦是小学毕业呢。"青超道："其实读书全都是一个名义，有的虽小学毕业，就比大学里强得多了。"

徐氏一面吃一面答道："这倒也是真话，第一就是自己要。超儿既然知道这个原理，对于学业上终不会错吧？"绿珠放下银匙，插嘴笑道："姨娘，你怎不听见舅父信来的时候，说超哥考试时，终在三名以前的吗？"徐氏笑道："超儿就是你的好榜样，你也要像他那样儿用功才对。"青超也笑道："姨妈你说得我太好了。珠妹是天性聪慧，比我强得多啦！"旁边的吴妈听了，凑趣着笑道："你们都别客气，少爷小姐都是聪敏的，真是一对怪相称的人儿。"说得大家忍不住都笑。徐氏道："吴妈倒也有趣。"绿珠微红了脸，眼波向她一瞅，啐她一口含嗔道："别多嘴了，快来收入了去吧。"吴妈听了，笑着忙把碗匙收拾清洁，又端上了柠檬茶。谈了一会儿，青超因为自从汉口逃难出来，还不曾洗过澡，徐氏便叫吴妈伴表少爷到浴室里去。

徐氏见青超走了，便向绿珠摇手，绿珠便在姨娘的身边坐下。徐氏道："珠囡，你爸怎样对待超儿的？"绿珠把刚才爸怎样冷淡、怎样拒绝青超的话，详细又说了一遍，又鼓起了小腮子道："爸也真太没情义了。"徐氏想了一会儿道："我倒明白你爸的意思了，他是知道你们两个自小儿就要好的，他怕超儿将来占了他的家产，所以他便这样了。可恨我也不曾养过一男半女。珠囡，你不知道你爸在外面有二三个女人讨着呢，苏珍告诉我，还说养好多个的孩子。"绿珠小嘴一噘道："我哪里曾不知道呢？我是想得很明白的，做女儿的也不能一辈子住在家里，谁指望要他的家产呢？并不是我在姨娘面前说爸的不是，其实他对待超哥实在也太不想想从前舅父的交情呢。"徐氏道："今天怕不是又到那边去了，你瞧着又要一个星期才回家呢。我以前问他，他终答是什么中国银行请他到苏州去啦，这几天的态度更不像样子了。我是生来就不会吵闹的人，现在索性不去睬问他了。"

绿珠把手帕拭着眼泪道："爸还有女儿在他的心上吗？其实

他尽管放心，我是决不要他一个钱的。爸平日所做的种种的事，我是都当不闻不见的。今天姨娘你提起了我才有些气愤。他瞒着我们做这些事，我们当然不能干涉他，但是良心终有些对不住我娘儿两个的，尤其更对不住我的妈。可怜我妈怎样早就丢了我……"绿珠说到这里，泪珠簌簌而下。徐氏忙慰道："珠儿，你也别伤心了。你瞧姨娘，将来可不知怎样结局呢？我们娘儿俩也已过了十多年的生活，我哪里会不知道你们两个孩子的心？以前你和超儿不常跟着我睡吗？我瞧超儿活泼，心里欢喜。后来咱们到了上海，我早就有意思向你舅母去说。为了你们还小，路又远，所以只是迟迟未提。现在我瞧超儿如此英俊，我怎又不欢喜呢？你们是自小儿就说得来的，就是我也不会感到寂寞了。俩人自小都是我领过的，将来还怕你们待我不好吗？现在你爸有了那边，还记得患难时的姨娘吗？"

徐氏想着自己膝下无儿，日后未知如何了结，也未免感到凄凉，忍不住一阵心酸落下泪来。绿珠道："姨娘，你放心，爸待你不会有别的心思的。"徐氏道："那你也别离开我才好。"说着把手去抚她的头发，绿珠也柔顺地倒在姨娘的怀里了，两人想着各人的心事，默默地淌了一会儿眼泪。还是徐氏提醒了绿珠道："超儿要换的衣服没有，怎么办啦？"绿珠听了从徐氏怀内起来坐正了，理了理头发道："还是叫苏元去买两套来吧。"徐氏想了一会儿道："别去费事了，我记得你爸有两套衣服，因为太长，搁着没用，暂时去换一换也好。"绿珠点头道："超哥人比爸长，穿着大概刚好的。"徐氏站起来，和绿珠一同到了上房。徐氏在橱里取衣，一面问道："超儿在这里肯住下吗？"绿珠道："超哥说在这里暂时住几天，叫姨娘可不必向爸说了。"徐氏把衣服取出回过身来道："超儿这孩子，倒是有志气的，那么他预备到哪儿去？"绿珠接过摇头道："我也不知道。"说着便回身亲自到浴室送衣去。

晚上绿珠的爸果然没有回来，徐氏因身体疲乏便早去睡了，青超和绿珠站在院子里，抬头望着天空，月色如画，整个院子内的景色，在夜的暗淡月光下显露出来。绿珠回头笑道："如此良夜美景，别辜负了它才是哩！"青超笑着点头，俩人并肩慢慢地出了院子，进了后园里。晚风吹来，在静夜中的桂子，更是幽香扑鼻。踏上了小径，两旁种着垂杨，因风吹动，飘舞不停，如烟如雾，胜如天上。四周十分静寂，俩人脚步在草地上瑟瑟有声。没有一会儿，便到了前面园子。绿珠卧室的前面有一块小小的空地，搭着一个木香棚。上面满挂着缕缕的叶子，下面结着一串串紫色的葡萄，在月光下，远远瞧去，大有诗情画意。青超见了不免又触景生情。故乡的家园里，平日自己喜欢种些果子花木，书室前不也有个葡萄棚子吗？下面还有几棵枣子树呢。想已结成青青的果实了，不过现在给大水已冲得无影无踪了。最可怜年老父母，平日和蔼待人，岂知会如此结果？青超想到这里，忍不住又滴下泪来，叹了一声。绿珠道："超哥，你也别思家了，只好一切以数来自解吧。天灾是人力不能抗的，我们且到棚下去坐一会儿。"绿珠说着便同青超在靠卍字竹栏杆旁的一张大理石桌边，两条花鼓凳上坐下。

绿珠又走到自己卧室里，拿出一把精巧玲珑的小茶壶和两只杯子。青超望着天空道："想着人生的渺茫，真像是一朵浮云，刻刻在变化着。在十年以前，做梦也想不到有今天漂流的一日。"绿珠望他一眼道："我终深觉惭愧，早晨的事，太使你失望了吧？"青超忙道："那我倒也并不。但是自己在异乡，四顾茫茫，想起了父母双亡，哪个是我的知音，怎不叫我伤心呢？"绿珠听了这话，把蛱首慢慢低下，轻声儿道："超哥，你难道还不知我的心吗？"青超忙道："妹妹情义，我至死都不会忘的。"绿珠听了抬起头来，连连摇手道："我深知道哥哥的心，你又何苦一定要说死说活呢？"说着秋波中含着无限情意，瞧着青超，俩人相

18

对默然。西首花坞上的牵牛花，已和葡萄棚上的叶子相连接了。晚风一阵阵儿吹过，叶子瑟瑟地响着，倒含有些音乐成分。绿珠笑道："超哥，我们折几串葡萄来玩儿可好？又紫又圆怪好看的。"说着便站了起来，踏在石鼓凳上。青超也忙站起来，走到绿珠身旁，扶着她身子道："当心别跌下来。"绿珠笑着答应，伸出两只纤纤玉手去折一大串。不料这葡萄已是熟透，经她手儿一攀，都纷纷下坠，正巧都打在绿珠的粉颊上，不禁哟的一声，险些把身子都跌下来。青超吓了一跳，忙不管什么，便带抱带扶地挽她在凳上坐下，笑道："怎么啦？"绿珠笑道："一串葡萄，都打在我的脸上，你瞧，这不是一脸的葡萄汁吗？"说着把手帕去揩脸。青超把地上掉下的葡萄拾了起来，已是没有几粒剩了，因笑道："因为这几粒葡萄真没处买，而且又不容易吃。"绿珠抹嘴笑道："你这是什么话？"青超笑道："因为这几粒葡萄是从你脸颊上掉下来的，其味不是格外甜吗？"绿珠听了扑哧一笑，又瞅他一眼道："超哥你终喜欢胡说人家。"青超也笑了又道："你颊上还留着痕吗？"绿珠道："还算好啦，不曾打在眼睛上。"

　　青超把葡萄摘下一粒，放在嘴里道："甜得很，妹妹你吃一粒。"说着又摘下一粒大的，送到绿珠口内。绿珠含着细细咀嚼，一面斟了两杯清茶，递到青超面前笑道："这茶是碧螺春，十分清香呢，你尝尝。"青超忙接过喝了一口笑道："果然甜到心脾，香留舌本，确是好果、好茶。如此良夜美景，更有妹妹相伴，人生能有几回呢？我从前听说妹妹对于音乐有着相当的研究，未知可否请妹妹为我清歌一曲，一赏雅音呢？"绿珠听了把秋波向他一瞟笑道："我哪儿称得起相当的研究？不过心里烦闷的时候，聊以自慰罢了。既然哥有兴趣，那就唱一曲也好。倘如我唱得不好，你可别见笑啦。"青超笑道："好说，那我应当洗耳恭听了。"绿珠笑了一笑道："我唱《良宵曲》吧。"说着便唱道：

19

相见稀，相忆久，眉浅淡，柳如烟，垂翠幕，结同心，待郎薰绣衾。柳丝长，春雨细，花外漏声迢递。惊塞雁，起城乌，画屏金鹧鸪。

　　青超一面听着，一面用手按着拍子，听到末了，不觉叫道："好极啦，好极啦!"绿珠见他这样高兴，因笑道："超哥，你别取笑了。"青超忙倒了一杯茶，送到绿珠面前笑道："谁取笑你啦，快喝口茶润润喉咙。"绿珠笑着喝了一口，青超道："妹妹的歌喉真好啦，刚才我听得出了神，也忘记自己置身在何处了。"绿珠笑道："超哥你会不会唱一曲京戏，也让我饱饱耳福?"青超道："说也惭愧，对于这一项，却是门外汉，我是只会听不会唱的。那么珠妹对于京戏，我想一定也是会唱的了。"绿珠咯咯笑道："超哥，你这人，真不是好人。我想请你唱一曲，你倒反而来讨我的口气啦。"青超笑道："那倒并不是，我是真的不会唱。老实说，我要是会唱的话，哪里还要妹妹开口，早就学毛遂自荐啦。"绿珠抹着嘴儿笑道："我有些不信，你在校中，难道对于音乐是没有的吗?"青超道："音乐是有的，不过我们这位音乐教授是美国音乐专科毕业的，所以他教的都是些西洋歌曲。"绿珠笑道："那就更好啦。"青超想了一想笑道："妹妹，那么你这 *Love's Parade* 可会唱吗?"绿珠点头道："稍许会一些，不过我的气没有这么长。"青超道："那不妨试试可好?"绿珠笑道："也好。"于是俩人便合唱起来。

　　唱完了后，两人忍不住又笑了一阵。青超道："这些歌曲终不及京剧中青衣来婉转动听，妹妹既然会的，就唱一曲吧?"绿珠笑道："我也多时不唱了，而且已经唱了两回，喉咙已经觉得很干燥了，留着明天晚上唱吧。"青超点头道："不错，尽管唱下去，妹妹也要乏力的。"绿珠笑着喝了一口茶，把俩手环抱着自己的膝盖，微抬着头，只见碧天如洗，一轮明月，分外清华。微风吹来，虽没有仲夏夜那样热情，却也轻快爽朗。而且自己的粉颊上已觉怪燥的了，一颗心在胸中也别别地跳跃，清晰可闻，觉得自己今晚是太兴奋了。绿珠偶然回过头来，向青超瞟了一眼，恰巧青超也在紧瞧着，俩人四道目光，便像电般地流在一起了。绿珠忍不住又袅然一笑，粉颊慢慢低垂下来。青超也笑了，俩人相对默默坐了一会儿，忽听室内钟鸣十下，青超因站起来向绿珠笑道："夜深了，妹妹可以安息了。"绿珠这才抬起头来，望着青超道："那边东厢房可知道了没有？要不让我伴了你去？"说着便站起来，青超摇手道："我知道的，妹妹晚安吧。"说着向绿珠摇了一下手，绿珠送他出了园门，才一人慢慢踱着进来。

回到卧室，开亮电灯，换上了睡衣，套着一双紫绒拖鞋，站在镜台前，理了一下云发，瞧见自己脸颊上，不晓得为什么，比往日格外地红晕。因在梳妆台前青绒的小圆凳上坐下，纤手托着香腮，坐了一会儿，忽然若有所思，忙打开抽屉，在一只精致的八宝箱里取出两张相片来。颜色已经灰淡，显见得年数已不少了。一张里是个十岁左右的小孩子，面貌很是俊秀，穿着一套小西服，含着笑意地站着。另一张是有两个孩子，手臂互相地在脖子上弯着。一个就是第一张内的孩子，还有一个却是女孩子，比那个男孩稍许矮一些，一副圆圆的脸儿，短短的童发斜对分着，两只乌圆滴溜的眸珠显出聪敏活泼的样子。绿珠把相片反转过来，见一张单人的后面似乎还有几个字写着，但是已经不大清楚，大约是"绿珠妹妹惠存"，下首写着"青超亲笔"，旁边还有几个小字，是"民十四，八月"几个字。绿珠翻覆瞧了许久，不禁面赤过耳，忙又把它藏好。移步走近床边，掀开绣被，倚在铜床栏杆旁，想着这两张相片。

记得还是舅父亲自替我们拍的，超哥那边也有我单身的一张，不知现在可有藏着？想着小的时候，就真有趣，一些不知什么，就这样俩人会互相抱着，叫舅父拍照。现在想起来，真有些怪羞人的。因又想爸是太势利了，这次我俩的婚姻一定是不允许的。好在我早已说过，并不要他一个钱的。上星期爸不是对我说，什么大连洋行里的行长要娶一个续弦，还赞美他的人品如何好，行长任职已经有二十年多了，在商界里很有些势力，他的意思似乎在征求我的同意。唉，爸太狠心了，为了自己的关系，竟忍心把女儿一生幸福丢了。绿珠想到这里，眼眶内忍不住含了一包眼泪，心里无限悲愁。便关了电灯，将在铜床边的一只精巧紫纱罩的小桌灯开了，房内便显出又紫又绿醉人的颜色了。绿珠右手玉臂枕在自己的颈下，星眼瞧着雪白紫纱的帐顶，胡思乱想，直到时钟鸣了十二下，才沉沉地睡去。

第二天早晨，日上三竿，绿珠才醒来，吴妈端了脸水早侍候着。绿珠披衣下床，两条嫩藕般的玉臂向上一伸，纤手按着嘴儿又打个呵欠。吴妈笑道："小姐还没睡醒吗？"绿珠笑了一笑，才移步到镜台前去理妆。吴妈又替她刷衣擦鞋，绿珠漱洗完毕，才姗姗向徐氏那里去。见姨娘和超哥正在吃着早点。徐氏见了绿珠便笑道："你这个懒丫头，到这时才起来。"绿珠笑着向青超道："超哥是什么时候起来的？"青超笑道："我亦是刚过来。"绿珠在青超对面坐下。大家吃过早点，闲谈了一会儿，绿珠要青超伴了去买书。下午徐氏要做个小东道，请青超绿珠同到国泰戏院去瞧电影。从国泰戏院出来，又在外面吃了晚饭，回家已是八点多了。苏成芳果然仍没有回来。在姨娘的房内又谈笑了一会儿，才道晚安出来。

在院内踱了一会儿，青超握着绿珠的手道："妹妹，明天我要走了。"绿珠站住了望着青超道："上海你又没有别的熟人，你预备到哪儿去？"青超听了，暗想我来打个谎吧，因笑着道："我中学里有一个朋友，我们是常在通信的，我想到那里去。"绿珠道："你这何苦呢？你既然不愿意叫我爸找职业，就在这儿多住几天也不要紧呀。"青超道："我有了职业以后，就会写信给你知道的。妹妹，你放心，我始终决不会忘你的。"绿珠道："既然你决定了主意，我也不来勉强你。好在我不是住读的，你有了事，立刻要来通知我。"青超道："那是当然啦。不过妹妹……"青超说到这里，便停住了，望着绿珠默然。绿珠急道："不过什么啦，你说下去，你难道怕我变了心吗？"青超忙道："我哪里有这个思忖？"绿珠又逼一句道："那么不过什么呢？"青超这才道："我与妹妹其中的阻碍一定是很多的。"绿珠把纤手按在青超的肩上，蟆首低在他的胸前轻声道："你是说我爸不允许吗？但是我早已说过决不要他一个钱的。那我的身子就不怕我不自由。"绿珠说到这里忽然抬起头来，把柔软的态度一比为果决的神气，又瞧着青超道："哥哥，你放心，我至死都不会负你的。"青超听她这样说，忍不住眼眶儿一红，紧紧握着她的柔荑道："妹妹肯如此牺牲一切，乃真是爱的神圣了，叫我一生一世都不能报答。"绿珠把手儿抚弄着青超胸前的纽襻，温柔地道："超哥，你别这样说，我们两人还说'报答'两字吗？"说着又枭然笑道，"好啦，别说这些了，昨晚你不是说要我唱一曲儿青衣吗？我就唱一曲儿给你听吧。"说了挽着青超手，一跳一跳地走去。青超见她如此天真可爱，忍不住又笑了道："那好极了，我就洗耳静听了。"说着已是到了桂花树下，绿珠一手攀着桂花枝条儿，一手拿着手帕抹了一下嘴唇道："我唱一曲儿《西施》。"说着放开了珠喉唱道：

水淀风来秋气紧，月照宫门第几层。十二栏杆俱凭尽，独步虚郎夜沉沉。红颜空有亡国恨，何年再会眼中人。

真是唱得珠圆玉润、婉转动听。青超听到末一句，仿佛余音袅袅，遏云嘹亮。俩人又在园中并肩慢慢地踱着，柔意绵绵，情话喁喁，直到敲了三更，方才各道晚安分手。

青超睡在床上，一时却不得睡着。想着妹妹如此多情，真叫自己感激流涕。但是明天究竟到哪儿去呢？中学里有什么朋友，不是明明骗她吗？妹妹和姨妈待我很好，不过姑父如此冷淡，我也是没趣的。如果住在这里，职业倒没有给我找到，每天的待遇倒是享乐惯了，将来那不更苦了自己吗？倒还给他说不挣气呢。青超想到这里，觉得还是离开了这里，免得消磨了自己的志气，因此便也安心地睡去了。

第二天早晨，青超漱洗完毕，正在梳头发，见绿珠走了进来，手里拿着一卷纸儿。青超忙回过头来笑道："妹妹，今天你怎么起得这样早啦？"绿珠眼珠一转，掀起酒窝儿笑道："我今天不是要到学校里去吗？"说着在桌边坐了下来。青超笑道："姨娘起来没有？"绿珠听了并不回答，呆呆地想了一会儿，忽然向青超摇手笑道："超哥，你来，我和你商量一件事，不知你肯不肯答应？"青超忙走近绿珠身边道："什么事啦？妹妹你说。"绿珠便站了起来，望着青超恳切地道："你现在不是去见你那个同学去吗？"青超点头，绿珠又走上一步道，"你那个朋友的经济是否宽裕，那不能说，假使你一时不能找到职业的话，而你的朋友又是自顾不暇，那么你到何处去呢？我代你设想，很为担心。现在这里有五百元钱，你暂时拿去用了吧。"绿珠说到这里，更靠近他的身边拉起青超的手，把自己右手中的一卷钞票塞在青超的手里。青超忙摇手道："妹妹的深情厚谊，我已刻骨铭心。不过对于这一些，我实在不敢领受。"绿珠把雪白的牙齿微咬着嘴唇，想了一会儿，眼珠一转笑道："我早知道哥哥是不答应的。但是我有言在先，这些钱是我暂时借给你的，日后你有了时，就加倍地归还我得了。"绿珠说着又咪地一笑道，"好哥哥，收了吧。"

青超见绿珠如此多情，又如此天真，心里十分感激，倒反又流起泪来道："妹妹，你……"绿珠见他这样，也忍不住眼眶儿一红，紧紧握着他手道："哥哥，你别说了，我们的心都早已知道的。"俩人遂重又揩去泪痕。王妈已在叫吃早餐。绿珠背过王妈，便将拭泪的手帕一方轻轻塞在青超怀中，低低说道："超哥，这一方手帕是妹妹心爱的物，今特地送与哥哥作为纪念。帕上的点点泪痕，你见它，如同见妹妹的面一样。请哥哥千万好好地保留着，别抛弃了。"青超听了，便将手帕藏在贴身的衣内，俩人乃同赴餐室早餐。

青超即提起要走的话，徐氏见青超去志已决，也不强留，只嘱咐他常来玩玩儿。饭后，绿珠便叫青超同坐汽车出去。青超又向徐氏道："姑父回来的时候，姨妈代我说一声。"徐氏答应，又叮咛了几句。俩人遂跳上车厢，便开出去了。苏大早已开了大门，汽车便在马路上驶着，忽然绿珠回过头来道："超哥，你的朋友住在哪儿的?"青超听了，倒是一怔，转念一想，自己在无论什么地方跳下得了，不过也得说出一个路名来。自己上海路名又不知道，正在支吾，忽然想起白化曾说过爱多亚路，因便随口答道："在爱多亚路。"绿珠道："这就巧了，我到学校里去是顺路的。"说着汽车一路所过之处，绿珠一一指着地名给他知道。不多一会儿，汽车到了爱多亚路，绿珠把汽车停了下来，青超即向绿珠道："妹妹，我去了。你千万别伤心。"说罢不觉眼圈儿一红。绿珠也说道："哥哥，你也千万自己要保重才是呀!"说着俩人相对默然。正在不忍分离，只听青超说声"再会吧，妹妹!"青超便跳下汽车去了。绿珠此时，乃不得不把纤手将泪珠拭去，又向青超摇了两下手，汽车便也呼的一声开去了。未知青超究竟在什么地方安身? 且看下回分解。

第三回

迫饥寒投考遭骗
浇块垒借酒看花

青超见汽车已不见了影子，才慢慢地穿过了爱多亚路。到了郑家木桥，抬头见大方旅馆在眼前了。因想一时到哪儿去，还是旅馆里暂时去住了几天再说，便走了进去。侍者就来招呼，伴着青超在十五号的房间。青超见里面东西虽少，摆设倒也清洁美观。侍者泡上了香茶，又问了青超姓名。同时青超先付了几天房金，又脱了长衫，走到面汤台边，开了冷热水的龙头，洗了脸，躺在沙发上想了一会儿，到哪儿去找职业呢？青超自言自语地说了一句，又站了起来，在室内打了一个圈子。忽然若有所思，立刻揿了电铃。没有一会儿见侍者进来道："陆先生，有什么事？"青超道："你去买一份新闻报来。"侍者答应一声，便去买了。进来放在桌上，青超拿了报纸在沙发上坐下，忙着展了开来，别的都不瞧，先找到了招考栏。仔细地瞧了一遍，他本是抱着满怀的希望，等到瞧完了后，不觉把报纸又懒懒地放了下来。因为里面载着的，除了招考练习生、推销员外，还有是聘请经理，不过保证金却要数万元以上。这些和青超的个性、技能、经验、经济都是不相合的，这就心里一急，想这可糟了，难道一辈子住旅馆吗？那么钱用完了怎么办哪？不过转念一想，觉得自己真也太性急了，难道有着相当的职业立刻候着我去考吗？这也没有这样容易的事呀，还是自己静静地等着吧。青超自己安慰着自己，心里才宽了下来。又翻阅了一会儿戏报，忽然侍者进来道："已经吃饭的时候了，陆先生出去吃，还在这里叫一客？"青超道："这里拿一客来吧。"

吃过了饭，青超坐在沙发上慢慢喝着茶，心里想整天地闷在房间里，倒有些不耐烦，自己上海的路名都不熟识，不是乘着现在这个空闲时候，到马路去走走，也可以解解自己的愁闷。因便披上了长衫，关了房门，到了马路上。穿过爱多亚路，一直向前，便是福建路，一路下去，是五马路、四马路……不知不觉已到了大马路南京路。青超这才明白上海的路是四面相通的。走过永安公司的门前，便踱了进去。在商场四周瞧了一遍，买了半打汗衫和袜子，又在什物部里买了两听饼干。时候已经四点，回来时，经过四马路，在商务印书馆内又买了几部书。到了旅馆里已经是五点了，房中都已上了灯。

光阴荏苒，转眼之间，已过了一星期。青超每天除了瞧报纸外，便上各马路去逛逛，所以上海路倒也给他认识了不少。其中也会去瞧了几次电影。这天早晨还睡在床上，侍者已把报纸送上。青超照例是先要翻看招考栏内的。瞧了几处，都是昨天登过的。忽然在下面登着"招请会计员"几个很大的字。因想那只须要懂得商业簿记就得了，便又忙瞧下去道：

　　兹有某大公司拟招请会计员数名，凡年在二十岁以上三十五岁以下，体格健全，思想纯正，绝无不良嗜好，曾受专科毕业或高中以上资格，并具有保证金三百元。合格者，月薪八十元，至一百廿元，供膳不供宿。情愿担任此项职业者，请开中西履历书各一纸，及通信处，于本月二十四日前，投寄本报信箱一二三四五号。

27

合则函约面谈，不合恕不答复。

青超看完了后，从床上跳了起来，披上衣服，忙着洗脸漱口完毕，坐在沙发上，把这段招考又瞧了一遍。心想这家公司的招请，对于自己的程度还差不多，虽然要三百元的保证金，不过月薪至少有八十元，不是只需要三四个月就可以赚回来吗？而且照那张广告上瞧来，那家公司的范围一定是很大的，不管他怎样，先写封履历书去再说。便到桌边，抽过信笺，微闭了眼睛，默默地想了一会儿，才开了自来水笔套，写了中西履历书各一纸。回头见日历，正是二十日，因揿铃叫侍者去丢了。

这两天内青超静静地等着那家公司的答复，好容易在二十二日晚上，果然接到了一封信。那家是叫"大兴贸易公司"，叫自己在本月二十五日上午九时，到爱多亚路三百四十号四楼与张君面洽。青超翻覆瞧了几遍，心想大概十有八九可以成功的了。数日来的愁闷，这时顿觉身子轻松许多，心里无限快乐。躺在床上心想，这次如果能够合格，不但在姑父面前挣了不少的光，就是妹妹待我那番的情义也不辜负了她呢，妹妹的心中可使她得些安慰了。青超想到这里，便满含着笑意安心地睡去了。

到了二十五日早晨，青超把前星期丽华公司新做的一套灰紫色西服换上了，兴冲冲地出了大方旅馆。好在路近，也不用坐车。到了爱多亚路三百四十号，见是新华大厦，门前立着巡捕。青超知道这是各公司的写字间，便走了进去。乘了电梯，到了四楼，一弄中的走道，慢慢瞧过去，有什么诚大棉织厂、上海化学社等写字间。过了七八间，才见一扇玻璃门上，漆着"大兴贸易公司"六个字，因便推门进去。见里面已有许多人在等候着，青超知道这些人都是来应考的，所以也不说什么，便在空位上坐了下来。见里另有一间，门上写着"办公室"三字，大概就是接谈的地方了。随着青超后来，仍有许多人进来。心中暗想，市面的不景气，失业的人多，可想而知。报上载着是只录用三四人，而来应考的竟有这许多，希望真是渺小。想着前天自己预料有八九可成的一句话，恐怕是不能成事实了。

正在想时，见办公室内出来一个男子匆匆地走了，接着就有个茶役般的人出来叫道："请王培德先生谈话。"只见自己身边一个青年，穿着灰色的西服，戴着金丝边的眼镜，站了起来，便走进去。好容易又等了两个钟点，才听见叫到自己的名儿。进了办公室，见里面小小的一间，东西很简单，一张写字台、两只转椅，下首两只沙发，旁边两把靠椅、一只茶几。写字台后面一具书橱，四壁挂了几个框子。转椅上坐着一个四十左右的西装男子，嘴上留着小撮胡须，左手指上戴着一只亮晶晶的钻戒，右手拿着雪茄烟，笑容满脸，见了青超便将手儿在对面椅上一指，青超也就坐下便道："这位可是张先生，敢问大号……"那人笑着把一张片子递给青超，见是"张均定"三字。

均定道："陆先生，照你履历书上，可不是武汉大学读书吗？不知为什么又到上海来呢？"青超便老实把汉口水灾等事说了一遍。均定知道青超是初来上海的，因忙笑道："原来如此。陆先生的中西文法都很不错，鄙人很佩服你才。本公司在上海开办已近十年，因为要扩充范围，所以欲添会计员数位，未知陆先生簿记可懂得？"青超道："对于西文打字，曾学过两年。"均定望着青超道："我瞧陆先生，年少老成，办事一定能负责任。我对你说这里办事只要认真，以后希望是很大的。"青超看他话中很有用己之意，心里十分欢喜。

见他又接着道："我想陆先生在这里，暂试用两月。在试用期内，定薪就是八十元。好在这不成问题，以后正式的时候，再可定夺，这是要看办事的好坏了。那么你后天再来缴保证金吧，以后可在这里任职了。还有一句话，我对陆先生说，这三百元的保证金，将来仍要归还你们，存在银行内的户名也是你的，所以你来缴保证金的时候，同时把图印也带来，其实这些也只不过凭凭信用罢了。"青超见事已成功，好不欢喜，点头答应，立刻退了出来。见外面仍坐着有二十多个人，不禁暗暗叫了一声幸运。出了大兴贸易公司，见路上日影已正。回到旅馆里，已敲了十二点。

第三天早晨，青超点清三百元数目，到了大兴贸易公司。推进门去，见那天一个穿灰色西服、戴金丝边眼镜的青年正巧走了出来。俩人虽然是没有说过话，但是终有一些认识的，大家不免点了一下头，那青年便匆匆地走下去了。青超走进办公室，见里面除了张均定，另又多了一个穿中服绅士模样的男子。张均定一面让座，一面替青超介绍道："这位就是董事陈鹤中先生。"青超听说是公司里的董事，当然不免客套了几句。陈鹤中笑道："我们这位张先生，办事十分热心，学识又好，他是英国牛津大学毕业的，现任总务主任，陆先生以后对于本公司账务有不懂的地方尽可以问张先生的。"青超道："当然，以后要请张先生随时指教。"均定道："指教不敢，以后全是同事，都应该互相帮助。"青超便付了保证金，并又给了他图印。

均定拿出一只白银徽章，交给青超道："陆先生明天带了徽章，到南京路大陆商场三楼去是了。那边是本公司的写字间，明天我也在那边。图印就还你，而且可以安排你的职务。"青超连连答应便告辞出来。在路上买了一袋雪梨，回到旅馆，在沙发上躺下，心里真有一种说不出的快乐。心想过两天去租一间房子，便写一封信去告诉珠妹。珠妹如果知道我有了这样一个好职业，她芳心中不知又将怎样快乐呢。青超想着，脑海前不觉又映出了绿珠的芳影，鹅蛋的脸儿，灵活的眸珠，可爱的酒窝儿不时地掀起来，好像和自己只是笑着。青超这就痴了似的，情不自禁，脱口叫道："妹妹，你真可爱呀。"说着自己不觉又好笑起来，便忙又站起来，走到桌边坐下，一边扦着雪梨，一边嘴里就哼着 *Victory of happiness* 的调子。

第二天青超一早就起来，擦亮了皮鞋，换了一条新领带，跳上人力车兴匆匆地走上大陆商场。在三楼找了一遍，除了《申报》图书馆，及几家金号的写字间，哪里有大兴贸易公司的影子？因想或许在后面也未可知，便转弯过去，只见迎面走来一个少年，正是戴金丝边的，青超认识是和自己一同考的，因忙招呼了，才知道那少年名叫王培德。培德道："密司脱陆，这里怎么没有大兴贸易公司的？问《申报》图书馆内的人究竟在几楼，他们一定是知道的。"俩人便到《申报》图书馆，见里面坐着那老人抬头来，向俩人瞧了一瞧，摇头道："这里三楼，没有这个大兴贸易公司的。"青超听了，不觉一怔，向培德望了一眼，培德也露出惊慌的样子道："真的没有吗？那么在四楼有没有？"那老人摇头道："没有的，这里房屋，自一一一八后造成，我就在这里做事，从没听见有什么大兴贸易公司的。"

青超和培德听了他这话，都觉头上有盆冷水浇下一般，呆得说不出话来。那老人见他们这个模样便问道："你们找大兴贸易公司做什么？"青超便把投考的话说了一遍。那老人顿头道："你们一定受骗了。上海现在这种事很多，往往假造一个公司名义，拐骗人家保证金。你们是怎样考法呢？"培德道："考什么？只不过问问而已。缴保证金那天，还有一个绅士模样的人，说是公司内的董事，他说话十分切实。"那老人道："他们不装得真切，怎能使你们相信呢？不是老汉说你们，年轻的人，做事终鲁莽一些，仔细想想就可明白，考试哪有如此便利简单，而且就有八十元的月薪？世界上也没有这般容易的事呀。不过是骗骗你们外乡人罢了。你们快到考时的原处去瞧，恐怕早已逃了。"俩人听了，才如梦初觉，立刻道谢出来，坐了人力车，到了爱多亚路。

走上四楼，见大兴贸易公司里面，正有几个脚夫在扛着用具。青超忙上前拦住道："喂，你们放下。"其中一个脚夫，向青超打量一会儿道："先生，昨天不是你们来说不要了吗?"青超听了真似丈二和尚摸不着头脑，因道："你们是哪儿来的?"那人道："我们是方诚记专出租木器的。在上月有个穿西服留着胡须的男子，向我们店内租一个月，现在不要了，我们都搬回去。"说着便自管自地搬着走了。青超和培德这才恍然大悟，知道自己入了骗局。俩人面面相观，说不出一句话。在这种情形之下，真有些哭笑不得了。培德长叹了一声道："在此失业的潮流中，还有这般丧心病狂的奸徒，骗人钱财，真是杀不可赦。"说着又向青超道："密司脱陆还呆着干吗? 一切都是社会造成我们的命运。"青超才醒了过来，俩人垂头丧气地出了大门。培德道："密司脱陆，再见了。"青超点点头，轻轻叹了一口气，身体像患过一场大病，有气无力地踱回旅馆去。

躺在沙发上，觉得社会上种种的黑幕，实在有些可怕，三百元钱就这样完啦。昨天的一团热望，结果究竟是这样的。别的不打紧，可怜珠妹这几天一定常在记惦我的，现在叫自己怎样写信去告诉她呢? 青超想到这里，气愤得把拳头在茶几上一击，咬着牙想，要是眼前有这个张均定，我一定拿手枪打死他。这就猛然站起来，似乎真的扑上去要打的样子。可是屋子里只有自己一个人，和谁去打呢? 不觉又长长地叹了一声，在沙发上懒洋洋又躺了下来。想可怜的王培德，不也是一个很好青年吗? 可是他是和我一样的命运，这时候他不知作何感想呢? 又觉得人生在世，要是你安分守己，做一个好人，那就会没有饭吃的，倒还是你无法无天地去干恶事，那可以坐汽车住洋楼了。青超这时心里像吃了甜酸苦辣，忍不住大声叫道："反了，反了!"等叫完后，自己才又清醒了些，觉得不对，这样子下去，自己也许会疯的。照平日被人家骗了三百元钱，也算不了什么，不过现在时候不同了，我以后的生活将怎样过呢? 而且自己离开了珠妹，已有半月，珠妹急候着我的消息呢……唉，青超想到这里，又深深叹了一口气，觉得自己真置身在奈何天中了。

晚上青超睡在床上，只觉闷气塞胸，哪里睡得着? 便翻身起来，披上衣服，出了旅馆，不知不觉走进一家酒楼，叫了两斤花雕绍酒，又点了菜，一个儿吃喝起来。这也奇怪，平日青超对于酒最讨厌的，这时候却像喝茶般的，一杯一杯地倒下肚去。大概心中有事，酒是格外容易醉人的。青超已是喝得酩酊大醉，眼睛也模糊了，这就似乎见前面站着的一个张均定，手里拿着一叠钞票，向自己一扬，还哈哈地笑着。青超见了，气得发抖，酒向上涌，脸儿涨得更红，眼睁得很大的，便把两只菜盆拿起向地上一丢，只听乒乓一声，伙计忙过来道："喂，你醉了吗?"青超正在气得火星直冒的时候，见有人答话，以为张均定还敢反抗，便猛地一掌打去，嘴里不住嚷道："反了，反了，你骗了我的钱，还向我笑吗?"伙计躲得快，已打在额角上了。伙计无故地受了这一掌，怎肯甘休，上前揪住青超道："你疯了吗? 打碎了东西，还打人，什么还说反了，你自己可真反了。"

这时别的吃客也都上来瞧热闹，青超被他一阵子吵，酒也醒了一半，见自己被人揪着，四围瞧着这许多人，心里十分不好意思，因道："你放了手，有话好好说啦。"伙计道："说什么话? 你打碎了东西，还打人干吗?"青超自己知道刚才酒醉了，打错了人，便忙道："打碎东西赔还是了。"这时账房也过来，听说会赔的，便上前拉过伙计道："别人家会赔的就是了，还吵什么?"那伙计不服气道："那么我这一掌给他白打吗?"青超见他额上果然红红一块，心里也很过意不去，便连声道："对不起，对不起，我喝醉了酒，我给你一些医药费吧。"那伙计见有钱，这就改了凶恶的样子，很和平地拾起地上碎盆子。青超叫算清了钱，连盆子在内一共三块钱。青超拿出五圆钞票一张放在桌子上道："多的给了伙计吧。"那伙计见这样的一掌就有两圆钱，脸上反而笑了，忙去拧面巾，倒茶，就此一场波浪便平静了。别的客人都各归座位，见青超这样的举动，心里也都奇怪，常回头去瞧青超。青超也知道自己很受人家注意，便站起来喝了一口茶走了，那伙计还送着到门口。

青超一路走，一路想刚才的事，实在是给酒糊了心，那伙计也活该倒霉。又觉世界上第一要紧的是钱，那伙计有了钱，也就顾不到额上的一掌了，真所谓"钱能通神"了。青超想到这里，忽听后面娇声说道："先生，天晚了，到我家去坐一会儿吧。"青超忙回过头来，见一个年轻的女郎拖住自己的衣角。青超向四周一望，知道自己不知不觉已经到了人间地狱的所在。那女郎见青超不语，便含羞般地轻轻又道："先生，去坐了一会儿吧。"青超见那女郎圆长的鹅蛋脸儿又白又嫩，因为是怕羞的缘故，所以两颊上又透着两朵红云，两只乌圆的眼珠在长睫毛里转着，显露出灵活聪敏样子。心里这就想，这个所在竟有如此秀丽的人，真是垃圾堆中开了一朵牡丹花，连说"可惜，可惜"。那女郎被他一阵地呆看，早羞得低垂了头，此时忽然从弄中出来两个粗手大脚的娘姨，不管青红皂白，一个推，一个拉，把青超硬拖着进去。要是青超没有喝过酒，你就再添两个，也能应付一下。现在喝了酒，手脚无力，不能自主，这就跄跄踉踉地被她们推进一间约是前楼吧，只听砰的一声，两个娘姨关上了门出去了。

青超瞧着房中的用俱，在暗淡的灯光下，一切都是死沉沉的。刚才被她们七荤八素地一阵拖，喝了两口冷风，这时头里又混又疼。青超也忘记了自己到了什么地方，闭了眼睛，很想睡着了。倒是旁边站着的那个女郎，上前去拉了青超的手，到床边坐下，偎着青超的脸笑道："先生，你贵姓啦？"青超这就觉得一阵香气冲进鼻来，心里反觉清醒了。便睁开眼睛，向女郎望了一眼，忽然又想着了什么，便一手推开了那女郎道："我姓陆，有话好好儿说，我也知道你们无非是要钱。"那女郎听青超这样一说，便呜咽起来。青超见她哭得如此伤心，心里就奇怪了，酒也大半醒了，便拉着她手道："你哭干吗？难道你们不喜欢钱吗？你的芳名叫什么？"那女郎才抬起头来，青超见她满颊泪水，好像带雨梨花，见了颇惹人怜爱。

她用手帕拭去眼泪道："我姓徐名秋柳，我听大爷是汉口口音，我也是汉口人，我听了伤心，所以哭了。陆爷，你别恼我，娘知道了又要挨打。"青超更觉奇怪道："你既也是汉口人，为什么到上海来操神女生涯呢？"秋柳又淌泪道："哪里是我愿意的吗？我父亲也是经商的，自己也受过中等教育啦，为了水灾，我的爸妈存亡不知，独个儿流落在异乡。本是想去投一家从前在汉口同居的邻家，因为路途不熟，在路上遇见一个男子，他花言巧语，我相信他是个好人，他说他会伴我到邻家去，哪里知道，他存心不良，把我卖到这里来的。当时我还蒙在鼓里呢。可怜以后就逼着我在风露中过活，天天要夜深更静，接不到客人，还挨打。别人见了，终以不知廉耻，甘心如此。唉，哪里知道其中的苦呢？"秋柳说着，眼泪便又扑簌簌地滚了下来。

青超暗想，原来她也是个好人家的女儿，怪不得有这样好的模样儿。听她这样说，心里忍不住替她一酸，觉得和自己真是同病相怜了。可恨万恶的社会，它不知陷落了多少青年男女呢？便又问道："秋柳你几岁了？自己可知身价是多少？"秋柳道："我十七岁了，身价听说是三百元。"青超听了三百元，觉得很刺耳，不禁又深深叹了一口气，想要是早几天遇见了她，就可以救她出火坑了，见她这样小的年纪，就操这种非人类的生活，心里十分替她可惜、可怜。不过自己目前立身的地都没有找到，哪里有钱来救她呢？真是有其心，而无其力，徒唤奈何了。不免又叹了一口气，抚着秋柳手道："你到这里有几天了？"秋柳听了，娇羞满脸流泪道："到这里已一星期了，为了自己不愿干，挨了她们十多次的毒打，实在受不了苦，前天起才……唉，我知道自己终身完了，恨不得立刻就死，免得在活地狱里受苦。"说着又呜咽起来。青超道："秋柳，你别这样说，这并不能算你的不是呀，只要你的灵魂是纯洁的就得了。"秋柳听了这话，紧紧地瞧着青超许久，忽然又投在他的怀中哭道："陆爷，你真知我的心，你能救我这个苦命的人儿出了火坑，便是我的再生父母了。"青超抚着她的发儿道："我和你是同乡，而且也逃灾出来，见了你，本该是救你，因为我的钱被人骗了。"

秋柳听青超果真是汉口人，便坐了起来，理了一下头发忙问道："陆爷是住在汉口哪儿的？你钱怎么被人骗啦？"青超把自己始末也说了一遍，又叹道："不是早几天遇见你，就可以救你出坑了吗？"秋柳听了，低垂了头，默然无语。心想青超如此英俊少年，倘能救我出坑，情愿终身服侍他，奈何自己已是残花败柳……秋柳想到这里泪珠便又淌了下来。青超见她哭得泪人儿样地呆望着自己，心里更是难受。同时想起自己的飘零，也忍不住滴下几点泪来。秋柳见青超也淌泪，心里无限感激，倒反止住了自己的哭，偎着青超道："为了我，累陆爷也淌泪。陆爷，你别想了，终是我的命苦吧。"青超听了这话，也忘记了她是个神女，把手紧紧地握着她，觉得她也是像绿珠一样可爱的多情女呀。此时钟鸣十一下，秋柳带着眼泪微笑道："陆爷睡了吧。"说着向青超偷瞟了一眼，粉颊上添了两个圆圆的红晕，低头垂在青超的胸前。青超见她如此娇柔不胜，这就情不自禁，低下头去在她的唇上接了一个吻。秋柳伸出一只纤手，也已宽了青超的衣服。

青超这时心里忐忑地跳着，全身的血管紧张起来，正想去搂抱秋柳，忽然想着了发乎情止乎礼，这就连忙缩回了手，暗自想道，你也要干这种寡廉耻的事吗？你既然可怜她，便当设法救她出来，这才算是真正人类伟大的爱了，因便向秋柳笑了一笑道："秋柳，你睡在那边一头吧。"秋柳见他如此，心里更加爱慕他了，便也微笑道："陆爷，那么你先睡进去，让我替你盖了被吧。"青超就在里面躺下，秋柳轻轻地替他盖上了被，将纤手在他脸上抚了一下，然后自己也解了衣，在另一头躺下。青超和秋柳虽共衾而不共枕，仍是抵足而眠。青超见色不乱，真不下于柳下惠了。

第二天早晨，青超醒来，见秋柳已经理过了晨妆。秋柳见青超醒来，便跳到床前，捧着青超的头，在他脸上吻了一下，笑道："你醒啦，好了快起来吧。"青超见她天真可爱，毫无妓女习气，心里更替她可惜，便忙掀开被，拉了她的手笑道："我真好睡，你睡得不舒服吧？这样早起来干吗？"秋柳笑道："我是烧些点心给你吃呀。"说着去叫人端上脸水。青超洗脸漱口完毕，这时秋柳已把火油炉子上煮熟的莲子汤端了来。俩人在对面坐下，秋柳喝了两口，又呆了一会儿，忽然向青超望着淌泪道："陆爷你知道莲子心中的苦吗？你就忍心今天走了吗？"青超正在拿着一匙莲子送进嘴里去，见秋柳这样子一问，又把莲子放在碗里，心想自己虽只有一夜的勾留，但实在是不忍眼瞧着她受苦的，便呆了一会儿道："你的邻家住在什么路，你知道了没有？"秋柳拭泪道："在金神父路，贤德坊十五号，他家的女儿就是我初中里同学。"

青超听了，呆呆地望了她一会儿，两手托着下颊，想了许久，没有说什么。秋柳又道："陆爷肯救我出去，我情愿终身服侍陆爷。"青超忙道："秋柳，你且慢说这些话，我和你同是天涯沦落人，相逢何必曾相识，可是我现在也是个穷途，一时哪里有这多的钱呢？我也终得慢慢地想着法儿。"秋柳听了又哭道："那是我永没见天日的日子了。"青超听了，甚觉伤感，去拉了她的手在身边坐下道："昨夜要是自己不进来倒也罢了，既然进来了，我终尽我的力。"说着把手拍拍她的肩。秋柳抬着满颊泪水的脸望着青超，青超两手把她搂在怀内笑道："放心吧，你如果不相信的话，那么你把你娘去叫来。"秋柳红晕着脸儿，紧紧偎着青超听他这话，似乎不明白，呆呆瞧着青超不说。青超轻轻把她放下笑道："你呆着干吗？把你娘叫来，我有话呢。"秋柳只得去把她娘叫来。

　　她娘见了青超，满脸笑容道："陆大爷你有什么吩咐呀？"青超道："这个孩子，我很喜欢她。"说着在衣袋内，拿出一叠五十圆的钞票来，接着又道，"这些钱你先拿去做开销，在一个星期内，不准再叫她接客，我每天都要来的。"她娘见了这一大叠的钞票，笑得嘴都合不拢来，一面伸手来接，一面连声道："大爷的话，谁敢违拗呢？"青超道："我对你说，以后别给她受气，否则我不肯和你罢休的。"她娘连连称是退了出来，秋柳这才明白青超叫娘来的原因，呆呆地望着他，眼泪不断地又滚了下来。青超拍她的背道："秋柳，你应该欢喜才好，怎又伤心了？"秋柳两手按着青超的肩上，头儿偎在青超的胸前，只是说不出一句话。青超知道她是在感激自己的意思，便也把手去抚着她的云发，良久才推开她道："你也别伤心了，我也要想法去啦。"说着便走了出去。秋柳又赶到房门口，紧握着他手道："陆爷，你晚上来不来？"青超道："说不定的，不过你放心我终尽我的力是了。"说着便走了出来。

在马路上走着，心里可就想，自己到哪儿去想法子呀？自己连一碗饭都找不到的人，倒还想去救别人，觉得自己真有些多事了，就这样算了吧。忽然转念又一想，不对，已经答应了人，岂能再后悔？自己和秋柳也有些因缘的，否则无巧不巧，却刚会遇见我呢？自己向来是这样的，对于天真可爱的女孩，眼瞧她活活地磨折死，心里无论如何是不忍的。老实说我陆青超，要是在一年以前，莫说一个女孩子，就是十个也早将她救出来了。钱爱惜什么？在我的眼里，钱真是最下贱的东西。自己虽然现在是穷了，不过我对于钱，何尝有吝惜呢？青超一路走，一路想，不觉已是到了爱多亚路。

忽见那边围着一群人，不知在干什么，好奇心打动了他，便上前分开众人。见一个西洋人揪住一个穿短袄裤的老人，地下丢着一只皮包，东西散在一地。那老人脸色吓得苍白，围着瞧热闹的人许多，可是却没有一人上去分解。青超瞧了，就身不由主地上去拉开西人的手，向老人道："你为什么给他揪着？"那老人颤抖着道："我撞翻了他的皮包。"青超听了便回头对那西人操着英语道："对不起，他撞了你的皮包，现在叫他拾起来是了。"说着又向那老人道："你快拾起来吧。"那老人忙把东西整理好，放进皮包内，递给青超。青超接过了，还给那西人，又说了一声对不起。那西人见他以理待人，而且又不是他撞翻的，倒如乎不好意思似的点了一下头，回说了一声"不要紧"，便匆匆地走了。

这时看热闹的人也已散去，那老人忙笑道："请问先生贵姓？"青超道："姓陆，您老先生怎样会撞翻啦？"那老人道："这也很巧，他自己走路很急，在我手上一碰，便撞落了。陆先生谢谢您，府上在哪儿？"青超见那老人很忠厚朴实便道："就在这里相近，可同去坐坐。"那老人道："陆先生有没有公事去干？"青超道："不妨事。"俩人遂穿过马路，到了大方旅馆的门前。青超笑道："老先生，我是外乡人，所以暂住在旅馆里。"那老人哦了一声，跟青超到了房内。让那老人坐下，又斟了一杯茶笑道："老先生您贵姓啦？府上在什么地方？"那老人见青超服装，想定是贵族少爷，而对于自己却呼老先生，一些没有自大的态度，心里十分欢喜，便道："我吗？是在主人家做管家的。我的主人姓王，所以我就叫王福。因为主人屋后有个小小的花园，里面种些果树花卉。管园的人忽然患了病，主人恐怕荒了园中花木，而且他自己又要到苏州去一次，三天后才回来，叫我在三天内去找一个园丁来管理花园。早晨我正为了这件事，不想就闯了祸，幸亏陆先生替我解了围。"

青超听了王福的话，心里可就转念想着，上海找一个职业，实在比登天还难。我已受过了一次的骗，报上的招考，我是再也不敢去尝试了。王福既然去找园丁，我何不来一下毛遂自荐呢？好在又不做粗笨的事，种果子栽花卉，自己在家里的时候，不也感到相当的兴趣吗？而且我答应了秋柳的事，正在无处设法，也许他的主人倒是个慷慨仗义的人。那我情愿多替他苦几年，先向他借三百圆，将秋柳从火坑里救了出来，这是多么使自己感到一件痛快的事啊！青超心里只是想着，王福瞧着他倒奇怪了，青超自己也就觉着了，便笑了笑向王福道："老先生，我向你商量一件事，不知你能不能答应？"王福忙道："别客气，什么事啦？"青超遂把自己的意思说了一遍，王福忙笑道："陆先生，你在开玩笑了，像你这样的人，而且学问又好，配干这种劳苦的事吗？"青超正经道："我没有和你开玩笑，这是我自己愿意的事。"王福见他不像在开玩笑，因正色道："就是陆先生愿意，你家里的人怎样肯呢？"

青超叹了一口气，因把自己的经过从头地说了一遍。王福听了，也替他叹了一口气道："上海真是万恶的地方，找职业全是靠势力的，像陆先生这样人才，没处用真是够可惜的。那么陆先生既然要去，也好待我说去，暂时安安身，将来有机会仍可以跳出去的。"青超忙拱手道："全仗老先生帮忙。"王福摇手笑道："好说，陆先生将来飞黄腾达，老头儿真要陆先生提拔呢。"青超见王福十分看重自己，说着这样吉利的话，心里十分高兴，忙道："谢谢老先生。"王福笑着起身道："那么我就回去，告知一声儿，就来接你怎样？"青超也站起来道："好极了，不过老先生你可别失信。"王福笑道："我瞧陆先生年少英俊，毫无骄慢习气，心里十分佩服，当然竭力，你还不相信我吗？"青超忙道："不敢不敢，那么我等候你的信儿吧。"王福答应便笑着走出去了。

青超坐在沙发上，想着今天的事，真也有趣，自己少爷也做过，八十元的名义会计员也当过，现在要去尝尝做园丁的滋味了。做园丁算不得是卑贱的事，少爷既然要做，园丁的生活也应去尝尝看，各种不同的生活都要亲身去做过，那么人生的意义才有价值呢！青超想到这里把眼前的环境一概都忘了，反而觉得生机起来，自己忍不住哧地笑了，真是"山重水复疑无路，柳暗花明又一村"。未知青超果真有做园丁？且看下回分解。

第四回

充园丁暂执贱役
呼大哥且做西宾

下午三点钟的时候，王福匆匆地进来，青超忙起来让座，王福道："对不起得很，叫陆先生等候多时了。"青超斟了一杯茶笑道："不打紧，事情能不能成功？"王福忙接了茶杯道："哪有不成的事？早晨我回去，老爷已动身到苏州去了，我就对三姨太说了，她已答应了。我因为还有别的事，所以到这时候才来。"青超听了问道："你家老爷，那边还是姨太太的公馆吗？"王福听了，喝了一口茶，摇头道："这事说来话长，好在左右无事，我来说给陆先生听。我自从十九岁到了主人家里，直到现在，足足有三十五个年头了。"青超笑道："那你真可算是老家人了。"王福笑了笑道："我家老爷姓王名叫厉正，今年是四十九岁了，为人是很和善的，在永利公司里做总务科主任。我家太太在三年前死了，只留下两个孩子，一个叫小宝，一个叫美丽。老爷因追思太太生前的恩情，不忍立刻续弦，常在夜里抚着两个孩子淌泪。有时在自己的案桌上作几首诗，是追悼太太的，吟着的时候，也会淌着眼泪。我虽不知其中的深意，但是有时，在案桌上瞧了，真是十分地沉痛，使人读了泪落。"

青超听了很是感动道："你家老爷是在哪儿毕业的？"王福道："我记得是什么法科里毕业的。我听你问起这事，倒又想起一件快乐的事了。那时老太爷也还在世上，这还是清朝时代，老爷也曾入过学，中过举，那年的时候，正是老太爷做寿，而且又是老爷娶主母的一年，这真是三喜临门了。老太爷又只生了我老爷一个，所以格外地欢喜了。一家院前院后都是客人，做戏要做了好几天呢。那一年可真是最快乐了，老爷自己也欢喜得老是拉开嘴笑了，我们有时还打趣老爷啦。想起三十多年前的一幕快乐事情，现在觉得还在眼前哩。"

王福说到这里也笑了，青超也忍不住好笑道："你们老爷是哪儿人？"王福嗽了一声道："我家老爷是宁波人，老太爷在的时候，是住在故乡的。后来老太爷和太太归了天，又因为职业上的关系，所以迁居到上海来。我还记得太太是有身孕后到上海的，二月后生下的就是小宝，美丽现在也有八岁了。在上海一共住了十五年，在三年前也因为生产而去过了。唉，我想着太太在世时，那样和蔼待人的好处，竟死得这样可怜，真使什么人都要伤心的。"王福说着，又深深叹了一口气，似乎真的要落下泪来了。青超见他说得十分认真，他本也是善于感伤的人，也忍不住长叹一声。

王福接下去道："那还是去年正月里的事情，朋友们拖着老爷到堂子里去吃花酒。老爷因为是在新年中，不好意思推却，只得去了。就此结识了这个三姨太，一定要嫁给我的老爷，老爷没有答应，又禁不住朋友的劝说，就娶了过来。"青超道："那你的老爷一定还有别的公馆了？"王福摇头道："没有的，陆先生你怎样知道的？"青超道："有三姨太，不还有二姨太吗？"王福笑道："陆先生，你误解了。我家老爷是向来不贪女色的，脂粉场中，除了朋友们强拖了去，他也不去的，而且也只敷衍罢了。他空闲时候常和少爷小姐去瞧瞧电影，这样消遣的。他的希望全在少爷小姐身上了，至于你说的三姨太，她在堂子里排行是第三，所以就叫三姨太了。"青超听了这才明白，王福又道："话也说得很多了，我们可以走了吧？"青超道："好的。"俩人便出了旅馆。

青超心里暗想，他主人一定十分谦和的人，或许能够帮助我也未可知，这也是秋柳的造化了。正在想着，听王福道："陆先生，主人家在霞飞路，我们到法租界乘车吧。"青超点头笑道："我们以后都是彼此别再称呼先生了，被人听了岂不笑话吗？"王福笑道："我叫你先生是应该的，你只叫我王福是了。"说着车子已来，俩人便上去，没有一会儿，便到了王公馆。王福伴着青超到了大厅上道："你等着我去通报一声儿。"青超点头，向四周打量一番。房屋倒也很大，和苏公馆差不多，厅上陈式也很富丽。这时候见里面出来一个少年妇人，打扮得花枝招展，容貌也很是妩媚，不过眉目间终带些风骚。因想自己既然踏进门，终得低头下脸，便站起来叫了一声"太太"。

三姨太见青超如此俊美的脸儿，又穿着这般服装，也是吃了一惊，忙问王福道："这个就是吗？"王福点头道："正是。"三姨太抹嘴一笑，向青超一挥手。青超也不客气，老实坐下。三姨太本是脸含笑意，忽然她又脸一沉道："我瞧你这个样子，绝不是低三下四的人，不知为什么却要到这里来做仆人？你到底有什么用意在内呀？"青超心想，不错，这也怪不得人家要疑心，现在上海社会上什么诈骗都有，见了自己这个模样，这不要细细问一下吗？自己这个举动，本也有些好笑，便就把自己因水灾而流落上海，及至投考受骗的话又说了一遍，只有上海有姑母家从不曾提起。三姨太听了道："那么你既是武汉大学读书的，什么事都可以做，却甘心干这种的事吗？"青超被她这样一说，心里不觉又引起无限伤心，忍不住微红了脸，长长叹了一声，摇头道："上海找事第一要有势力，自己孤伶伶地在上海，亲朋全无，并不是自己甘心情愿干这些事，完全是出于无奈的。"青超说到这里，想起以往的事，心里甚是惶恐，低了头很有些不好意思见人。三姨太见他这样子，忍不住好笑道："那么你在这里做事也好，以前管花园的是十元钱一月，现在就因为你是好人家出身，加你五元吧。"青超忙低声说了一声"谢谢"。三姨太又道："那么你明天来吧，现在王福你先伴他到各房间去瞧瞧。"说着便回上房去了。

这里王福伴着青超去走了一圈，每间都指点他知道，后才送他到门口。青超向王福望了一眼道："你刚才没有把我的经过和太太说吗？"王福笑道："说是说过了，不过她见了你，不得不问一遍呀。"青超笑了笑，才回身走了出来，忙回到旅馆里，把几部书籍和衣服放在前几天买来的小皮箱内，揿了铃叫侍者进来，清算房金，还余三元钱，青超就给侍者做了酒资，侍者道了谢，忙去雇了车。青超跳上车子，便到秋柳那里去了。秋柳的娘忙迎了出来笑道："陆大爷您来了吗？"青超点头走上楼去。

这里早有人去通知秋柳，秋柳已在房门口迎着，俩人携手到了房中。她娘亲自来斟了茶，并端上脸水，便笑着掩上了门走下楼去。秋柳在脸水里和上几滴香水，拧了一把，给青超揩了脸笑道："怪热的，上衣脱了吧。"说着便替青超宽了上衣。青超见她贞静娴淑，实在令人感到她的可爱，便一手拉了她玉臂，在沙发上坐下，笑道："秋柳，我走了后，你娘待你怎样？"秋柳抹嘴笑道："娘吗？就大变了，奉承我活像是她的老祖宗啦。"秋柳说着把舌儿一伸，哧哧地笑了。青超见她如此天真，忍不住也笑了。秋柳接着又道："她说现在有活财神看中了……你要好好儿地服侍，别给他受了气，娘情愿格外地疼我。"秋柳说着，把眼波向青超一瞟，两颊又红晕起来，低垂了头。青超笑道："这就是了，我也可以放心一些了。"秋柳听了，又抬起头来道："她这种人只要有钱，有了钱什么事都没有了。我只希望陆爷能早日救我出火坑，那我就重做一个人了。"秋柳偎在青超怀里，抬了头望着青超，青超把手儿去抚着她的头发，良久道："秋柳，你是不应该过这种生活的，所以才会遇到了我。"秋柳听了这话，忽然坐正了，掠了一下鬓发，攀住青超的手道："陆爷，真的有办法了吗?"青超见她这个样子,足见她心内是感到无限惊喜了,便把自己早晨的事说了一遍,接着又道:"能够成功不成功,要三天内等那主人回来,可以知道。我的力也用尽了,这一下子,要瞧你的造化了。"

秋柳听到这里,便又投在青超的怀里了,忍不住淌泪哭道:"陆爷为了我,情愿去牺牲身份,真是情已用完,如果那主人不肯答应,也是我自己命苦。终算遇见了陆爷这样的一个人,我就是死了,也是感到安慰的。"说着泪像泉涌,把纤手抚着青超的脸,青超心里也甚觉难受,低下头偎着她脸儿道:"秋柳,你别说这些话,那家主人听说是十分慷慨仗义的,许能够答应的,你放心吧。"秋柳道:"陆爷如救出我火坑外,真叫我粉身碎骨都不能报答的。"青超替她拭去泪笑道:"你又说孩子话了,你粉身碎骨,我还有什么用吗?"说着又去吻了她的颊。秋柳把头在青超怀里躲藏。这时忽听门外有咳嗽声,秋柳会意,忙站了起来道:"是谁?进来吧。"说着门外进来一个娘姨笑道:"小姐可以开饭了吗?"秋柳点头道:"好的,开上来吧。"没有一会儿,饭菜都端上来。这一晚青超仍宿在秋柳处。第二天,青超临走的时候,握着秋柳的手道:"秋柳你放心,三天内等我的好消息吧。"秋柳含泪点头,送下楼来。青超又向她娘叮嘱几句,便到王公馆去。

王福早已迎了出来笑道:"陆先生,您早呀。"青超忙道:"不早了。"王福道:"您的床铺都已舒齐了,和我合住在一间,我们先去瞧瞧。"青超忙道:"有劳你了,真对不起得很。"两人说着已转入西边几间平屋前了,这里分作两大间,一间是仆人的卧室,一间是厨房。因为王福是总管家,所以另辟一间,里面房间虽小,倒也收拾得很清洁。王福指着下首一只床铺道:"这是昨天刚添上的,你就在这里睡吧。"青超把小皮箱放在铺上,向王福拱手道:"辛苦你了,有空请你喝杯酒。"王福笑道:"别客气,昨天要不是你来解了围,我险些吓掉了魂灵。"青超笑了笑,

46

出了房间，走到大厅阶前，忽听东首屋内传出一阵音乐声来。青超问道："哪里来的弹琴声？"王福听了一会儿道："大概三姨太和小姐少爷在玩儿吧，那面一间布置得很精致，老爷把它做娱乐室的，里面什么乐器都有，我们去见了她，你也可以到花园去了。"

两人从走廊旁转了弯，到了另一个院子。王福推进门去，又向青超摇手，青超便也跟着进去，见里面果然布置得十分羡观。见三姨太坐着在弹钢琴，美丽正在跳着葡萄仙子舞，小宝静静地坐着瞧书。美丽见有人进来，便停止了舞蹈，乌溜溜的眸珠向青超紧紧地瞅着，三姨太也回过身来。王福道："太太，他来做事了。"三姨太道："床铺安顿了没有？"王福道："安顿了，和我合一间的。"三姨太听了，蹙着双眉想了一会儿道："也好。"说着又向青超道："你叫什么名儿？"青超道："叫青超。"三姨太又微微地一笑，秋波瞟他一眼道："青超，你有闲的时候，不妨进来，和小姐少爷玩玩儿。"青超点头，因见小宝和美丽都呆呆地瞧着自己，遂走上前去向小宝叫了一声少爷，又向美丽叫了一声小姐。美丽见了，红着脸儿，反躲到三姨的身后去了。青超瞧了也笑了，便和王福到了花园里。

王福道："你把花丛中的野草拔去，浇些水上去，你会不会？"青超笑道："我会的，你有事去吧。"王福也笑道："那么我走了，吃午饭的时候，我会来叫你的。"青超点头答应便把西服上衣脱了下来，挂在梧桐的枝上，在旁边一块大青石上坐下，手托着下颏，呆呆地想了一会儿，自己不觉又笑了出来。暗想自己活了二十年，从不曾向人叫过太太、少爷、小姐，今天居然亦这样称呼人家了，后天还要叫上一声"老爷"哩。这究竟为了什么呢？要吃饭呀。青超不免又叹了一声，忽然又苦笑了一下自语道："别管他了，叫了这几声太太，又不会短了我什么。"因站起来拿了镰刀，开始去刈花丛中的野草去。嘴里又哼着镰刀歌的调来，心里倒也颇觉安闲。刈完了草，又去修剪树的枝条儿，草地上的落叶也都收拾得清洁。两手伸了一伸，似乎感到有些吃力，便在园中踱着圈子。

那边倒有一条小河，上面横着一条板桥。沿河边堆着几座假山，穿过假山十数步远，有一只六角小茅亭，周围种着垂柳和枣树，枝叶儿都由翠转黄了，景物显见得已带着秋气。踏进小亭，见里面有独脚小圆桌子、四园刻花石凳，上面有一方横额，写着"槐荫"二字。出了小亭，沿路有一扇小门，铁栅关着，便从一条小径出去，原来就是回到大青石的原处。青超想这个花园虽小，点缀花草与同结构，倒也具见匠心。到了下午，青超拿了几本书，坐在树荫下，安安闲闲地瞧书。阳光暖烘烘地和着轻吹的微风掠着脸儿，颇觉凉爽，想这可真自在极了，明天多去买一些书籍，在这里也好练习一下学业。可惜现在已交新秋天气了，要不然这种生活，倒有些像在避暑山庄了。想到这里，又忍不住好笑起来，高声又唱起 *Victory of happiness* 的调子了。

正在得意自乐的时候，忽然从背后跳出两个小影子来，还不住地咯咯地笑着。青超倒吃了一惊，忙回头去一看，原来就是小宝和美丽，因忙笑着向他们摆手道："来，快来。"小宝便跳到青超面前笑道："你倒是好快活呀！"青超笑道："你听得懂吗？要不我来教你们？"美丽见她哥哥和青超就说着话，便也慢慢地走了拢来。小宝向青超呆呆地瞧了一会儿，便也在大石上坐下，向青超问道："你到底是叫青超，还是叫觉五呀？"青超被他这样一问，倒有些奇怪了，忙道："我叫青超，你说觉五是谁呀？"小宝听了，眼眶儿一红道："觉五吗？他是我的大哥，死了已六年了。因为我见你十分地像我大哥，所以问一问你，到底是不是大哥，也许大哥还在世上也未可知哩。"

青超听他这样说，虽然是孩子话，不过他思兄情切，也可算是至性流露了。又想他有大哥，为什么王福却没有说起呢？也许别人家谈起了这事伤心，所以瞒着了，便回头向小宝道：“你大哥如在着，现在有多少年岁了？”小宝道：“大哥十七岁，就高中毕业了，十九岁在清华大学读了两年便死了，你想可惜吗？爸说大哥是太聪敏了。”小宝说着滴下几点泪来，美丽也噘起了小嘴道：“大哥在的时候，真喜欢我，抱我亲我。我听爸说，大哥是生脑膜炎死的。”小宝用手背擦了泪道：“大哥是死在北平的，电报打来，爸连忙赶去已经死了。”青超知道他们哥哥死后，厉正夫妇一定是十分悲伤，时常地在思念着，所以孩子们也深深地刻记着哥哥的死了。他大哥死在异乡，透见得是可怜的，甚使自己同情，也微微叹了一口气，问道：“你们两人现在在哪儿读书？”小宝道：“我在大公中学，妹妹还没有上学呢。”青超见美丽天真烂漫、活泼可爱，便抱她在自己膝踝上坐着，想她小小年纪就没了娘，也很替她可惜，抚着她短短的童发，心里有种说不出的感触。

美丽见青超十分可亲，也不像先前那样怕羞了，小手捧着青超的脸儿笑道：“你给我做大哥好吗？”青超笑道：“你喜欢，就叫我大哥也好。”小宝本是呆呆想着，听见美丽这样说，也攀住青超的手臂道：“我问你，你一些也不像做仆人的样子，为什么你要来做呀？”青超道：“我也不愿干，但是没有法子，所以暂时找口饭吃。”美丽笑道：“哥哥，你问他干吗？我们就叫他大哥得了。”小宝笑道：“不知怎样，我瞧见了你，就觉得你的人很好，我和妹妹就真的叫你大哥罢了。”青超见他两个孩子，你一句，我一句，说得有趣，也忍不住笑了，三人说着笑着，也就不去注意旁的。忽然对面树荫里走出一个妇人来没有瞧见，直到三姨走到面前娇声笑道：“丽囡，你又胡吵了。”青超这才抱下美丽，站起来笑道：“太太，你在闲散吗？”三姨点点头，见美丽倚在青超怀里向自己笑道：“姨娘，他像我的大哥，我就叫他大哥。”三姨含嗔般地道：“你别缠人了，女孩儿一些也不怕羞。青超还只来了一天，就叫人家抱了。"青超笑道："小姐十分可爱。"小宝也笑道："姨娘，他还会唱外国歌呢。"三姨笑道："好啦，多给你们一个玩儿的伴侣了。"青超见她说这话，把自己像当小孩子一般看待，倒也不觉红了脸，想堂子里的女人到底是厉害，自己平日虽亦善于交际，今天倒被她说得不能开口了。

三姨却没有觉着，向四周瞧了一下笑道："我一路瞧来，园子里倒也拾得清洁。对于这些，透见得你有些内行的。"青超只在笑着回答道："从前在家乡，空闲的时候，对于种栽花卉果树倒也很感兴趣，其实这也极便当的事。"小宝和美丽见姨娘和他谈话，便挽着手儿，到别处玩儿去了。三姨向青超瞟了一眼道："像你这样人才，埋没在这里，实在是很可惜的。后天美丽的爸回来，我和他商量，不如有什么比较好些的职业，替你找一个。"青超见她这样好意，不得不客气道："多谢太太提拔，真是感激不尽。"三姨听了，嫣然一笑，走到青超身旁，纤手轻轻向青超肩上一拍笑道："事还没有成功啦，你怎么先道谢了？"青超被她一拍，心里不觉别别一跳，不知怎样是好。三姨却又眉开眼笑地说道："青超，你有多少岁数啦？"青超低头道："二十岁了。"三姨道："你结了婚没有？"青超听了暗想，这不对，我结婚不结婚干卿底事？她这样问下去，可愈不成话了。她虽有花容月貌，但是自己对于秋柳，尚且不肯破她贞操，何况你是有夫的妇人？不过她是主人，自己是仆人，主人问的话，做仆人不能不回答呀，青超想到这里，心里跳得愈厉害，也就忘了回答。

三姨见他呆呆地站着不语，心里好笑道："大概已结亲过了吧？"青超才醒来似的抬起头来道："还没有。"三姨见他这份局促不安的样子，这就故意又道："在上海情人终有啦？"青超笑了笑，正在支吾不能回答的时候，忽听远处王福在叫自己了，便忙笑向三姨道："他们在叫了，不知可有些什么事？"说着也不等三姨说话，就立刻转身跑了。三姨笑了笑暗想，这个傻子，早晚逃不过我手中的，想着遂亦回身到上房去了。

第二天早晨，青超刚吃过早餐，忽见小宝来叫青超道："姨娘叫你去。"青超吃了一惊，想这是什么话，照这样下去，恐怕自己又要离开这里了，但是现在只得跟着小宝进去。见三姨坐在沙发上喝牛奶，见了青超道："你这时候没有什么事，就伴少爷上学去吧，在路上我可以放心一些。"青超这才疑团尽释，这是自己太多心了，也许她的个性是这样的，昨天一定也是和自己开玩笑的，自己却去疑心到这一层里，真是该死，心里反自觉惭愧，便忙答应，伴了小宝到学校里去。

回来已是九点多了，经过厉正的书房门前，见小厮王四在里面揩扫。因想王福曾说厉正案桌上有诗稿卷子，何不进去瞧瞧？便走了进去笑道："王四，你辛苦了。"王四回过头来，见是青超，便也笑道："你伴少爷去已回来啦。"青超点头，一面和他闲谈，一面走到书桌边，见上面堆着许多书籍，新旧都有，想厉正的思想大概也是很新的。翻了几叠，果然下面见有一卷诗稿，便忙展开来，见上面几首都是七律悼亡诗，便从头瞧去，觉得琳琅满目、美不胜收，其中有几句最伤心的道：

> 我自负卿卿负我，卿须怜我我怜卿。三生空有白头约，百岁还留结发情。良缘自古浑如梦，好事由来不到头。死路偏从生路入，欢声都被哭声收。别时容易见时难，国破哪堪家又残。纵我留卿生亦苦，因卿累我死犹艰。眼枯见骨难为泪，心死成灰常有痕。愿尔多情长入梦，恨我无术续前缘。

青超瞧到这里，忍不住一阵心酸，眼圈儿一红，滴下泪来。想厉正夫妇，在日的时候，俩人的感情深厚，可想而知。读这诗真所谓一字一泪一点血了，局外人瞧了，已经如此，何况个中人

51

身历其境，怎不要肝肠寸断，难以为情了？一时青超脑中深深印着"国破哪堪家又残"的一句，一面感到东北沦亡，一面又触着此次水灾，一身飘零，不禁就隐隐暗泣起来。"感时花溅泪，恨别鸟惊心"，伤心人别有怀抱，怎当得如此环境？

正在回肠百转，思潮起伏，忽听有人叫道："青超哥，你在瞧什么？"青超回头一瞧，见王四已揩扫完毕，便答道："我在瞧老爷作的诗。"王四道："你也瞧得懂吗？"青超道："怎么看不懂呢？"王四听了，脸上显出十分羡慕的样儿，拍拍青超的肩道："你们读了书，真是好福气，我就连一个字都认不得，真叫作看看明明，摸摸平平了。"王四说到这里又笑起来道，"我还记得为了说这一句话，还给少爷讨便宜去呢。"青超道："什么呀？"王四笑道："那天在姨太太的上房里，少爷小姐要习字，我去研磨，我见少爷写的字，也说了这一句话，少爷就问我道，你看到底明不明？"我说："当然是明的，不知道姨太太和少爷听了都笑了起来，我还弄得莫名其妙。后来姨太太才说道，少爷是说你狗看星星一片明呢。因此我才知道，自己也忍不住笑了。"青超听了也忍不住好笑，便把诗稿仍安放在原处，问王四道："你知道姨太太识得字吗？"王四想了一会儿道："大概是识得的，我常见她拿着本书在瞧呢。"青超点头，俩人遂出了书房，青超也回到花园里去了。

晚上青超睡在床上，只是反复不能睡去，听着王福的鼻鼾声，心里更觉沉闷，便从床上坐起，披衣下床，到后园里去踱了一圈。云淡天青，半轮缺月悬空高照，四周点缀无数亮闪闪的小星，照在梧桐树上，叶子的影儿很清晰地映在地上。在夜风中，偶尔有一两瓣的落叶在青超的头顶上打来，发出瑟瑟的声音，这使青超心里更有一种说不出凄凉的意味。青超坐在大石上，抬起了一只腿，两手环抱着膝踝，瞧着对面两株高大的银杏树出神。夜阑人静，万籁无声，想着自己自从到了上海，二十多天，眼前只落得做个园丁，想着过去的如水流年，虚度着春花秋月，又更想起未来的渺渺前程，究竟如何结果，真是"中流浩浩谁援楫，前途茫茫欲问天"。低头望着地上，自己瘦长的影儿，感觉孑然一身，无限凄凉，不免又想起了绿珠。当此夜静更深，未知她的芳心中可曾怨我？可怜自己现在的环境，尚有何面目可去告诉她呢？又不知她能否明白我的苦衷。那夜清歌一曲，这时犹宛然在耳，那夜恰值皓月团圆，人影成双，一切的景物都呈现着勃勃生气。今夜呢，月是缺了，影是单了，人生的聚散，真觉不可捉摸。月缺终有圆时，我青超和绿珠妹不知何日再能聚首？青超想到这里，不觉又凄然泪落。这时一阵阵的夜风吹在青超的身上，顿觉毛孔凛然、寒意彻骨，忍不住打了两个战栗，因忙又起身，慢慢地踱回房中。这夜青超胡思乱想，直到午夜二点敲后才睡去。

第二天下午，青超正在园内花丛中浇水，王福匆匆地奔进来道："老爷回来啦，你快去见了。"青超听了遂放下水壶，跟着王福进了书室，见厉正身穿灰哔叽的长夹衫，脸上虽带了些清癯模样，可是那副严整的态度，颇使人见了肃然。嘴唇上留着一小撮胡须，手里拿着一支雪茄烟，坐在写字台边，青超便走上前去鞠了一躬，叫声"老爷"。王福便自管退了出来。厉正见了青超，把雪茄烟在烟盆上搁着，脸上现出很惊奇的模样，向青超望了许久才问道："你就是青超吗？"青超点头，厉正指着旁边椅子道："你坐下，你的身世王福已经告诉过我，你今年几岁了？"青超坐下道："我二十岁了，在这人地生疏的上海，找不到一个相当的职业，所以暂……"厉正听了，截住他话道："我知道的，对于有用的人才，我是不肯使他屈居的。"青超忙道："老爷如肯提携，真是感恩不尽。"厉正见他说话十分灵敏，遂又问问他的学历，青超对答如流，厉正颇觉喜欢，笑了笑道："你且退下，容我想一想。"青超便走了出来。

53

晚上厉正又叫青超进去，青超走进书室，见里面烟火通明，就见美丽奔了出来，抱住青超的两膝道："大哥抱我。"青超遂也抱起美丽，走到里面。厉正见青超抱着美丽站在自己面前，心里就觉非常感触。青超知道自己酷肖他的爱子，见我抱着美丽，未免感觉伤心，便放下美丽，叫了一声"老爷"。厉正才叫他坐下，勉强笑道："你别这样称呼了，我对你说，因为我的大儿，面貌同你十分酷肖，自从大儿过世后，真使我十分感伤。放晚学时，小宝和美丽又缠着我，说你像大哥，一定要认你做大哥。现在我想丽囡这孩子还不曾上学，就是你来教授这孩子，晚上小宝再可到你这里补习一下英文，倒也使得。有陆先生教导我这两孩子，我也放心了许多。每月津贴你四十元，给陆先生买些书瞧。"青超见厉正叫自己做了他家的西宾，这就连忙站起来，向厉正深深鞠了一躬道："承老伯如此栽培，真叫小侄感激不尽。"厉正见他忽改称呼，正中下怀，不胜欣慰，便笑道："别客气，明天陆先生就可以实行了。"

这时小宝美丽见青超果真做自己先生，喜欢得跳起来，拉着青超的手，亲热地叫道："大哥做我们先生啦。"厉正见两孩子只是叫着大哥，心里十分难过，叹了一口气道："我这孩子如果在着，有二十五岁了，可怜他是太聪敏了，所以会患脑膜炎死了。我的家运也真不幸极了，三年前丽囡的妈又会过去，我接连受了这两重打击，什么事都灰心了一大半。"厉正说着，忍不住淌下几点泪来，青超忙安慰道："老伯也别伤心了，人死了是不能复生，小宝今年也有十五岁了，天性又聪敏，美丽活泼可爱，老伯膝下有他两孩子承欢，也可以使老伯忘忧了。"青超说着把手推小宝，小宝何等伶俐，早已奔到他父亲怀里去了。美丽见哥哥上去，便也走到她爸的身怀里，小手去捧着厉正的脸儿。厉正瞧着，脸上露出笑容，将手去抚两个孩子的发儿，一面向青超笑道："陆先生真是我的知己了。"

第二天，全家人都知道青超已做了美丽的先生，一般仆人都向青超贺喜。晚上厉正特地办了几桌酒菜，在会客室里另摆了一桌，算是待青超的西席酒，其余都摆在大厅上，给合家人等也热闹了一天。三姨太这两天因为身体不好，所以没有入席，下首只坐着美丽和小宝。厉正虽年已半百，然思想颇新，俩人谈谈十分投意，大有相见恨晚之慨。小宝和美丽见俩人滔滔不绝，遂胡乱吃了一小盅饭，便到外面去玩儿了。青超虽然谈着话，不过心中却在想秋柳的事，所以没喝上几杯，脸儿已红了，真是胸有心事，酒易醉了。青超本想启口，因为在第一天，主人殷勤待宾的酒席上，哪里可以就和人商量借钱呢？真大是不好意思。不过自己对秋柳说是三天内给她消息，现在已经是过了四天了，秋柳心中怎不要急呢？不知那可恶的娘又将怎样虐待她呢？想到这里，心中一阵烦躁，酒就向上涌来，险些呕吐起来，便忙把思想压住，脸儿因更涨得通红，手在胸口上连连揉着。厉正见青超如此模样，回头对王四道："陆先生醉了，你盛了饭，可以不必侍候了。"王四答应，去盛了饭，便也走出去。

厉正见青超没有喝了多少酒，脸儿已红，而且谈话中，有些支吾，似乎心中有什么事，厉正为人是很直爽的，便开口问道："陆先生有什么心事，不妨说来一听，或许我能够……"青超听到这里，便忙向厉正一拱手道："这事本不应该在席上向老伯说的，现蒙老伯下问，恕我实告。"因便把自己一个同乡，亦因水灾，漂流上海，被人骗入火坑，那天无意遇见自己，细诉苦衷，自己十分感动，因能力薄弱，正在无计可施，在路上巧遇王福，闻老伯仁慈为怀，所以小侄投身为仆，正为了此事。现果蒙老伯提拔，使小侄万分感激，欲向老伯暂借款子，往后在月薪内扣除归还。本不该向老伯说及此事，自己颇觉惭愧。如此得步进步，实因时在局促，不得不恳求老伯，望老伯勿怪。

厉正听青超说话恳切婉转，自己亦甚感动，不过转念一想，青超为什么会到这种地方去呢？因沉着不语。青超已经会意忙道："为了自己招考受骗，精神上受了刺激，所以借酒消愁，出来经过……"厉正听到这里，才恍然，不等他说完便道："倘她出了火坑，将如何安顿呢？"青超知道他话中有因，便把她自有在汉口从前的邻居在上海，她自能投奔，自己因不忍目睹她长陷苦海，自己决无他望，此心实可表天。今在老伯前，实不敢有半句虚语。厉正见他如此，不觉肃然起敬道："如此说来，陆先生真今日青年中少有的君子了，佩服佩服。但不知其数多少？"青超见问忙道："三百元够了。"厉正想了一会儿道："三百元为数尚不大，陆先生既如此热心救人，难道我不能解囊相助吗？"青超忙道："这哪里敢当？只求老伯允许，已是刻骨铭心。"厉正正色道："这是出于我的自愿，成人之美，我向来是这样的。"青超听了，立刻离座，向厉正深深一鞠躬道："小侄先替她向老伯致谢了。"厉正笑道："这事十分痛快，我和陆先生应再痛饮三杯。"青超忙握了酒壶，向厉正斟了一杯道："敢不遵命？"俩人便各喝了三杯才用饭。饭后又谈了一会儿，便各归房。

青超的卧室在早晨已搬移到娱乐室的对面厢房里了，里面收拾得十分清洁。今天夜里，青超睡在床上，十分地兴奋，觉得自己的生命真有些像海潮，一忽儿高，一忽儿低，眼前终算是已到了高的时候了，不知低的，再会到我的身上吗？这哪里能预料呢？便自语着道："管不了这许多，还是早些睡吧。"因就闭了眼睛，呼呼地入睡了。未知后事如何，且看下回分解。

第五回

侠义客拯姝出泥污
风雨夕游子病缠绵

东方现出了鱼肚白，青超已经醒来，大概自己的心热度已超过了往常，若是睁着眼睛睡在床上，干脆的还是起来吧。便披衣下床，到院子里慢慢地踱了几步。一颗心只是挂念着秋柳，一时脑海中，就也映出了秋柳的芳影，好像见秋柳一忽儿满脸眼泪，紧蹙双蛾，一忽儿又见她眉飞色扬，乌圆的眼儿在长睫毛里一战，娇靥愈觉可爱。那时青超的脸也就一会儿欢喜，一会儿凄凉。正在这个时候，忽听有人叫道："陆先生，您早呀。"青超忙抬头一瞧，原来自己不知不觉，已踱到那西边两间平屋的前面了，那叫自己的正是王福，便点了点头笑道："也不早了，七点多啦。"王福笑道："陆先生，他们派我做代表，向你谢昨天我们喝的酒。"青超连连摇手笑道："你又开玩笑了，这是老爷赏赐你们的，怎么倒谢我啦？"王福笑道："别客气了，接受了吧，否则我这个代表就不好意思了。"青超听了，也忍不住好笑起来。

在下午一点钟的时候，厉正特地跑回家来，拿了一张支票交给青超。青超连声谢了又道："过一会儿，我带她亲自来叩谢老伯。"厉正摇头道："你怕我不信你吗？要是这样，我早就不答应你了。"青超笑了笑，厉正又道："你也好走啦，我还得到写字间去。"俩人遂出了大门。青超向厉正点了一下头，跳上人力车，到秋柳那里去了。

走进大门，见她娘在客室内坐着吸水烟，嘴里还叽里咕噜地念着，不知在说些什么。见了青超便站起来笑道："哟，陆大爷，这几天在哪儿玩儿呀？秋柳是惦记着哩。"青超笑道："她在哪里？"她娘道："在楼上，我去通知她。"青超忙摇手笑道："你别声张，我自己上去。"她娘会意，笑了一笑，便让他自己上去。

青超轻轻地走到楼上，觉得是怪静的，因悄悄地走进秋柳的房中，见秋柳面着桌子坐着，低了头正在写什么似的，便轻轻到她背后。见她握着一支自来水笔，在一张白纸上写着："青青子衿，悠悠我心。"下面还写着，"青超哥哥，我真爱你。"这几字倒写得怪挺秀的。此外尚有数行，被她用墨水涂了。这几个字，突然瞧在青超的眼里，心里不觉一动，想秋柳这孩子，真是怪惹人爱怜的。她的心中倒识得我这陆青超一人，正是我的知己了。可惜她貌艳于花，命薄如纸，但我早有珠妹成约在先，怎能与她再谈恋爱呢？但又岂不辜负她一片深情了吗？青超想到这里，心中无限难受。突又转念一想，自己是一心要救她出坑，并非对她有什么别的念头，男女间互相地扶助，结果难道一定要谈到恋爱上去吗？这时秋柳还不曾觉着自己在房中，便轻轻地从她背后，伸双手向她眼睛上一蒙，笑道："秋柳，你猜我是谁？"秋柳听了，慌忙把纸儿捏在手心中，咯咯地笑道："我听出了是陆爷。"青超才放了手。秋柳转起回过身来，退到后玻璃橱边，把手中纸儿已捏成了一团，抛在痰盂内，向青超瞟了一眼，娇靥上起了两朵红晕。青超虽知她含羞的缘故，却故意装着不知般地笑道："你倒好安闲呀，写些什么字？"秋柳把手儿掠着云发笑道："陆爷，你是什么时候进来啦？干吗不响一声？险些给你吓掉了小魂灵儿。"说着便去倒了一杯玫瑰茶。

青超在沙发上坐下道："我迟来两天了，不知你心里惦记吗？"秋柳把身子倚在桌边，手指儿在嘴唇上抿着，低垂了头，脚尖在地上划着字。一听了青超问着，便抬起头来，望着青超笑道："我干吗不惦记？陆爷为什么晚了两天啦？不知怎的，今天我的眼跳了一天了。"青超笑道："好啦，那分明是先来报喜了。"秋柳忙道："真的吗？那准是成功的了。我得先向陆爷叩头。"说着笑盈盈地走到青超面前，青超忙拉过她的手儿，同在沙发上坐下道："你别忙，你应该先向我主人去叩头。"秋柳道："那是干什么啦？"青超便把自己做了西宾，和主人慷慨助金的话说了一遍。秋柳忙道："陆爷这样好心人，真是我秋柳的重生父母了。我应先向陆爷叩头，再向你的东翁谢恩吧。"青超握着她柔软的纤手笑道："你别老是说叩头了，只要给我甜甜蜜蜜地接个吻，那就完了。"秋柳听说把脸儿一沉，又嘻嘻地笑了。

青超见她这样有趣，便把她头掉了转来。秋柳的粉颊就倚偎在青超的脸旁。她那娇羞的脸儿、秋波般的眼儿，真是处处怪动人的。青超见她偎着自己，一声儿也不响，因笑道："接过吻都不答应吗？那我就不接好了。"秋柳见他这样说，眼泪又淌了下来。青超忙道："你干吗又哭了起来？"秋柳便倒在青超的怀里，呜呜咽咽地道："陆爷赎了我的身，陆爷的话，哪有不依的吗？我情愿生生世世服侍陆爷到底，只是自己已是个残柳败花，陆爷是绝不肯要我的。"说着又隐隐啜泣起来。青超这才明白，这孩子真是怪可怜的，不过自己心中早有绿珠，对于秋柳，完全是出于怜惜她而救她的。现在给她一说，心里实有说不出的苦衷，便呆呆地出了一会儿神。

秋柳见他不语，心里更是伤心，抽噎着不肯抬头。青超抱起她的脸儿，轻轻叹了一声道："秋柳，你别误会，你的话，我是非常地同意，但是我眼前种种的环境，实在不能答复你。好在你暂时可以到你邻友那边去安身，我有闲时，自会来望你的。我希望你力求上进，你的前途是很有希望的，那么也不辜负我一番苦心了。"秋柳听了，微睁开泪眼道："世界上我相信，是再也找不到像陆爷的第二个人了。我心中除了你陆爷，什么都没有的。但这是我个人单方的意思，我也明白陆爷有陆爷的苦衷，然而自己究竟用哪样来报答陆爷呢？我虽知道自己是不齿的，不足以服侍君子，但'士为知己者死，女为悦己者容'，我只有在陆爷面前设誓，除了陆爷一人，我是决不嫁第二人的。"

青超听到这里，忍不住一阵心酸，淌下泪来道："秋柳，你别这样说，你还只有十七岁啦，我救了你，岂不害了你？"秋柳道："你怎么害了我呀？陆爷的金玉良言，我句句都记着的。"秋柳说着，忽又用手背去擦了眼泪，捧着青超的脸吻了一下，笑道："好啦，别为了这些事伤心了，倒叫陆爷也淌起泪来。"青超见她忽又这样，心里更觉难过，握着秋柳的手道："'薄命怜卿甘作妾，伤心恨我未成名'，你真有刘秋痕的痴心，可惜我没有韦痴珠的福慧。"说着两人相对默然。一时秋柳却又像没有这回事般地走到梳妆台前，在玻璃罐里拿了一把枣子和长生果来，跳到青超面前，放在他的手里笑道："陆爷，我保佑您长生不老，早生贵子吧。"青超见她处处不脱稚气，也忍不住又笑了，因为不忍拂她的意思，只得吃了几颗枣子，又随手拉她坐下，抚着她的发，望了许久，秋柳低垂了粉颊。青超见她这样子娇羞不胜，这就低下头去，在她樱唇上接了一个长吻。良久，秋柳才抬起粉颊，秋波向青超偷瞟了一眼，娇靥上已添了两圆圈的红晕。两人都默然无语，好一会儿，青超才拍着秋柳的肩道："你把你的娘去叫来吧。"秋柳站起来，把脚一顿道："好，要走的，干脆就走。"说着便连走带跳地下去了。

不多一会儿，和她娘一同上来。青超说了原因，并情愿以三百五十元赎秋柳。她娘向靠在床柱子旁的秋柳望了一眼，只见她低着头，脚尖儿在地上轻轻地点着，又想了一会儿笑道："陆大爷这样地抬举，还有不答应吗？不过……"她娘说到这里，又向青超瞟了一眼，长是傻笑着。青超早已明白，便加到四百元。那她娘也就答应了，去取了卖身契。青超交了支票和一百元的现钞给她。一手接了卖身契,看了一会儿,递给秋柳道:"秋柳,你已出坑了。这张鬼东西就凭你处置吧。"秋柳伸手接过,呆呆瞧了一会儿,眼泪便扑簌簌滚了下来。青超知道她数天来所受的痛苦,今天果然出了火坑,内心的欢喜和悲哀交并在一处了,因向秋柳道:"好了,多瞧它干吗?留着终是讨厌的,撕了吧。"秋柳遂把它撕得粉碎,走到窗口边,抛了下去。这时正巧一阵大风吹过,那细碎的纸儿便像雪花般地纷纷飘去,一忽儿已飘得无影无踪。

秋柳见了此景,忍不住又轻轻地叹了一声,回转头来。青超道:"我们走吧。"秋柳点头,又重新揩了脸,略施脂粉。青超瞧着,更觉清丽出俗。俩人走到马路上,坐了人力车,到了大德坊,找到了八号门口。青超握着秋柳的纤手道:"好了,我的事完了,恕我不伴你进去。"秋柳眼眶儿一红,满含着眼泪,青超在她纤手上吻了一下,微笑道:"妹妹,进去吧,前途保重。"秋柳见青超呼自己为妹妹,不知怎样,心里更是伤心,眼泪便夺眶而出。青超脱了手,秋柳始终不曾开口,泪水更淌了下来。青超出了弄口,又回头过来,瞧着秋柳,兀是呆若木鸡、满颊泪痕,便又举手摇了一下,微微叹了一口气。

青超在归途中,虽然想着这件事是做得很痛快,可是英雄气短,所恨的正是儿女情长呢。到了王公馆,已经是五点钟了。走到小院子里,正遇三姨太迎面走来,见了青超便笑道:"陆先生,我还没向你贺喜哩。"青超也忙笑道:"哪里话?我倒是真的还不曾向太太道谢。听说太太有些不舒服,好了吗?"三姨道:"受了一些感冒,不打紧的。"青超笑道:"怎么起来啦?该休养几天才是。"三姨道:"睡在床上,也是怪闷的,还是出来闲散一会儿。陆先生,我听美丽爸说你救了一个女孩儿了。"俩人说着话,不觉已是并着肩走着。

青超道:"那孩子倒也是学校里出来的。"三姨道:"多少年岁了?"青超道:"还只有十七岁,因为我见她一些不像神女的模样,自己能力又薄,到底又是老伯帮助了我,真使我十分地感激。"三姨笑道:"那孩子一定是陆先生看中意了,她的容貌准是好啦。"青超摇手笑道:"太太又开玩笑了,因为这孩子是我同乡,而且又是女学生,不幸也遭水灾,又被人骗入火坑,所以救她一下。我哪里想她有什么报答呢?"三姨向他一瞅,笑道:"我不信仰这话,人非木石,谁能无情?你救了这孩子,那孩子不向你……你别瞒我吧,我倒可以帮你一下忙呢。"三姨说着,又哧哧地笑了。青超摇头笑道:"可真的没有这一回事呢。"三姨道:"那么你把她介绍给我吧,我认她做过妹妹,这一杯的大媒酒,终该让我喝吧?"青超见她寻根究底地问着,因笑道:"这可糟了,我真没有这回事呢。好啦,太太喜欢喝大媒酒,那么等我有了对象,就请太太做大媒可好?"三姨咯咯地笑道:"那可是你不打自招了,你一定有了爱人啦。"男女两人谈着心窍的事,各人都有些带着又愉悦又怕羞的心理,而且同时脸上都会现出桃花的色彩来,这是很神秘的事。尤其是自己的隐情被人猜中了的时候,更会支支吾吾地说不出话来,所以青超被她这一说,一颗心便忐忑地冲动起来。三姨见他呆着,便轻轻拍他一下,眼波一转笑道:"你干什么啦?"青超才回过头来。

那时天空的片片晚霞映在三姨的颊上,愈显出无限娇媚。那最具勾人魔力的秋波,好像流水般地动着,更觉有种独具风流的美丽。晚风吹来,从三姨身上散出一阵似兰似麝的香气,令人不酒而醉,便紧紧地瞧了她一眼,笑道:"好太太,你这一张嘴真厉害啦,我有些怕哩。"三姨笑道:"我又不会吞了你下去,怕做什么?你有爱人,干脆地介绍给我,你又不是十八世纪的人,还老不出脸儿来吗?"俩人这样地谈着,青超也就忘了一切似的。见三姨露出了两段像嫩藕般的臂膀,觉得晚风中,不免有些寒冷,这就情不自主地去握住她柔荑。忽然又觉得不对,她又不是绿珠和秋柳，忙把手缩回来。可是已经来不及了，自己的五指已经触着了她的柔荑，觉得温软无骨。因为已经把手触着了人家，这就不能不说一句，便笑道："我倒忘了太太是有病的，风吹着不更要受寒了吗？"三姨也已觉着他是用手来捏自己的肩膀，心里不觉一怔，因索性笑道："不妨事，我已好得多啦。你不信，来按着我的额角，热也早已退了。"青超想不得了，可是这分明是自己的不好，现在人家叫着，倒不由你不按一按了。因轻轻地按她一下，忙又缩回手来。三姨见了，复又嫣然一笑，在这一笑中，下面又引出许多事情来。

青超本是多情的人，以前因为碍着主仆的关系，而且她是有夫之妇。经过那天小宝来叫自己后，心中的疑团便尽释去，以为她是生成喜欢开玩笑的人。现在自己是已做她府上的西宾了，对于谈谈笑笑，当然是不妨事的，自己只要把"发乎情，止乎礼"的两句话牢记在心头，就不怕无论怎样的情欲来诱惑了。自此以后，青超便安心地在王公馆教书了，空余时和美丽小宝玩玩儿，星期日有时高兴和厉正饮酒下棋，日中三姨也常来谈笑。上星期，绿珠接着了青超的信，曾到王公馆来望青超一次，和三姨也见过面的。绿珠又是交际出色的人，三姨见她这样美丽活泼的女子，胜过自己十倍，心也就冷了大半，只和青超取笑玩玩儿罢了。青超倒也很喜欢说笑，以为彼此熟了，有些地方倒不避嫌疑了。三姨倒以为青超有情，仍是存着三分的希望。这天正是星期日，厉正夫妇带了两个孩子到亲戚家去喝酒，只剩下青超留在家里，很觉冷静。想起前星期日，绿珠来探望自己，她那种孩子气仍是不脱，处处举动都是天真可爱。可是那天没有坐久，就走了，记得她关上了车厢后，正想开去时，却又从玻璃窗内探着半个头来说，下星期再来望我，今天大概终来的吧？正在这个时候，忽见王福匆匆地跑来道："陆先生，苏小姐来望你了。"青超听见绿珠果然来了，笑了笑自语道："真是说起曹操，曹操就到。"便忙到会客室里。

见绿珠穿着妃黄色的夹旗袍，外罩银色网眼短大衣，脚下穿着黑漆的革履，在室内团团地打着旋子，因便忙上前握住她的纤手笑道："珠妹，叫你等候了多时了。"绿珠笑道："不打紧，你在哪儿呀？"青超见她眉毛儿一扬，颊上的酒窝儿便掀了起来，想今天她多高兴，便连忙让座道："他们都去喝喜酒去了，我正想着妹妹来哩。"绿珠抿嘴笑道："得啦，那我可正来得巧了。"青超又亲自去斟了一杯玫瑰茶，向绿珠笑道："妹妹，我只盼望你来，可是你来了，也没什么好东西给你吃，就喝一杯茶吧。"绿珠听了，噗地一笑，又红了脸笑道："超哥，你这话，我可又不是小孩子，还叫你买些糖果我吃吗？"青超也觉得自己这话不对，忍不住笑了，便在绿珠旁边的椅子上坐下。

绿珠笑道："美丽呢？也去了吗？这孩子真可爱，上次我见了就喜欢。"青超忙道："那倒也好，你惦记她，她也很惦记你呢。"绿珠道："真的吗？"青超笑道："可不是，你去了后，过了两三天，她问我说，绿珠姊姊为什么不来啦？"绿珠笑道："这孩子和我倒有缘哩。"青超笑了笑，两手搓着想了一会儿道："妹妹，姑父在家吗？"绿珠听了，顿时微蹙了双眉，摇头道："爸吗？现在真有些改变样子了。前天又和姨娘吵，姨娘也老实得可怜。"绿珠说着很有些感伤样子，青超因站起来，拍着她肩笑道："这是我不好，倒又引起妹妹的烦恼了，我们到外面来玩玩儿好吗？"绿珠听了，便又嫣然笑道："好了，我实在也不愿再想起伤心的事了。"青超笑道："不错，妹妹我们走吧。"说着在桌上替她拿了皮医。

俩人出了院子，见王福迎面走来笑道："怎么走啦？我正叫他们烧些点心呢。"青超笑道："不吃了，我们有些事呢。"俩人出了门，见一辆蓝色汽车停在人行道旁的马路上。绿珠打开车门，俩人上了车厢，绿珠便开着去了。绿珠瞧了一下手表笑道：

"现在三点多一些，超哥，你喜欢到哪儿去呀？"青超笑道："我想还是找个地方和妹妹谈谈。"绿珠笑道："也好，我们到大东去喝一杯茶吧。"青超点头。俩人又闲谈了一会儿，车子已停在大东舞场门口，见许多奇装异服的男女进去。侍者以为他们也去跳舞，忙来接待上楼。绿珠将手一挥，笑道："我们下面喝杯茶得了。"

俩人进了茶室，拣了座位，侍者泡上香茗，俩人又点了几件点心。绿珠两只纤手托着下颊，眼珠在长睫毛里一转笑道："超哥，你跳舞会的吧？"青超握着茶壶，替她斟上了一杯，向她望了一眼笑道："从前在学校里交谊会的时候，普通的交际舞是会的，不过这些我也没有工夫去研究，妹妹一定很擅长的。"绿珠摇头笑道："还说擅长哩，我是一些都不会的。"青超两手捧着茶杯笑道："我可不信，妹妹在上海住了这许多年，上海对于跳舞又是最普遍的，哪有不会的吗？"绿珠笑道："真的不会的，我自己也不知道，对于这些一些也感不到兴趣，而且觉得没有意义，就这般地拖来拖去……"青超听到这里，也忍不住噗地笑了。绿珠被他一笑，倒甚觉不好意思，红了脸儿，向青超一瞅笑道："你干吗？好笑呀？"青超笑了一笑道："妹妹，你才真是时代的新女性了。"

这时侍者送上点心，青超又叫侍者拿上一盆雪梨和苹果。青超把牙籤在梨片上一刺，放在绿珠前面笑道："妹妹，你这学期不是可以毕业了吗？"绿珠点点头，把梨片放在嘴里，细细地嚼着，又将纤手掠了一下云发。青超又道："那么妹妹将去考什么学校呢？"绿珠道："还没有定啦。"说着想了一会儿，忽又凑近青超的耳边，低声说道："我的意思是这样的，等着明春，哪一个学校考插班生，想和哥哥一同去求学，不知你肯放弃这个教读吗？"青超忙道："我的志愿是极想上进，不过……"绿珠笑道："不过什么呢？哥哥终喜欢多虑。好啦，只要你肯答应，便什么都成了。而且我有不懂的地方，随时可以请你指点了。"青超听了万分感激，两只目光只是望着绿珠。绿珠咮地一笑，瞧着手表还只四点三刻，便向青超笑道："我今天十分快乐，你伴我去瞧电影好吗？"青超笑道："好的，我们走吧。"遂叫侍者算了账。绿珠已从皮匣内抽出三元钞票，付给侍者道："多的别找了。"侍者连声道谢。绿珠把嫩藕般的玉臂勾在青超的臂弯里。

　　俩人出了大东，上了汽车，绿珠笑道："到哪个戏院去好呢？"青超道："随妹妹说吧，妹妹喜欢哪儿就哪儿。"绿珠听了噗地一笑，乌圆的眸珠向他一瞅，酒窝儿又掀了起来笑道："得啦，那么我说不去了。"青超笑道："那我也不去啦。"绿珠忍不住咯咯地笑了道："我们还是到本国戏院去瞧吧，别让外国人赚了钱去。"青超道："妹妹倒是挺爱国的，今天金城做《油漆未干》的话剧，妹妹喜欢瞧吗？"绿珠点头道："好的，王莹的北平话真不错呢。"青超见她这样高兴，颊上的酒窝儿老是没有平复过，心里也十分欢喜，便道："是王莹主演吗？她的北平话果然不错。我在武汉时，也曾瞧过她两回戏。"俩人说着话，没有一会儿，车子已到了金城门前。绿珠锁了汽车的保险门，青超已经买了包厢的票子，俩人挽着手儿走进去，旁边许多看客，对于这个会驾驶汽车的美丽姑娘，都不免回过头来望了一眼。又见了旁边的青超，脸上都带着有些羡慕，又有些妒忌。

　　俩人到了包厢，坐在离台第二排，青超买了两排咖啡糖，不多一会儿，便也开幕。瞧了两个钟点，王莹的北平话真的十分清脆动听，而且戏剧的意义和表情也都很能动人。绿珠笑道："今天瞧的戏，终算很满意了。"青超笑着点头，和大家出了戏院。马路上已是灯火通明，便又在大三元酒楼吃了晚饭。绿珠还要到公园去玩儿，青超笑道："好啦，妹妹终是脱不了孩子气，我们已玩儿了一整天，你也该乏力了。且你衣服又穿得这样单薄，现在是已新秋的天气，着了寒可不是玩儿的。"绿珠点头道："也好，下次去吧。我还要买几件点心给姨娘吃去。姨娘前天哭了一整天。"青超见她把这两句的话连在一处，倒好像是姨娘因为没有点心吃哭了一整天的。自己要是没有听她上面说过，恐怕心里也要莫名其妙了，心里不觉暗暗好笑，想珠妹真是天真，连说话都带着滑稽，便忙道："真的，我也忘了，那么妹妹应早些回去才是哩。"绿珠点点头，买了两盒细点，出了大三元，上了汽车，绿珠笑道："我送超哥回去吧？"青超忙摇手道："不必，你只开到自己家好了。"绿珠道："这是哪里话？你送到我家里，自己再步行吗？"青超道："不打紧，要是我不眼瞧妹妹到家里，我哪能放心呢？现在已九点多了。"绿珠见他一定不肯，只得罢了。

汽车到了苏公馆，绿珠回头向青超笑道："哥哥，你也索性宿了去吧？那边东厢房你的床铺仍留着呢。"青超笑道："不宿了，改天向姨娘来请安吧。"绿珠道："你独自回去，我也不放心呢。"青超握着她手笑道："我不要紧，再晚一些，我也能走的。"绿珠望他一会儿，忽又向青超耳边低说了一阵，青超噗地笑了出来，回低头在她纤手上吻了一下，绿珠回头也咪咪地笑了。青超才跳上人力车，直到人力车将转弯的时候，青超又回过头来，见灯光下，绿珠还在扬着绢帕儿。

青超到了王公馆，时候已十点敲过，见会客室里，厉正夫妇喝喜酒已经回来，便也走了进去。见美丽早奔了出来，青超便把她抱起，美丽小手里拿了一只苹果，塞在青超的嘴里，咯咯地笑道："大哥，绿珠姊姊来过啦？"青超忙把苹果接在手里，厉正笑道："丽囡，你这孩子真顽皮，见了陆先生就缠绕，当心脏了陆先生的衣服。"青超笑着在沙发上坐下来，美丽便倚在青超的怀里，这时小宝已把扦光的雪梨割了一片，递给青超，青超接了笑道："我的口福可真不错，一走到就有苹果吃，又有生梨吃。"说着又向厉正笑道，"老伯，你们吃酒回来了。"厉正笑着点头，把雪茄烟的灰用手指弹了一下道："这两个孩子，真淘气。陆先生

67

你不该太爱护他们了。明天再吵，十记手心一个，那么丽囡，就不敢再缠绕了。"美丽听了，噘起了小嘴道："爸终叫大哥打我，大哥常说只要好好儿用功读书，就抱我，还买玩具给我玩儿呢。大哥不听爸的话。"说得大家都笑了起来。

青超拍着她肩笑道："美丽，新娘你瞧见没有，可好看吗？"美丽回过头来笑道："瞧见的，很好看，不过还是绿珠姊姊好看。"三姨坐着打着绒线，这时才插嘴笑道："陆先生，今天和苏小姐在哪儿玩儿呀？"青超因厉正在前，这就微红了脸笑道："去瞧了一回电影。"三姨笑道："这位苏小姐真美丽得讨人欢喜的。"厉正听了不懂道："你们说的苏小姐，究竟是谁呀？"三姨笑道："是陆先生的爱人，你没知道吗？"小宝也道："爸爸，她在中国女子中学读书的，还会开汽车呢。"厉正听了，微笑道："陆先生也要给我们喝杯喜酒了。"青超被他们夫妇俩一吹一唱，倒觉有些不好意思了，也忍不住微笑道："老伯也取笑我了。"这时已钟鸣十二下，大家才道晚安回房。

真是光阴像水一般地流去，一忽儿，青超在王公馆内教书已将近四月。在这四个月内，绿珠时常来看望青超，也去同游过数次。因为近来大考将近，忙于功课，所以有许多日子不曾来了，但是信儿常在来去传话，所以倒还不甚惦记。这天下午四点光景，青超坐着瞧着，美丽在写字台边坐着写大字，四周是十分静悄悄的，尤其是深秋的天气，真有些凄凉的景况。美丽这孩子就喜欢热闹，她也觉是怪冷静的，便搁了笔杆儿，向青超笑道："大哥，绿珠姊姊为什么有这许多天不来啦？"这也奇怪，美丽这孩子和青超也有些缘的，自从青超第一天进来，她就认着叫大哥，直到现在做了自己的先生，她还是一口地叫着大哥。厉正见青超少年老成，美丽既欢喜和他亲热，心里也甚高兴，不去阻她，而且见青超处处地爱护美丽，真的比自己妹子还好。青超呢，当初也曾阻止她别叫大哥，哪里知道美丽一定不依，反而哭了起来。青超见她这样，心里也觉好笑，便随她去呼了。久而久之，也就慢慢地承认这个大哥的称呼了。

美丽这孩子真是娇小玲珑、天真可爱，所以绿珠有时常买些玩具来给她。日子多了，美丽和绿珠也成了好朋友。美丽叫绿珠姊姊，绿珠呼美丽妹妹。现在美丽见绿珠有许多日子没有来了，她心里倒在挂念了。青超见她问着，便放下书本笑道："你倒惦记她吗？现在她要预备大考的功课了，哪里还有空出来玩儿啦？还是我叫她写封信来望望你好吗？"美丽乌溜溜的眸珠一转笑道："大哥，你到她家去吗？那么带我一同去就得啦。"青超摇头道："我不去，我写信去，说美丽很惦记着你，叫你写封信来望望美丽。"美丽笑道："这不对，姊姊的学问好，我哪里瞧得懂呢？"青超笑道："我对她说明，是要写给美丽自己的，那一定你可以看懂的。"美丽喜欢得拍手笑道："好呀，大哥你什么时候写去啦？"青超道："明天好不好？"美丽点头，忽然又指着院子外道："大哥，天下雨了。"青超忙回过头去，果然天空一阵乌云，便忙去关了窗户。

美丽跳到凳上瞧着下雨，青超走到美丽身旁，扶着她肩道："当心些，别跌了下来。"这时雨点已是十分大，打在窗子上，嗒嗒地作响。美丽倚着青超的身体，瞧着院子里两株树被风雨打得摇摆不停。风声夹着雨声，天好像要塌下来，最可惜的是西边花坞上的月季花，粉红鲜美的花瓣儿打得满地乱飞，地上水儿都吹着泡泡，便捧着青超的脸道："大哥，你瞧，怪好看的花朵儿，都打坏了。"青超也正在感到十分惋惜的当儿，被她一问，正想回答，忽然平地一声轰隆的雷电，把美丽吓得哇的一声哭了起来，两手紧紧抱住青超脖子，青超也是吃了一惊，忙把她抱在怀里，拍着她的胸口笑道："傻孩子，别怕，这是雷声呀。"美丽偎着青超的脸道："我有些怕，怪响的，像天要塌下来了。"青超笑道："好啦，已四点多了，你字也别写了，大哥抱着你玩儿一会儿吧。"美丽挂着泪珠笑道："好的，大哥抱着我，我就不怕了。"这时王四也在叫道："陆先生，太太在叫吃点心了。"青超也就抱着美丽出了书室。

晚上雨仍是不停地下着，青超教完小宝的书，已是九点敲过。这时青超的头脑很有些痛，想早些去睡了吧，遂熄灭了电灯。正在这时，王四拿着一份报纸进来道："陆先生，晚报来了。今天雨这样大，倒仍是送来的。有几天下雨，常在早晨送来的。"青超接了报纸笑道："那应该是这样子，晚一些是不要紧，要不然可不必叫'晚报'，叫'晨报'是了。"王四听着也笑了。青超慢慢地在长廊里走着，想今天的雨，真是可称狂风雨夜了。想时，院子里黑暗天空中又忽然地一闪，接着怪响的一个雷声，一阵狂风夹着雨点从院子里打将过来，打在青超的脸上，不禁打了两个寒战，觉得阴沉沉的寒气深重肌骨，便忙加紧几步，到了自己的房内，脱了衣服，倚在被窝里。展开了报纸，就大吃一惊，不禁呀的一声，原来报上登着"破获盗匪机关，主犯王培德等数人已被获"几个大黑字，下面一张照相，也正是王培德。虽然已隔别了有四个月，不过自己终还认识的，不觉叹了一口气，将报纸有气无力地放在被上。想王培德是一个极好的青年，为什么会去干这种犯法的事呢？自己虽不知他的详细，不过在大陆商场投考时，不是和他交谈过几句吗？他是一个极有理智的青年，不知为什么去干这种杀身的事。青超想到这里，忍不住长叹一声自语道："唉，他是太有理智了。"便又拿起报纸瞧了下去。原来他是广西人，曾肄业于广成大学，现年二十四岁，捉获时，同抄出文件数件，并枪械两箱，审判时直认不讳，明天解送南京高等法院云等语。

青超瞧完，也无心再瞧别的新闻，便把报纸放在桌上，心里不甚可惜。仔细想来，所以造成他如此结果，不得不痛恨现代的社会，是不知陷落了几许的青年？我相信大兴贸易公司要是真有的话，今天报上绝不会瞧到有这样的一段新闻。生活的逼迫叫他不铤而走险，那就不容易的了。一个人在世上，第一目的当然是为了吃饭，这是谁都不能否认的，什么犯法的行动，原因一定是没有饭吃。我相信大家都有了饭吃，哪里还有为匪作歹的人呢？所以极希望一般守财奴，个个能奋勇来办工商资业，使大家都能有饭吃，更能使国家强盛。每个国家，其所以能强盛的原因，不就是工商业发达吗？工商业一发达舶来品就可以不禁而自然地归于淘汰，现金外溢的现象就绝没有了，国富民强，蒸蒸日上。可是目前，试看国内的工商业真是贾长沙所谓"痛哭流涕长叹息"了。失业的人不计其数。人不是机器可比，机器三五日不加油，尚且生锈，何况人呢？岂可一天没东西下肚吗？就是这假称大兴贸易公司去诈骗金钱的人，何尝不是为了吃饭问题呢？所以王培德是为吃饭而牺牲的一个，王培德绝不是生下来就存心愿干这犯法的。所谓人之初，其性本善，我也知道他也极愿为国去效力，只是为了没有饭吃，终于走了歧路，岂不可惜吗？青超想到这里，真有无限感触，脑中又忆起，王培德受骗后对自己说的话："在此失业潮流中，还有这样丧心病狂的奸徒，真是杀不可赦。密司脱陆，你还呆站着干吗？一切都是社会造成我们的命运。"最后几句话在青超脑中盘旋，这样就结束了他的一生。此时窗外风雨交加，犹是千军万马，使青超的心内更添了不少的悲哀。摸摸自己的脸颊，发烧得十分厉害，心里倒有些急了，别真的生了病，那可糟啦。头脑又觉一阵痛似一阵，真是"花开花落飘零客，秋雨秋风愁煞人"。预知青超病体如何，且看下回分解。

第六回

体贴入微三姨情重
压迫到死孽子恨长

　　这一晚，雨直落到午夜一点钟才停止。青超却一夜不曾合眼，只是模模糊糊，似睡非睡，头疼脑昏，真是十分地难过。尤其听着瑟瑟的凄风惨雨，更是无限感触，不能入睡。好容易挨到了天发鱼肚白色，这时青超才有些睡意，可是两颊的发烧比昨夜更厉害了。青超知道病魔已整个地侵袭到自己身上。在举目无亲的客地，自己的病实在是不应该生的。记得三年前，自己也生过一场病，那时候父亲和母亲真急得了不得，父亲叫人忙去请医生，母亲呢，慈和的脸含着母性伟大的爱，是怎样地体贴，在病榻前整天地陪伴着，慈爱的伟大真超过一切。不过眼前呢，父亲不在了，母亲也不在了，想到这里，怎不叫青超又淌起泪来？时间不停地过去，青超亦已昏沉地睡着了。在下午一点钟的时候，青超在蒙眬中，仿乎听见房内有人在说话，青超便侧身回过头来。

　　王福见青超醒了，忙过来道："陆先生，你醒了吗？太太已把医生请来了。"青超这时觉得头脑才轻松一些，向王福问道："现在什么时候了？"王福笑了一笑道："陆先生，你先给医生诊了脉吧。"说着扶青超坐了起来。见一个年约三十的男子过来坐在床前的桌旁，按了青超的脉息，静静地想了一会儿道："陆先生你这是受了一些风寒，本是感冒一流的病，无甚要紧的。不过

72

对于什么事，不要胡思乱想，亦不要感伤，最好静静地养息。"说着开了方子。王福又问了几句，方才送着医生出去。没有一会儿，见王福又进来，在床边坐下道："陆先生，现在你觉得怎样？"青超因为昏沉沉地睡了半天，这时热也退了，头也不疼了，倒感觉得一些没有什么了，因便道："昨夜头昏发热，直到天有些亮了才睡去，现在好多了。"王福道："早晨王四端面水进来，见了陆先生这个样子，吓得了不得，忙来告诉我。我见陆先生真的病了，便向老爷那里去告诉，不知老爷已经一早有事出去了，我就对姨太太说了。她叫我去请医生，她自己也来看望你过，见你沉沉地睡着，也不便叫醒你。陆先生，现在是一点多了，你肚饿了没有？"

青超听了，才明白自己睡了一上午了，糊里糊涂，倒叫别人家忙乱着，因微笑道："王福，真对不起，为了我叫你们都辛苦了。"王福笑道："这是哪里话？陆先生病好了，我们忙些也不打紧的。"说着在桌上斟了一杯茶，递给青超道："陆先生，要不喝一口茶？"青超点头接了过来，喝了一口，忽然想了什么问道："美丽呢？"王福笑道："小姐吗？她听说你病了，急得险些哭了出来。陆先生，你睡着没知道呢，她趴在你的床上，把小手只是抚摸着你的脸颊呢。"说着站起来，又笑了笑道，"陆先生，你再躺一会儿，我去烧粥，你吃一些吧。"青超点了点头，心里很感激他们，想着王福刚才的话，美丽这孩子倒也是有心的，对于自己竟是这样地好感，心里就愈欢喜她了。

正在这时候，忽听美丽咯咯地笑着奔进来，跳到青超的床前，握着青超的手道："大哥，我听王福说你好啦。"青超忙把她小手拿在自己的鼻上吻了一下，笑道："好了，你为什么这样高兴？"美丽听了，乌溜溜的眼珠向青超望了一会儿道："我早晨见大哥病得厉害，哭还来不及呢，哪里高兴笑啦？只是记惦着你。刚才我听王福说你好了，我心里一欢喜，就忙着奔来了。姨娘后面也来了。"

正说着，见三姨果然笑着进来，见她穿着一件青绒的旗袍，脸上薄施脂粉，耳鬓边垂着一串珠环，杏眼含波，朱唇凝笑，另有一种妩媚动人。青超忙坐起来，三姨摇摇手道："别起来，你躺下来吧，当心身体乏力，不是玩儿的。"青超这才躺了下来，三姨在桌边坐下笑道："丽囡这孩子，听见陆先生好了，就快快地奔来了，也不怕绊了跌。"青超道："太太谢谢你，还叫你自己来看望。"三姨听了，向青超瞟了一眼笑道："陆先生，别客气啦，你大概是受了一些感冒吧？"青超点点头，又抚着美丽的头道："我生了病，倒要叫美丽荒了几天课。"美丽头一扭，小嘴一噘道："大哥，你病了，难道我也叫你教书吗？"三姨道："真的，陆先生你也太会操心了，你只管静静养息几天，丽囡自己温习温习得了。"美丽听了点头。这时候王福端了粥来，青超便也坐起来，靠在床栏杆上。三姨站起来道："丽囡你陪伴着陆先生吧。"说着又向青超露齿一笑便出去了。

美丽站在旁边，瞧青超吃粥，一面和青超东扯西拉地谈笑着。这时青超已好大半，吃好了粥，王福来收拾了去。美丽望着青超想了一会儿笑道："大哥，昨天你不是说今天写封信给绿珠姊姊吗？现在你病了，正好去通知她一声，她就会来望你了。"青超听了，倒也想起了绿珠。和绿珠足足有一个月不曾见面了，不知她现在是怎样了，因把她所赠的帕儿玩儿了一会儿。忽然又想，自己的病本是很轻的，她真接到了我病的消息，不倒要使她急煞了吗？岂不分了她读书的心思？因握了美丽的小手笑道："好的，我就写一封信给她，不过我有病，却不要让她知道。"美丽忙道："咦，这是为什么啦？"青超道："我这病不打紧的，过两天就好啦。她接到我的信，知道我病了，不是要急坏了她吗？现在是大考的时候，她要预备功课，所以还是不让她知道好。"

美丽听了点头道："这倒是不错，那么你只说我很记惦她，

74

叫她写封信给我。"美丽说到这里又笑了道,"我只恐怕姊姊给我的信,瞧不懂怎样办呢?"青超笑道:"不会的,就是看不懂,我告诉你听也得了。"美丽笑道:"对了,那么大哥,你现在能不能写?"青超笑道:"怎么不能?"美丽笑道:"我怕你会乏力吗?"青超摇头道:"不会的。"说着在桌上抽了一张信笺,写了一封。美丽正想拿着出去,见王四端着药进来,美丽忙道:"王四,你快把这封信去丢了,快去,别忘了。"王四把药碗放在桌上,接了信笑道:"小姐,是什么要紧的信?这样子性急啦。"青超听了也笑了,拍拍美丽的肩膀道:"美丽,你爸今天怎么一早就出去了?"美丽听了道:"爸吗?爸因为有些事,恐怕又要到南京去了。"青超忙问道:"你知道有些什么事?"美丽道:"是公司里公事呀,听说是到南京分公司,不知去办些什么事,我也不知道。"

两人又闲谈了一会儿,美丽伸手摸摸桌上的药碗道:"大哥,可以喝药了。"说着开了碗盖子,端给了青超。青超忙接了,喝了药,美丽斟了一杯开水,给青超漱了口,又向青超望了一会儿笑道:"大哥,你要睡一会儿子吗?我也得去写一张字哩。"青超笑道:"好孩子,这话不错。"美丽咯咯笑着,又一跳一跳地跑出去了。到了房门口,还回过头来,小手连连摇了两摇。青超笑了一笑,方才躺下来,闭了眼睛,心里也不想什么,蒙着被又睡了一个钟点。果然出了一身子的汗,头上的热也完全退了。

这时候,时辰钟当当地已敲了三下。淡黄色的秋阳从玻璃窗外照了进来,在青灰的壁上,又映出了院子外树叶儿的影子。大概是风在吹动的关系,那叶儿的影子也就在淡黄的阳光里微微地摇动着,倒是透着有些画意。四周是都埋没在静悄悄里,忽然听得一阵细碎的革履声从外面进来的,正是三姨。见她身上披着一件绿绒的夹大衣,手里还提着许多东西,显见她是刚从外面回来的,因又在床上靠着坐起来道:"太太你在买东西吗?"三姨脱了大衣,在椅背上一抛,笑着在青超的床边坐下。青超对于她坐在自己的床上，心上颇感着不安。不过她既坐了下来，自己又不能拒绝她。三姨笑了一笑，温柔地道："陆先生，你喝过了药没有？"青超点头道："已喝过了。"三姨眼波向他一瞟笑道："你病了后，胃口不十分好吧？我买一些东西给你吃。"青超忙道："哟，这真费心得很，太太亲自去买的吗？那怎么敢当呢？我真对不起，自己患了一些小病，倒累太太多替我操心。"三姨轻轻拍他一下笑道："好啦，我还没开口啦，你干吗说出这么一大串的话来？"青超也笑道："太太实在太客气，我心里反感着不安呢。"三姨道："你现在可好了没有？"说着轻轻地把纤手去摸青超的额角，又笑道，"好多了，热全退了。"

青超感觉得她的纤手真是又温和、柔软，按在额角上，无限说不出地适意。忽然转念一想，不对，别让下人们见了，倒不是玩儿的。因忙把自己的手去拿她的玉手下来。三姨却又和他的手紧紧地握住了，笑道："手心也都不烫了，这个医生的医道倒是很不错呢。"说着这才放了手，又在桌上倒了一杯茶，拿给青超道："陆先生口渴了没有？"青超忙道谢，接了过来道："我这病本就很轻的，刚才喝了药后，又睡了一会儿，身子就轻松多了，只是没有气力。"三姨道："所以要好好儿养息几天才是哩。"忽然又笑道，"丽因呢，她不是陪着你吗？怎么倒走了？"青超道："丽因这孩子，我真欢喜极了，她和我谈笑了一会儿，便叫我好好儿地躺下睡一息，她说自己去写几张字。太太，你想，这孩子真是叫什么人都欢喜的。"三姨笑道："陆先生，你这样疼爱她，就给你做了干女儿吧？"青超微红了脸笑道："太太，你又开玩笑，这是罪过的。"三姨笑道："那么给你做妹妹怎样？"青超点头道："这才对哩。"三姨听了，眼珠一转，扑哧笑道："还说对哩，那你该叫我什么了？"青超仔细一想，也忍不住咯咯地笑了，停了一会儿道："太太，你这样有趣，我的病倒是好得快了。"

三姨听了两颊红晕，眼睛向他一溜笑道："还好，我这人终算还没有讨人厌。陆先生你既然这样说，不知我可合得来有做看护的资格？如果有看护资格的话……"青超听她这般一说，心里懊悔不该说这句话，因忙抢着道："做看护是不敢当的，空闲的时候来谈谈是了。"三姨听了眉毛儿一扬，眼珠一转笑道："好啦，你说没有气力，也该躺一会儿了。"青超便就躺了下来，三姨把被替他塞塞紧。青超想，这可不得了，她竟真的当看护了。

三姨在床边坐着，静静地俩人又望了一会儿。青超见她柔情蜜意，眼波里含着无限温顺的深情，风韵醉人，心里不由自主地感到她的可爱。青超呆呆地正在出神，见三姨又站起到桌旁，把东西都拆开，有饼干、糖果、肉松、罐头什物等，放在桌上一大堆。青超见了又道："太太，你这是真的太客气了，还是留给美丽小宝吃吧。"三姨把头儿一扭，显出不高兴的样子道："陆先生，你是嫌这些东西不能下咽吗？"青超急道："这真冤枉人了，那么留下两听来吧，算是我领情是了。"三姨正想回答，却见美丽拉了小宝的手奔进来。小宝到了青超面前道："我听妹妹说你病了，现在可有好些吗？"青超握着他手道："好多了。昨天你说今天考英文，题目还深吗？"小宝道："还好，终算不会缴白卷。"美丽笑道："我也已写了三张字了。"青超拍拍她肩笑道："好孩子，我明天好了一同看吧。"说着回头又向小宝道："晚上你最好把英文书拿到我这里来吧。"三姨听了插嘴道："陆先生，你这就太认真了。小宝晚上也自己温习温习得了。"

小宝点头答应，三姨又道："这里几包糖果，你和妹妹拿了去吃吧，我还得替你爸整理行装。"说着便自走了出去。这时王四又拿药进来，小宝又叫他把桌上的糖拿到妹妹的房里去。王四答应拿着走了，小宝笑道："陆先生，我讲一个新闻给你们听好吗？"青超笑道："好的，你讲吧。"美丽也笑道："哥哥，你不可以编造出来的。"

小宝道："今天我讲的倒是实在的事。我们学校对面是一个女子中学，在初中二里，有三个学生，名字我可以不必宣布，只用甲乙丙来代替好吗？"小宝说着向青超望着，青超点头道："好的，就这样得了。"小宝笑了一笑道："她们三个人都是住宿的，甲乙两人是一个宿舍合住的，平日十分要好，同出同入，竟有些像小夫妻，丙是乙的表妹，因为她是乙介绍进来，到这里来读书，所以便时常去找乙，不想就引起了甲的妒忌。今天因为乙和丙在校园里闲谈，而且还送她一支自来水笔，说是乙的哥哥买来两支。正巧甲也到校园里来找乙，见到这一回事，心里就更妒忌了。丙本是一个很天真可爱的孩子……"美丽听到这里，拍她哥哥一下笑道："哥哥，你自己多大年纪了，怎么叫别人家孩子啦。"青超听了也笑了，小宝微红了脸笑道："妹妹，你又派我的错处，我也是听别人家这样讲呀。"美丽道："那么你讲下去，后来怎样呢？"

小宝道："丙见了甲，便站起来拉她的手笑道'姊姊，一同坐下来谈谈吧'。哪里知道甲把手一摔，回转头恨恨地走了。乙因为平日是常和甲吵闹的，一会儿却又十分亲热了，所以对丙笑道'你别去拉她，让她哭了一会儿就好了'。丙倒是甚觉不好意思，所以没和乙谈了几句话，也就走了。乙等丙走了后，心里也很惦记甲，所以忙到宿舍里去瞧她，果然见甲躺在床上哭。乙便上去姊姊地叫着赔着不是。甲道'你有了新朋友，还理我做什么？'乙忙笑道：'姊姊，我错了，因为她是我的表妹，所以不得不和她谈一会儿呀。'甲听了冷笑一声道：'你和表妹好，干我甚事？从此就算我哭死了，你别来理我。'乙听她这样子说，心里一气，便也哭了。甲见乙也哭了，正在懊悔，乙却又道：'好好，你说这话，那么你我从此就各走各的路吧。我交朋友，本就不关你事。'甲听了，便在袋内摸出一个铜子吞了下去，因此乙也把自己桌上的银角子吞了。"

美丽听到这里急道："那么她两人不都要死了吗？"小宝笑

78

道："她们里面吵着，早已惊动了外面许多别的同学，见她们一个吞银角，一个吞铜子，也就急了，忙去报告教务主任，才连忙送到校医室，终算想法都取出了。你们想这件事，不也可算是新闻吗？"美丽笑道："我不信，哥哥一定又在造谎。大哥你听了相信吗？"青超笑道："这事或许有，或许没有。"小宝笑道："这倒是真的，恐怕这两个学生，明春都要退学了。"青超想这件事，大概就是变态的同性恋爱吧，但是这种现象，出在初中里的学生身上，实在是太不好了。所以两个同性的，就不宜在一室居住。起初往往像男女之爱一样，我爱你，你爱我，睡在一个床上，有的还立誓，永不嫁人，或永不娶人的盟约。到后来因为生理上的变态，就需要异性了，因此对方亦成了同性的失恋，往往为了这种事，自杀的也很多。

正在这时，忽见厉正进来，见他们三人聚在一处，怪亲热的模样，因笑道："你们在开些什么会议？"美丽忙跑上前去，拉着她爸的手笑道："爸，你回来啦。哥哥在讲……"正说到讲字的时候，青超因为知道厉正教子是极严的，知道了这事，小宝一定要被责了，怪他读书不用功，把这种事却全去听得详详细细，因便忙抢着笑道："在讲些笑话解解闷，老伯请坐。"美丽也很懂事，见青超这般说，就回过头来向青超笑了一笑，不说下去了。厉正便在桌旁坐下道："陆先生，你怎么会病了？我早晨出去，就一些都不知道。"青超忙道："不打紧了，受了一些寒，倒叫老伯亲自来望。"说着向桌上要拿茶壶的模样。厉正见了忙道："陆先生，你别客气，快躺下来吧。"小宝听了早站起来，替他爸斟了一杯。青超道："自己生了病，倒叫美丽小宝都荒课了。"厉正道："陆先生，你这也多虑了。"青超笑了一笑，因道："听说老伯要到南京去吗？"厉正道："正是，因为昨天接到南京分公司的电报，有些事要去接洽，明天早晨就动身的。"青超道："来回大约须要几天？"厉正道："大约半个月，所以家中一切事都要拜托陆先生照顾。"青超忙欠身道："这个当然。"

厉正又对小宝美丽道："你们要听陆先生的话，别以为陆先生对待你们好就胡闹，知道吗？"小宝点头答应，美丽靠在厉正怀内，小手轻轻抚着她爸的脸，噘起了小嘴道："爸又要这许多日子不回家。"厉正猛可听她这样一说，就触起了无限地感伤。想丽囡可怜五岁就死了娘，因此我做父亲的就兼做了慈母的职务。丽囡有时缠着我撒娇，记得两年前，晚上丽囡跟我睡觉，她非紧紧地抱着我不能睡去，这种都是孩子爱母亲的习惯。丽囡可怜，我亦可怜。丽囡没了娘，心目中是只有一个爸了，希望和爸能常常地在一处。现在爸为了生活，不能不时常远离了她小小的心灵，怎不感到别离的悲哀呢？厉正想到这里，忍不住眼眶里含着眼泪，把美丽抱起在自己的膝踝上，用手只是抚着她的短发。美丽抬着头偎着她爸的脸，呆瞧了一会儿，把小手在厉正的眼角上抹了一下，自己两颗乌溜溜的眼珠下，也挂了两滴泪水。青超瞧在眼里，不觉也勾引起他思亲的痛，心里万分感伤，也忍不住滴下几点泪来。

这时忽见王福进来道："哟，天这般暗了，还不开灯。"说着在壁上开了电灯，见了厉正忙道："老爷可以吃饭了。"说着伸开两手又笑道："来，小姐我来抱。"美丽摇手，便从厉正怀里跳了下来。厉正道："王福，你把陆先生的粥也可以端来了。"青超忙道："慢些不要紧，老伯可以用饭去了。"厉正才笑着挽着小宝美丽的手出去。王福笑道："陆先生你可好些了？"青超道："好多了，倒叫你们都操心。"王福笑道："说哪里话来？桌上的罐头菜我拿去开了。"青超点头，王福便拿出去。这一晚青超睡得很舒服。

第二天早晨醒来，身子已完全退了热，只不过觉得还没有气力。洗好了脸，因想着厉正是今天动身，自己也该起来送行，因勉强披上衣服，正想走出房去，见厉正已走进来，见了青超忙道："哟，陆先生，你怎么起来啦?"青超道："我好多了。老伯不是今天走吗? 我该起来送一阵。"厉正听了顿足道："这是哪儿话? 陆先生，你不胡闹，我早知道你要来这一套，所以我便先来了，快睡下吧。"青超这才走近床边坐下，和厉正谈了一会儿，见时候已九点，因站起来道："陆先生，你别客气，我走了，你仍可睡下了。"青超一面答应，一面却移步送他到门口。厉正连连催着他进去。青超忙停住了道："这也真够使人讨意，又会病了，否则该送老伯到车站上才是。"厉正笑道："陆先生，我领情是了。"青超见厉正走了，才回到床边，坐着有些撑不住，便又脱衣躺下。

没有一会儿，忽见三姨拿着一瓶药水，走到青超床前笑道："上次我病的时候，丽囡爸曾去买两瓶头痛药水，我只喝了一瓶，还有一瓶陆先生不妨试试。"青超忙道："谢谢太太，老伯已经去了吗?"三姨道："他早已走了。"说着便开了瓶盖儿，在桌上拿着杯子，倒了十滴，冲上开水，又到青超床边坐下笑道："请先喝一杯吧。"青超忙坐起来接了杯子道："太太，你真的当看护吗? 那可不活活地折死了我。"三姨又搏了他一下手道："你在这客地又没有亲人，有了病，就会感到痛苦，应该有个人好好儿服侍，那么有病的人才能得一些安慰。我见了你，就很表同情，稍尽些人类互助的义务，你又何必心上不安呢?"三姨说着，瞟着眼儿柔顺地望着青超，青超听了，心里十分感激，也就呆呆地望着她。

三姨又哧地一笑，扶他睡下笑道："好孩子，躺下吧，我知道你是富于情感的，听了我的话，别又引起了你的伤心。"青超见三姨如此温柔多情，又听见她叫自己好孩子，忍不住笑道："太太，你干吗连好孩子都叫起来了?"三姨道："你只是叫我太太，我不该叫你好孩子吗?"青超笑道："太太是一个称呼，你说好孩子，倒透着有些像……"青超说着这里，笑了一笑向她望着，三姨听了微红了脸笑道："你说有些像什么？"青超笑道："不是有些像妈……吗？"三姨噗地一笑，拍他一下道："你这不有些像孩子话，那可真的要活折死我了。"

一个年轻的人，对于异性那种的温柔，心里就会自然地感到她的可亲。青超自从进来，本是抱着恭敬的态度对待三姨，可是三姨却常和青超开玩笑。日子久了，也就觉得很平凡了。而且昨天三姨在青超床边坐了好半天，青超本是多情的种子，见三姨如此体贴入微地对待自己，心里就也觉得她的可爱，何况三姨本是长着一个醉人的脸庞？三姨虽是堂子里出来的，可是她的谈吐倒是十分风雅的，有时也要带些文学的词句来，一些没有粗俗不堪入耳的话出口过。这一点，也是青超所以会愿意和她亲近的原因。听她刚才倒药水后的几句话，尤其便使自己深深地感动，她是这样能体贴我的心。一个人对于看人的好坏，完全是心理作用。当初时青超进来，知道三姨是堂子里的倌人，以为她终带着有些轻贱的样子，可是这时候，在青超眼中的三姨，真又觉是个温柔可爱、十全十美的人儿了。这原因却又是情感作用的关系了，因为当初青超不知三姨是这样的性情，日子多了，感情也深了。而且和自己的个性又是十分相合，因此也就觉得她是万分可爱的了。听她说了这一句话，不觉又笑道："那么我该叫你什么最适当呢？"

三姨听了这话，心里不觉荡漾了一下笑道："叫我吗？姊姊吧，那还相称的，我大了你五年啦。"说着向青超秋波一瞟，脉脉含情。青超微微一笑正想说话，忽然三姨又哟的一声笑道："你不是二十岁了，生日是在哪一个月里呀？"青超笑道："早已过了。"三姨把眼珠向他一瞅道："你又说谎了，我又不干什么，只拣个日子喝盅寿酒，而且丽囡也应该向你叩个头。"青超咯咯笑道："我见你平日思想很新，怎么今天倒说这句话来啦？"三姨笑道："你这话透见得没有理，这是礼节呀，难道思想新了，就可以不讲礼节了吗?"青超连连道:"我说姊……太太的嘴厉害,我说不过你。"三姨早咯咯笑了起来道:"陆先生思想新,连说话都怪新鲜儿的,怎么倒叫我'姊太太'了?"青超听了很觉不好意思,红了脸笑了。三姨道:"好啦,那么你生日到底在哪个月里?"青超道:"真的已过,明年补吧。"三姨笑道:"得了,话也说得很多了,你也该息息了。"青超点头笑道:"恕我不送了。"

三姨走后,青超呆呆想了一会儿,才知道她是廿五岁了,心里很替她可惜,她正在青春时代,做厉正女儿有余,哪可成为配偶?不过她不知是怎样会到堂子里去的,她不也是一个知识分子吗?这大概其中有说不出的苦衷吧。厉正又是常出外的,而且究竟年也老了,哪个女子没有情呢?真是"萧萧白发伴红妆,只不要惆怅美人心"呢。

光阴易过,一忽已是三天,青超身子早已痊愈。这天下午,教了美丽一会儿书,觉得胸中甚闷,因叫美丽自己温习一会儿,自己慢慢地到院子里去散步。满园子黄叶纷飞,鸦雀不闻,只有西风吹过,发出凄凉的声音。青超慢慢踱来,新进的园丁王庆正在菊花丛中浇水,见了青超便笑道:"陆先生,你身体好了。"青超点头道:"好多了。"说着在花丛中摘了一朵雪白的茉莉花,拿在手里玩儿了一会儿,抬头望着天空,灰色的云儿在天上漂浮着,一会儿东,一会儿西。世事不可捉摸,真和浮云一般。不觉低声念道:"黄叶无风自落,秋云不雨长阴。天若有情天亦老,摇摇幽恨难禁。惆怅旧歌,如梦觉来,无处追寻。"青超念罢,不禁叹了一声。

王庆听了笑问道:"陆先生,你在作诗吗?"青超望他一眼道:"我哪里会作诗?见了秋景萧条,偶有感触,念念古人的句子罢了。王庆,你也念过书吗?"王庆听了笑道:"我也念过几年书,而且我也很喜欢读读古人的诗词。"青超见他有趣,便在梧桐树旁倚着和他闲谈道:"王庆,你是哪儿人?"王庆听了把水罐

83

子放在地上，回过身来笑道："我吗？山东滕县。陆先生，我也念到小学毕业哩，后来因为父亲的收入不够支配我的求学，所以就辍学在家里，帮着父亲过耕种的生活。"青超道："哦，原来你爸是种田的。"说着如乎觉得站了脚酸，便在一块大石上坐下。

王庆把衣袖子卷高的，放了下来，拉扯了一下衣服，嗽了一声，如乎和青超将作一个长谈道："我觉得像咱们这样的人，是不该读书的。正在一知半解的时候，就不能上进啦。现在这个农村里，你想这个年头儿，不是旱灾，便是水灾，年成一年不如一年。不过钱粮，对不住，就不能短少一个铜子的，哪里还有钱让我再去进中学？"王庆说到这里，轻轻叹了一声，接着又道，"说起来话长，我父亲为了祖上只遗下十多亩的田，当然他是继着祖父去干耕种生活。大概父亲尝过这种田的苦，而又只生了我一个，所以不愿叫我再跟着他吃苦，便把他俭省下来的血汗钱，把我送进了学校，以为读了书，以后可以只动着轻便的笔杆儿，就可以去赚大洋钱了，不必自己在火炀的太阳下流着汗血，整整苦了一年，所得到的，却是只有三餐薄粥，所以父亲的希望是怀着火热的。记得进学校那年我是已十二岁了，学校生活开始过了六年，可以毕业啦。两只手捧着一张不值一文钱的文凭，父亲虽然历年来劳苦，这时如乎深深得到了安慰，不过心里却又在急了。中学里的学费可贵啦，半年要一百多洋钱，你想父亲哪里来这许多钱呢？自己虽然是经过了六年的学校生活，却也很知道父亲的困难，明白一个钱来得不容易，所以我不忍眼瞧着父亲愁苦的样子，我就自动地不要求学了。父亲也曾一度替我想法到城市里商店内去做学徒。可是没有稍有名声的人做保人，因此又是不成功，父亲的希望就也成了泡影。我瞧着种种如此情形，便决心仍帮着父亲种田了。老人家他倒还常叹息说，什么龙养龙，凤养凤，种田人家的儿子，永远不能去做别的比较好一些事了。经过了十年的耕作生活，苦吃苦做，倒也度了过去。大概我到上海前三年吧，这件事现在想着，还有些气愤。那一年的年成实在坏得很，父亲老人家年纪大了，已是不能做活，便在家里管着零星的事，为的是我母亲在我五岁时就没了，至于我的妻子呢，说也可怜，在八年前有了身孕的人，为了帮着做活，跌了一跤，就病倒在床上了。可是穷人没钱医病，是眼瞧着她娘儿俩活活地一同死去。我虽不迷信有什么阴间要吃苦的话，不过她的死，是实在太可怜了。陆先生我实心眼儿告诉你，我妻子连棺材都不曾用，只埋在泥下的。我做丈夫的，是到死也觉十分对不住她。"

王庆说到这里，眼眶子一红，淌下泪来，接着又道："那天我在田里工作，忽见隔壁陈大嫂奔进来道'不得了，你家伯伯被人殴死了'。当时我心里一急，也不及问为了什么，急忙跑到家里，我爸已跌在地上，我问是干了什么啦，父亲断断续续地道'来摧钱粮的，因为收不到钱，叫手下的差役打啦'。我当时气得哭了，抱着父亲的脸，说不出一句话。父亲最后道'孩子，别哭啦，这是穷人的命'，说着便在血泊中完了最后一口气，以后就是我漂泊生活的开始。"王庆说到这里，又叹了一口气。青超听了，十分同情，无限伤心，胸中愈加愁闷，真有种说不出的感触。想自己要散心和他闲谈，岂知他生命中有这段伤心史呢？听了更添自己伤感，这真是我的命了。正在这时，忽见美丽从前面奔来，手里还拿着一封信似的，嘴里咯咯笑道："大哥，你在这里，累得我好找。"未知美丽找青超有何要事，且看下回分解。

第七回

效鸳奔惊生意外艳
畏多露节全个中人

青超见美丽急急奔来，也就忙迎了上去，见美丽手里果然拿着信，来递给青超笑道："大哥，绿珠姊姊的回信来了，一封是你的。"说着把左手的一封交给青超。青超笑道："还有一封该是你的了。"美丽拿着自己的一封，信面上瞧了一会儿笑道："大哥，你瞧，我这一封字，姊姊写得端端正正一个个的，你一封我就有些看不懂了。"青超笑道："可不是吗？我说她写给你的，一定能使你看懂的。"说着挽了美丽的手道："进去瞧吧，风吹着怪冷的。"美丽笑着点头，一跳一跳地跟着青超进去。到了书室里，俩人在书桌边坐下，青超笑道："美丽，我们大家先各瞧自己的，你看不懂的地方，我再告诉你好吗？"美丽把乌溜溜的眸珠向青超一瞅，把小嘴噘起来道："那么你这一封信里面说什么，也得告诉我的，否则我的信倒给你瞧了去，你的信我又看不懂，我不是吃亏了吗？"青超听了笑道："你这孩子，真好计算，我当然亦要说给你的。"美丽才笑道："好了，那么我们看吧。"青超笑了一笑，才展开信笺，见上面写道：

超哥爱鉴：

　　未说话前得先向你抱歉，我真太懒了，一个星期接了你两封信，到这时才来回复你，不过时间实在太局促

86

了，没有拿起笔杆儿的工夫，这当然也是自己平日不肯用功，以致将近大考时，拼命地开夜车了。这真是应了"闲时不烧香，急时抱佛脚"的一句话了。

谢谢你的好意，叫我别整天用脑子，身体亦要紧的，这话不错。但是这也奇怪，我这几天虽然睡得很晚，起得很早，不过我心里倒非常愉快，而且每到吃饭的时候，食欲比往日要增进一倍。姨娘常笑着说："珠因你肯这样子，我就更喜欢了。你自己拿镜子去瞧瞧，白多了，胖多了。"我有时忍不住笑了。

我自己想，这有两个原因，第一，因为虽和你有一个月不曾见面，不过在信上知道你身体是很健康，心里是很愉快。第二，自己终算开了几天夜车，不曾白开，在几次大考时，都能得到很好的成绩。超哥！你别笑我太自骄了，其实我对你说的，全都是实心眼儿的话，要写什么，就写什么，一些都不和你客气的。

多谢丽妹妹这样地记惦我，你说一定要写封使她自己看得懂的信，这可难了。为了写这封信，倒足足费了一个钟点呢，不知丽妹可看得懂？

因为我们今年是毕业班，学校当局预备提早考期，大概下月中旬都可以结束了。超哥，你静静等着我的喜信儿吧。我写到这里，自己也笑了。深秋之夜，四周虽然是十分地静悄，我却不觉得寂寞，因为我从头写到这里至，在我眼前像真的显出了你的脸庞，那好似我和你对面谈话一样，不知你那夜可真有到我处来过？这是我太兴奋了。超哥，你别说我有些孩子气呢，真的当我写着这封信的时候，心里真是十二分地快乐，我愿你亦和我一样地快乐。

好啦，笔尖儿写到这里，壁上的钟已打了十二下，睡之神也侵袭了我的心房，我打了两个呵欠。超哥，我就在这儿搁笔了，再会，祝你健康。

十一·二七·绿珠灯下

青超连瞧了两遍，心里十分欢喜，想我幸亏不把自己的病告诉她，否则不又要使她心思不宁了吗？觉得珠妹真是时代的一新女性，真的没有一处能批评她的缺点。这样好学不倦的女子固有，但是要像她那样思想新、性情好、容貌美、又天真又温柔、种种兼俱的，那可万人中也找不出一个了。珠妹自小就是娇小玲珑的，我记得母亲是就叫她小鸟儿，的确珠妹是实在太可爱了。尤其使自己敬佩的，是她常说的一句，她说她的心中是没有贫富的分别。她又说，你不要以为我是只知穿吃，不会做事的，其实我很能耐劳苦呢。这几句话出在坐汽车、住洋房的贵族小姐的口里，那真是凤毛麟角，恐怕世界上再也找不出第二个了。

青超满脸露着笑意，正在呆呆地想着出神，忽听美丽咯咯地笑了起来，青超忙回过头去笑道："美丽，你干吗这般高兴？绿珠姊姊写些什么？"美丽拍手笑道："姊姊真有趣，大哥你瞧。"说着把信笺送过去。青超正想去接，忽然美丽又缩回手去，青超倒奇怪道："美丽，你这是干什么啦？"美丽把信笺拿着，两手反藏在背后，恐怕青超来抢似的，身子还摇着笑道："我记得了，大哥，你先说给我听，姊姊对你说些什么啦？"青超这才明白，忍不住咯咯笑道："原来如此，你这孩子可真厉害，那么我先给你自己瞧去，试试可看得懂？"美丽听了从背后伸出一只右手来笑道："那倒可以的，你拿来呀。"青超见她举动可爱，忍不住又笑了道："现在你便宜啦，你可乐了，那只手还藏着干吗？怕我抢了你去？"

美丽笑着接过青超的信笺瞧着，青超在旁边见她一会儿皱着眉头，一会儿乌溜溜的眼珠只是呆呆地盯着，忽然又咯咯笑了起来，抬着头向青超笑道："大哥，我这里懂得，姊姊现在饭吃得下，身体胖了，脸儿也白了，那一定是更好看啦，大哥对吗？"青超笑着点头，美丽又道，"姊姊倒还说谢谢我哩。"说着又低头看下去，看完了后，忽又拍手笑道："大哥，我得向你贺喜。"青超倒不觉一怔忙道："这是哪儿话？"美丽笑道："你还赖吗？我别的噜噜苏苏看不懂，这里我是懂的，姊姊叫你静静地等着喜信儿，那不准是你两个要结婚了吗？"青超哦了一声，笑道："原来是这一句吗？这也难怪你要误会了，她是写得太含糊一些了，她是说她自己毕业的喜信儿呀。"美丽笑道："我不管，我只知道这些。大哥，我怕你不请我喝酒吗？"美丽说着已是离开了座椅，走近青超的身边，青超把她抱起在自己怀里，吻了她一个香笑道："这可糟了，怎样可以不管啦？没有这一回事，你难道也可以胡说吗？"美丽听了小嘴一噘道："你自己瞒着，还道我胡说，那么把这封信给姨娘去瞧，她难道也不懂吗？"青超听了忙道："好了，你说得不错，我错怪了你，向你赔个不是可好？"美丽才又咯咯笑了起来道："你早承认就得啦。"

青超道："那么你可把这信也给我瞧了？"美丽摇头道："还不能，我不懂的地方，你该说给我听。"青超把舌儿一伸道："你这孩子，真太厉害了，我说给你听吧。"便从头至尾讲了一遍，讲到喜信儿的地方，青超仍是说毕业的喜信儿，美丽不依，一定说是骗她，青超被她缠不过，只得笑道："这真有些屈打成招，那么算是结婚喜信儿吧。"美丽还不依道："你别说咬文嚼字的话，后面一句，我终知道的，你不可以加上'算是'两个字的。"青超咯咯地笑着又吻了她的小手道："你这孩子，心儿真细，那么把'算是'换上两个'真是'那可好啦？"美丽这才笑着展开自己一封信笺儿，两人偎着脸儿一同瞧着，倒真是怪有趣的。见上面写道：

美丽爱妹芳鉴：

　　我们好多日子不见啦，你好呀，谢谢你很记惦我，我身子十分好，你别挂念。我已预备好美丽的画片、玲珑的小汽车，这是用一只精致的小木箱藏着。前星期在永安公司买来的，等我学校里大考完后，大约在十二月十五日那天，我带着来送给你，并来望望妹妹。我来的时候，一定要抱你，亲你，吻你香，妹妹你肯不肯？好了，妹妹我们再见了，我愿你永远快乐。

　　青超见了，笑着向美丽脸上又吻了一回香道："好啦，姊姊要香你，大哥也要香你。"美丽笑道："姊姊真聪敏，她写给我的信，真的我全都看得懂。"青超道："姊姊比大哥要好得多啦，她已预备好书片和小汽车来送你。"美丽听了哼了一声，捧着青超的脸道："大哥也好，我又没说你坏，你多心什么？"青超见她盈盈欲哭模样，想这可糟了，这孩子怎么有这样痴呀，因忙笑道："美丽我和你玩儿的，你干吗当真啦？"说着紧抱着她又笑道，"你和大哥这样好，将来大哥走后，你怎样呢？"

　　美丽本来倒是不哭的，被他这样一说，真的眼眶里湻下泪来。青超见她小小年纪，竟和自己如此亲热，听自己要走的话，便流起泪来，这绝不是八岁孩子的心理，难道她也会坠入情网中吗？忽然一转念又暗想，该死，你这青超怎么倒会想到这个念头上去，这真笑话极了。便忙着拍美丽的背肩笑道："你别哭呀，我又不真的走，那真是我不好，多说什么话，倒害你湻眼泪。"说着连连打自己的嘴儿。美丽见青超这个状态，挂着满颊的眼泪，忍不住又笑了出来。青超又讲了许多笑话，美丽才又高兴起来。

　　黄昏的时候，落了一阵小雨，这时气候又冷了许多。小宝和美丽上过了课，很早地去睡了。青超在书室里瞧了一会儿晚报，四周觉得静悄悄的，自己坐在写字台边，身子这就觉一阵寒似一阵，便就关了电灯，到房中去了。在院子内抬着头，望着紫黑的天空，寒星闪闪着发出锐利的光芒，雨后的叶子儿在星光下反射出水晶的光彩。夜风吹着，水珠儿从叶子上滚滚地下坠，发出滴沥的声音。

青超呆呆地出了一会儿神，不知怎样，又会想起了秋柳。将近四个月了吧，不知她现在究竟怎样了？那邻家不知肯不肯帮她的忙？在脑海里不觉又想起了那天的情景，含着满颊泪水的秋柳，像一朵带雨梨花，不知她现在还想着我青超吗？自己不是对她说，你放心，我常会来望你的。我明白这是暂时安慰她芳心的话，未知她芳心中可有怨我恨我？我希望她最好能忘了我，可怜的秋柳，她对我的话，除了陆爷，绝不嫁第二人，这多么地伤心，方希望她能不实践才好。要是真的，我不是救她，竟是害她了。想到这里，觉得很有些对不住她，望着漆黑的天空，禁不住深深地叹了一声，接着身子也就不寒而栗，这才拖着沉重的脚步，慢慢地踱回房来。坐在床前，把日中绿珠的来信又默瞧了一遍，放在抽屉内，自己伏在桌上又想了一会儿，才钻进被内。

正伸手去熄灭电灯时，忽听门上卜卜的两声，在更深人静的夜里，那声音更透着清晰。青超倒不觉一怔，缩回了手，坐了起来，想不会听错吧？接着又听敲了两下，青超因忙问道："谁？"听外面道："是我，你快开门。"这声音分明有些像三姨，不知她这样晚来做什么，因道："是太太吗？你有什么事啦？明天说吧。"三姨急急地道："陆先生，丽因不好了。"青超这才吃了一惊，忙从床上跳下，拖了睡鞋，去开房门。见三姨站在门外，身上只穿着桃红色的小衣、白纺绸的长裤，脚上穿着青绒睡鞋，向自己袅然一笑，便走了进来，慢慢走到桌边坐下。青超见她云发蓬松，两颊微红，态度十分安闲，不像丽因有病的模样，便忙问道:"丽囡什么了？刚才不是好端端的吗?"三姨笑了一笑，水汪汪的眼波向青超一瞟道:"谁说丽囡病了，敢是你听错了。"青超这才明白，想这可糟了，今天的事却难了，她竟这样不顾廉耻地上来。便也向她望了一会儿，抓了抓头发，自己固然不能同她和调，但也不能十分和她丢脸，该想个两全的办法，过了今晚的难关，我就不怕她了，不过自己在这里是不能久住了。又恐下人们瞧见，那更是危险，因回身去关上了房门，自管自地走到床边坐下。

俩人呆呆相对了许久，见三姨满颊通红，眼似水，知道她有不可告人的隐情。自己并非不知她的心，但厉正的面前，如何对得住？一人做的什么事，都没有不破的，所谓"若要人不知，除非己莫为"，自己这时一失足，将来名誉扫地，还能在社会上做人吗？而且绿珠知道了，她的芳心不知要鄙视我到什么地步呢。想到这里，心似水冷，因对三姨道:"太太，你有什么别的事呀?"三姨见他关上了房门，心里似一喜，以为青超定是同意，不想，青超却呆呆地坐在床边望着自己，倒弄得莫名其妙。这时正在不能压制的时候，见青超开口问着，倒以为他是故意如此，便站了起来，到青超的床上坐下，把纤手拍着青超的肩笑道:"你这傻子，还有什么事？你还不知我的心吗?"青超回过头来笑道:"太太你这话错了，太太乃是一家之主，凡事都须考虑，况且老伯待我不薄，我又怎能背他做此不正当的事呢?"

三姨听了此话，脸儿更涨得通红，因向青超垂泪道:"还君明珠双泪垂，恨不相逢未嫁时。我所爱你的是才，并非是貌，你到现在，还不知我的心吗?"说罢，又把身子移过去，抱着青超的衣襟道:"我的心实在有说不出地爱你呀。"正在这时候忽听远远有人咳嗽的声音，这把三姨也吓住了，心里一惊，欲念就消了一半。青超微笑道:"你既然真心爱我，当然要想个万全之计，这里人多口杂，若给下人撞见，你我名誉全失，那就无地容身了。"三姨瞅他一眼道："我也明白了，你也别说了，你早有了心爱的人，我所说的不都是妄想吗？"说着只是低头而泣，含着泪水，不作一语。青超见她酥胸半露，又赤着白嫩玉脚，心里也很怜惜，便道："太太，你去睡了吧，别受了寒，有话明天说吧。"

这时三姨也略觉寒冷，脸上红云尽退，恢复了本来的脸色，向青超望了一眼道："你别当我……我也知道……"青超忙道："我明白你的苦衷。"三姨微笑道："你叫我走，多少给我一些安慰吧。"说着便又偎上去，伸开玉臂抱住青超的脸，紧紧地接了一个长吻。青超忙推开她道："好了，我送你走吧。"说着扶她起来，三姨紧紧偎着他，俩人出了房门。青超眼尖，见院子内星光下有个黑影一闪，不觉吃了一惊。三姨忙问什么，青超摇头道："没有什么，你自己回房去吧，我不送了。"三姨道："那么你明天一定要答复我的。"青超连连答应，觉得她也痴心得可怜，忍不住又叹了一声。

回到房中，哪里还睡得着？想自己唯一的办法，还是明天一早地离开这里，可是厉正回来，她势必要说我坏话，但这也顾不了许多了，只要自己良心能对得住人家，这就是了。原来她是早已存下这个心了，怪不得和自己这样亲热，就是自己的病中，她如此柔情蜜意地服侍我，已经是越礼了，她是醉翁之意不在酒呀。我平日虽然对于无论哪个女子都是怜爱的，但是我有理智来克服我的情感，这次我不能怪三姨是太不知廉耻，也不能怪自己是太无情，只能怪社会造成她的命运，我是深知她的苦衷。时忽又想起刚才院子内的黑影，这真奇怪，难道自己心虚眼花吗？那绝不是，明明瞧见真的一个影子，或许是哪个下人瞧见了。想自己决定非离开这里不可，因忙又坐了起来，想了一会儿，在桌上抽过一张信笺，拿下自来水笔，写了一封给厉正的信，说自己因为有要事，暂时离开这里，也不说什么原因及客套的话，封好了口，想明天还是交给王福，便又躺了下来。

想这里别的，自己倒也并没有什么可以留恋，只有美丽这孩子，实在有些舍不得她。日中为了说我要走的话，她便淌起泪来，明天见我果真地走了，她小小的心灵不知将如何伤心哩？说也奇怪，日中的话好像是晚上的预兆，我知道俩人常在一处的，一旦将要离散时，其情感突然会比往日增加十倍。平日美丽虽然和自己亦是十分亲热，可是终带着稚气孩子的口吻，今天日中美丽这情形，真有些柔情绵绵，像已成年的女孩似的，无怪自己也要疑心她也会坠入情网了。青超想到这里十分难过，自己和美丽早夕相聚，四月多了，这时忽然要离别，真是一件不由你不凄凉的事。不过这也是自己的情感太浓厚了，事到其间，不由你不离开，如果你恋恋不舍，那以后恐怕更有难堪的事发生呢。因此青超将心一横，明天就决定走了。

第二天，青超一早就起来，把自己衣服书籍整理了一箱，一边整着，一边就觉心里一酸，想自己真可说是到处便为家了，以后不知什么地方是我的寄身处哩。想到这里，忽听卜卜的又在敲门了。青超自从经过昨夜的事后，对于敲门的声音似乎是分外地惊心，平日的也会吓了一跳，因忙问是谁，听见低声地道："陆先生，是我。"这声音是带着苍老的，青超知道是王福，心才宽了下来，忙去开了门。见王福端着一盆脸水进来，放在桌上，王福向青超笑了一笑道："陆先生，你怎么整起箱子来了？"青超把箱子盖上，放在地上，捏了拳头轻轻在颊上敲了几下，在室内踱了一个圈子，才向王福笑道："今天正巧，我正想来找你。"青超因为平日间，端面水来终是王四的，今天见了王福端进来，所以如此说着。王福听了忙道："陆先生有什么事要和我说话？"青超道："我昨天早晨接到朋友的信，叫我到苏州去一次，大概要一个月的时候，所以我这里有一封信，拜托你，等老爷回来，你亲自交给他。对于太太面前，我昨天也对她说过，太太已经答应了。"青超说着在抽屉内取出一封信来，交给王福。王福听到这里，便回头去关上了房门，向青超扑地跪了下去，这倒使青超出乎意料之外，慌忙扶起他道："哟，王福，你这干什么?"王福笑了一笑道："陆先生，我这事全知道，我替老爷向你叩头。陆先生，你这样的好人，世界上就再也找不出了。"青超听了，吃了一惊，忙道："王福，你这是什么话?"王福道："陆先生，你别瞒了，你哪里有什么朋友信给你? 昨夜的事，我全知道。"

青超这才恍然大悟，昨夜先听见咳嗽声音，后又瞧见黑影子，那准是王福无疑了，因忙摇手道："王福，你别声张，你既然知道了，我也不必瞒你，这是事关老爷的名声，切不可以给别个人知道，你是老爷数十年的老仆，想绝不会泄漏的。"王福道："这个我当然理会得，不过陆先生现在到哪儿去呢?"青超凄然道："我吗? 那还不一定，我是到处为家的。王福我对你说，你这事对老爷也别说，只叫老爷以后别老是住在外面就是了。"青超说着，洗脸漱口完毕，王福道："我去端粥来。"青超摇手道："我不吃了，我就这样走了。"王福道："那我讨车子去。"青超戴上呢帽道："不必，别惊动人了，这时趁着他们都没有起来。王福，只要你知道我的心迹，我情愿负个不别而行的罪名，你只说我不知在什么时候走了，在我房中，只留着一封信，就这样说得了。"王福感激流涕道："陆先生真是君子可敬。"青超道："你别说这些，你老爷回来，一定要怪我忘恩负义，但我只要我的良心能对得住他，就也管不了这许多了。"青超说着，提起皮箱，王福忙来接去，俩人出了房门，青超又停住了，回头向房内又多瞧了一会儿，轻轻地叹了一声，才跟着王福出了院子。

这时天气十分早，除了几只小鸟儿吱喳吱喳叫着，寂寂无声，早风吹在青超的脸上，颇觉有些寒意。王福回过头来道：

"陆先生，那么从后门走吧。"青超点头，俩人出了后门，这时除了厨师，其余下人们也都不曾起来，所以一个人都不知道。平日王福终比别的仆人比较起得晚一些，今天为什么这样早呢？当然他和青超都是有心人对有心人了。青超站着又对王福道："王福，我还有一件事托付你。"王福忙道："什么事？我做得到的，定当竭力。"青超笑道："没有什么大事，我说的是美丽这孩子，她听见我走了，她一定要哭，你对他说，陆先生是暂时去几天，就要回来的。孩子心是这样的，当初几天是很记惦的，日子多了也就会忘的。"王福听了忙道："我知道的，这是小姐和陆先生平日在一处惯了，忽见你去了，恐怕是要吵的。"青超想了一会儿道："这孩子的意志很好，你们说的，恐怕未必肯信，那么我写几个字给她吧。"说着在日记簿上撕下一页，拿了自来水笔，端端正正写了几句道：

美丽，我走了，你不要哭，我过几天仍会来望你的。你这几天中，自己好好儿用功温习书本，明年和哥哥可以一同上学去了。再会吧。

你的大哥青超字

青超写好了，瞧了两遍，递给王福道："你交给小姐自己好了，你也可以进去了。"王福依依不舍，含泪相送。青超微笑着拍拍王福的肩道："老王，是你荐我进门，是你送我出门，真可谓有始有终了，我终觉是辜负你一番好意了。老王，再见吧。"青超说着跳上人力车，王福提上箱子，青超向王福点了一下头，那车子便向前飞跑了，青超轻轻地叹了一口气，心里觉得无限感喟。忽然见车夫停了下来，回头笑道："先生，到什么地方去？"

96

青超向四周一瞧，原来已拉到十字街路口了，因想了一会儿道："你拉到永安公司去吧。"车夫答应一声，便又向前跑了。未知青超到永安公司做什么，请瞧下回分解。

第八回

疑外疑寻珠逅秋柳
巧中巧拾笔识芳蓉

　　车子到了永安公司停下来，青超便走到大东旅馆，乘电梯到三楼，侍者忙来迎接。青超进去，因为这房间对面是天韵楼，所以室内的光线未见充足，好在都是整天开着电灯的，而且自己又非久住，因点头就在这间。侍者忙去泡茶，又问了青超姓名，青超并先付了十元房金。在沙发上躺下，想了一会儿，这时肚中也颇觉饿了，便站起来到二楼茶室去吃点心。进了茶室，这时里面吃客已经不少，三三两两，红男绿女，青超因便在空位上坐下。用过几件点心，青超斟了一杯茶，喝了一口，把点心慢慢地吃下去，一边吃，一边可就想，自己生活的安定仅仅只有四个月，以后不知又将怎样哩。上次和珠妹到这里来谈了许久，她不是说，明春欲和我一同去求学吗？自己当然是十分地赞成，不过话又得说回来，成功不成功，现在还说不定。过一会儿，我得写封信给珠妹，告诉她自己已离开了那边，最好她能抽空到这里来一次，我想珠妹接到我这封信，一定能来的。青超想着，也无心思吃点心，最好这时珠妹立刻到我面前了，因忙叫茶役来付了钱，到了楼上房中，立刻写了一封信。今天是廿九日，最迟后天可以接到，后天是星期五，那么在二日那天，珠妹是准可以到的，自己静静地等候三四天得了。青超一边肚里盘算着，一边忙揿了铃叫侍者去丢了信，心里觉得安慰了许多。

光阴匆匆，一瞬间，已是两天。青超每天下午拿了书本在二楼喝茶，看看书本，倒也不觉寂寞，要直到敲了五下才回到房去。这天下午青超照例也是到二楼去喝茶，茶役见了，也熟悉了笑道："陆先生，今天怎么这早？"说着让青超在靠窗的桌边坐下，去泡了茶问道："陆先生吃些什么？"青超摇头笑道："我还只刚吃了饭呢，到了吃点心的时候再说吧。"那茶役便笑着走了。为什么青超不使他们讨厌呢？这也有原因，因为青超临走时终是放着一块钱的小账，因此就反受他们欢迎了。青超呢，他倒也觉便宜，只出了一块钱，坐了整整的一下午，计算起来，每个钟点只合两角钱，看看书，喝喝茶，茶役还常来拧面巾，肚饿了，拣几件点心，这么多的安闲，真透着有些像海上作寓公了。今天青超格外地感到兴奋，因为他计算明天绿珠一定可以来了，明天这时候，我们不也有两个人了吗？谈着一个月中的事情，那是多使人快乐呀。青超想到这里，自己也哧地笑了。

这时吃客也很多了，青超拿着书本，瞧着门外进来的对对青年男女，都是满面春风，喜气洋洋，很得意的。自己有了明天的希望，倒也并不去羡慕人家，心里仍是十分快乐。正在这时，忽见门外走进两个女郎来，一个装束摩登，相貌倒是平常，一个较矮的，穿着墨色的衬绒旗袍，外面罩着一件嫩黄色的短绒线大衣，脚下只踏着一双软缎绣花鞋子，因为她是侧面和着那个摩登女郎走着说话，所以没有瞧清楚她的容貌，不过只看了侧面，已经觉得是清秀美绝的了。因想待她回过头来，看看她的整个面目，见摩登女郎向青超那边一指道："我们到那边桌上去吧。"那个清秀的女郎才回过头来，正和青超打个正面，这一瞧，青超不瞧犹可，一瞧心里不觉一跳，你道是谁？原来不是别人，正是四月未见的徐秋柳。因为青超拿着书本，半掩着脸儿，所以秋柳并没有瞧见，因便忙回过头去，朝着窗口，只是看书。天下事有凑巧，她们别的位置不坐，恰恰坐在青超隔壁桌旁，那秋柳的背正向着青超的脸，青超自己正与那个摩登女郎对坐。见摩登女郎向茶役点了几件点心，然后替秋柳斟了茶。青超虽不肯和秋柳碰面，可是却也不愿立刻便离开了她，想听听秋柳这几个月内究竟在做些什么。因两手拿着书本，表面是在瞧书，其实却在听她们的谈话。

见那个女郎向秋柳笑道："妹妹，我见你整天长叹短吁，难道你还在想那个陆青超吗？"青超听了，不禁吃了一惊，听她又说下去道："现在隔了四月多了，他没有来望过你一趟，他既无情，你又何必恋恋不忘他呢？世界上男子都没有真心的多。"青超想，那女郎准是秋柳的同学了。见秋柳微微地叹了一口气道："霞姊，你别抱怨好人，我是知道他的苦衷的，不过自己也是……"秋柳说到这里，便停住了，又叹了一口气。那女郎道："妹妹，你真痴心极了。"说着又哧地笑了道，"妹妹，你待他可也太真心了，连姊姊骂他一句，你还替他辩白呢。我不知道那青超究竟怎样能使人念念不忘哩？当初为什么不同他来到我家呢？"秋柳忙道："姊姊又取笑了，他与我萍水相逢，能够这样的仗义，真是世间少有的热心人。自己受了他的恩，当然要时时记念他。我真一时忘了，也没问他的地址，而且他临走时，也没和我说明，我这真有些对不住他。"

那个女郎道："那么或许他是已有了妻子的？"秋柳道："不会的，他在上海只有一个人，我要是知道他是有钱的倒也罢了，他是和我一样从汉口逃灾出来的，他救我的钱，是自己向别人借的，虽然现在他已做了西宾，我又不知他是不是真话，或者他是恐怕我心里难过，故意用这话来安慰我的，也未可知。要是真的话，他是个文弱的读书人，怎样能做这种劳苦的事呢？"那女郎见秋柳这样说，似也很有理，点点头想了一会儿道："我想妹妹，你这是多虑了，我知道他一定早有了情人的。"秋柳忙道："霞姊，你怎么老说这些呢？有情人没情人，我都不管他，他不来亦不要紧，应该写封信来，我知道他身体健康，有安身的地方，那我也可以放心了。现在我记惦他，因为他也是个无家可归的人。现在不知他究竟是怎样了。"

青超听到这里，心里十分感动，很想出去对秋柳说，我是很健康的，你放心好了，可是终没有这样勇气。又听那女郎道："哟，妹妹，你话尽管说，怎么哭起来了？这倒是姊姊的不是了，姊姊特地约你来玩玩儿，倒引起了妹妹的伤心了。好啦，点心来了，我们吃吧。"秋柳笑道："姊姊终是大惊小怪，说什么哭啦。"那女郎笑道："又是我说谎，你颊上的泪水还卧着呢。好了，妹妹，你们行里这几天还忙吗？"秋柳笑道："还好，姊姊，你今天和我一同回家吧？"那女郎笑道："今天不回家了，妈替我代请安一声，下星期日你在家里，我再来吧。"秋柳哧地笑道："离开一天姊夫也不打紧呀。"那女郎笑道："好好，你倒打趣我了。妹妹我正经地对你说，我有一个姓范的表哥，他也是从汉口逃灾出来的，现在南京党部里办事，他的品貌是很好的，只是多长了妹妹几岁，不知妹妹可愿意？"秋柳停了好一会儿才道："姊姊的话原该听的，妹妹没有姊姊哪有今天的一日？不过现在我觉得还不需要。"那女郎哧地笑道："你别说俏皮话了，干脆地说，我还没忘情于陆郎好啦。"秋柳啐她一口笑道："姊姊又说这些话了。"那女郎道："真的，妹妹你忘了他吧。哦，我倒理会了。"秋柳道："你理会什么？"那女郎笑道："或许世间上是没有这个姓陆的人的。"秋柳听了一怔道："姊姊，你这是什么话？"那女郎笑道："至于你遇见的，我想一定是上界太白星君变化的，因为知道你在那里受苦，故而特地下凡来救你的。所以他便一去而不返了，否则何以音信全无呢？妹妹，我劝你早些忘了这缕痴情吧。"说得秋柳忍不住笑了，青超也噗地一笑。

那女郎见青超一笑，知道有些话都被旁人听去了，所以便也不说什么了。秋柳道："姊姊，你别说笑话了，好了，时候也不早啦，姊夫回来，不见了姊姊，不要怨我吗？"那女郎笑了一笑，不说什么。秋柳把茶役叫来，付了钱，那女郎道："叫妹妹破钞了，你写字间还要去吗？"秋柳道："四点钟多了，怎么这样快？我不去了，送姊姊走吧。"说着两人便站起来走了。青超才放下书本，轻轻地叹了一口气，想她的同学，大概是秋柳到家后才出嫁的，听那女郎的口气，知道秋柳是在什么地方办事了，心里就十分快慰，想自己终算没救错了人，她果然是可以造就的人才。见她今天这样服装是多么地朴素，可见她是曾经沧桑，对于虚荣两字，早已没有了。想起刚才她的谈话，心里不觉又万分难受，自己那夜望着黑漆的天空，想着秋柳，以为她或者已忘了自己，原来她的心中是时刻在记惦我呀。

四个月不见秋柳，秋柳是长得更美丽了。刚才那女郎对她说起婚姻的事，她竟一口地拒绝，可见她是想着和我有相见的一天。秋柳，秋柳，你怎知道，你心中时刻在想念的人，正在你自己的眼前呢？她一说起了我，便掉下泪来，我虽不曾见着她挂着泪水，我是相信那女郎的话绝不骗人的。而且她心中并不怪我，她说她心里知道我的苦衷。秋柳，你真是我的知心人了，我青超实在有些对不住你呢。真的自己也该给她一个消息，使她芳心中能得一些安慰，觉得自己是真的太忍心了，想明天决定写封信去。但一时又忽然转念一想，觉得不对，这样虽然是安慰她一时的芳心，那可就真的害了她了。她知道了我的消息，虽不知我在什么地方，她那一缕情丝岂不更缠绕在我的心上吗？因此想我的心也就更切了，这真大是害她了。我为了她前途光明计，我是决定忍心负了她。"秋柳，我对不住你。"青超自言自语轻轻地说了一句，心里一阵心酸，忍不住落下几滴泪来。

忽然听有人叫道："陆先生，你吃些什么点心？"青超抬起头来，原来见是茶役，因道："你拿一客烧肉包子来吧。"那个茶役倒也喜欢说说话，见青超脸有泪痕，便笑道："陆先生，怎么啦，你看书怎淌起泪来了?"青超一转念笑道:"你不知道,这一本书内,尽有无限的伤心呢。"一面说着一面把手帕拭去了眼泪。没有一会儿,茶役送上包子来,青超只吃了半个,因这时心里思潮起伏不定,肚里很不想吃,便放下了,觉得坐着无聊,便出了茶室,回到房间里去了。

躺在床上,把书本向枕边一塞,两手抱着头颈,想今天的事真太巧了,秋柳我知道她现在生活很好,倒也放下自己一桩心事。照刚才情形看来,秋柳这孩子这样可爱,大概那同学的父母已收她做了寄女,所以一个人,只要存心好,天无绝人之路,这倒是真话哩。秋柳不肯忘情于我,是出于她至诚的真心;我不能接受她的深情,是不能欺骗我的良心。秋柳的深情,我只有待来生报答她了。青超想到这里,心里又无限凄凉。一时忽然又转念想,觉得自己也太欢喜自寻愁苦了,所以救援秋柳,完全是出于人类的互助心,何必又要去想到这些事上去呢?因此把想秋柳的心又想到绿珠,明天一定可以来了,也就安心地睡去了。

第二天,青超醒来已近九点,在床上躺着瞧书,直到十一点才起身,忙洗脸漱口,吃过午餐,今天不到二楼去了,在房中静静地等着,抱着满腔的热望。妹妹一定是像小鸟儿般地跳着进来的,心里真是说不出话地快乐。妹妹说她自己胖了白了,那一定是更美丽了,过一会儿,又可以见她倾人的酒窝儿了。一个人是不能太快乐的,这话倒也不错,今天事,恰恰出在青超的意料之外。

在房中一点钟等起,直到时钟当当地敲了六下,还不见绿珠的影子。青超在房中一圈两圈地踱着,自己也记不清究竟已踱了有几个圈子,心里的急真有些像热锅上的蚂蚁了。青超只是踱着,肚里也忘记了要吃饭,直到短针已到九点,倒还是侍者进来道:"陆先生,是不是等朋友?晚饭哪儿吃?"青超这才觉得有些饿,便道:"你拿一客来吧。"侍者答应,青超在桌边坐下,轻轻地叹了一口气，想难道自己的信，绿珠没有接到吗？那不会的，也许是没有空吗？不会的，就是没有空，她也早已写信来通知我了，那么这究竟是什么缘故呢？青超又呆呆地想了一会儿，觉得这是自己多虑了，明天是星期日，她一定是明天一早就来的。对了，青超想着，心里又宽了许多。哪里知道明天仍不见来，一直又过了两天依旧是不见绿珠的倩影，这使青超实在有些急透了，难道绿珠变了心吗？青超想着又摇摇头，珠妹是绝不会变心的，那么其中一定有什么变故了。青超在沙发上躺着，把手向自己额上轻轻拍了几下，一会儿闭着眼，一会儿又睁着眼，呆呆地望着满天的灯光出神。忽然又从沙发上跳了起来，自语道："这是什么原因呢？"说着又摇了两摇头，在房中踱着方步。好容易想出了一个办法，还是到她校中去问个仔细，也许她因为大考而住在校中亦未可知。便到衣挂上取下大衣，披在身上，出了大东，跳上人力车，直拉到中国女子中学去。

到了传达室，见一个穿黑色长袍的中年人坐在里面，青超笑道："请问教务室在哪里？"那人见了青超，便抬起头来道："你是找哪一个的？"青超因为绿珠对他曾说过，她们校中的教务主任是姓冯的，所以忙道："是找教务主任，冯先生。"那人听说是冯先生的朋友，便忙对另一个门役般的人道："你伴这位先生到冯先生那儿去。"那个门役答应，便引着青超转了弯，进了大厅，从走廊边穿进里面。见一间门上写着"教务室"三个字，青超推门进去，见里面一个四十左右的妇人，戴着眼镜，手里拿着书本，似正要出外。见了青超不觉一怔，青超忙脱帽笑道："这位可是冯先生？"那妇人向青超打量了许久道："先生贵姓？在下正是。"青超笑道："鄙姓陆，请问冯先生，这里高中部可有苏绿珠学生？"那妇人想了一会儿，一面请青超坐下道："陆先生，可是她家中来的？"青超听了，倒摸不着头脑，转念一想，对的，中学里先生，对于学生异性的朋友是管束很严的，因冒认道："正

104

是家里来的。"那妇人见青超说话吞吞吐吐，因道："陆先生，你既是她家中来的，怎么不知道，她在六天前早已退学了？"青超听了不觉吃了一惊，忙问道："为什么退学了？"那妇人笑道："那我也不知道，她是自动退学的，陆先生既是家里来的，难道也不知道吗？却来问我，这倒奇了。"青超被她这般一说，倒不觉脸儿一红，只得道："这倒是真的奇了。"因又道了一声"打扰"，忙退了出来。

青超在人行道上走着，觉得这事真有些蹊跷了，学校当局的先生是绝不会说谎的，绿珠好好的，为什么会自动退学了呢？而且上次她来信上，不是说她将要毕业了吗？她是多么地快乐，其中只隔了一星期的日子，怎么这事会转变得这样快呢？绿珠退了学，去干什么啦？难道她父亲私自把她许了人，逼她嫁了吗？这也没有那样快呀，而且绿珠也绝不会答应的，她知道这消息，就早写信来了，那么准是她变了心了，青超想到这里，忍不住一阵难过。西风呼呼吹在脸上，青超连连打了两个寒栗，觉得世界上的事，真是一言难尽的。抬起头来，原来自己只管朝东走，不知不觉已到十六铺了，便沿着黄浦走着，细想起来，都十分可疑。刚才那位冯先生说的话似乎也带着神秘，我想绿珠是断断乎不会变心的，那究竟是怎么一回事呢？青超扶着铁栏杆上，回肠百转，望着茫茫浦江，真有"别时容易见时难，无限伤心无限愁"了。江风一阵一阵地吹着，青超忍不住一阵寒冷，便回身又向前慢慢地走去。

正在这时候，忽觉后面有个女子向自己身旁走过，就听见地上滴的一声，青超低头一瞧，见是一支自来水笔，便拾了起来。见笔杆上有"唐芳蓉"三字，青超知道这支笔一定是前面那个女子掉下的。见那女子已走得很远了，因忙追上去到她身边道："这位密司，那支笔是不是你的？"那女子听了才回过头来，向青超照了一个正面。见她穿着咖啡色的旗袍，外面罩着一件浅绿色的大衣，脸貌倒也是怪可人儿的，和绿珠秋柳，又是另具一种妩媚的态度。见她低头见了一下衣襟，然后伸出纤手接了过来，向青超点头含笑道："谢谢您，这位先生贵姓啦？"青超道："敝姓陆，那支笔上的字样儿准是密司的芳名了。"芳蓉微笑道："正是，密司脱陆的大号是……"青超见她如此爽直，知道她是善于交际，定也是什么学校里读书的，因笑道："草字青超。"

俩人说话时，已并着肩儿走着，芳蓉笑道："密司脱陆是在哪儿求学？"青超道："我吗？从前是武汉大学里，因为今年水灾，淹了我的家乡，才漂流到上海的。"芳蓉哦了一声道："原来密司脱陆是汉口人。"青超笑了一笑道："密司唐是哪儿人？"芳蓉望他一眼笑道："是浙江奉化，可是我却自小儿就在上海的。"青超点点头，因为青超脑子里只是想着绿珠，也无心和她闲谈，便向西一指道："密司唐，我是向这边了。"芳蓉却笑道："我也向这边走的，那么密司脱陆是在哪儿办事呀？"青超见别人和自己谈着，这倒不能不回答的，不过自己没有在什么地方办事，这不透着有些不好意思说出来。不过转念一想，那也没什么关系，不妨实说，我又不和她对亲结眷，瞒着她干什么呢？因答道："很惭愧，现在闲着。"芳蓉听了，又道："密司脱陆，恕我冒昧，现在耽搁在哪儿？"青超想，这人好不有趣，要她尽管问得如此细干什么？因望她一眼笑道："暂时寄身在旅馆里。"芳蓉道："那你准是在上海没有亲戚了？"青超暗想，你既喜欢和我谈，我也正在烦闷的时候，我就不妨和你谈谈也好，便回头望着芳蓉笑道："自从七月中旬到上海后，得友人的介绍，到别人家里做了四个月的家庭教授。"芳蓉道："现在为什么不做啦？"青超笑道："自己人太老实了，这话不能说。密司唐是在哪儿求学？"芳蓉道："在复旦里。"说着已是到了冠生园的门前，芳蓉笑道："密司脱陆，我想请你喝一杯茶，不知可能赏光？"青超笑道："很好，当然奉陪。"

俩人便登楼而上，拣了一间，两人脱了大衣，侍者泡上两壶龙井，两人各点了几件茶点，侍者答应。青超替芳蓉斟了一杯茶笑道："密司唐，府上在哪儿?"芳蓉笑着在日记簿上撕下一页，拔出自来水笔，写了一会儿，递给青超。青超接着，见上面写着两行清秀的字，是法租界吕班路法国公园西首唐宅，七十三号。青超点点头，因为只有初次和她见面，素来又不相识的，她就邀自己到这里来吃点心，虽然平日自己交际还算不错，不过像今天那样，倒还是破题儿第一次。照她的情形瞧来，一定是个贵族名媛，那么怎会如此放浪呢? 心里不免又要疑心上海是许骗的地方，但是自己现在目前是个穷无所归，她只管问我，我把自己连吃饭都没处找的话老实回答她，就是她要诈骗我，也只有把我的人诈骗了去，这不倒是挺好玩儿的。青超想到这里，自己也觉好笑。

芳蓉见他呆呆地坐着，一语不发，只是满脸微笑，因把眼珠儿一转，也笑道："密司脱陆，你敢是笑我太放浪了吗?"青超才忙回过头来笑道："不，这是哪儿话? 我是极愿意和密司唐做个朋友，只是恐怕高攀了。"芳蓉笑道："别客气，我是不会说谦虚话的。"青超两手抱着茶杯微笑道："今天的事，倒是巧得很，这一支笔儿就做了我们的介绍人。"芳蓉哧地笑道："真的，在路上，我一个人步行的时候，真是难得有的，为了这几天来学校里大考，心中闷得慌，乘着今天星期日，出来在马路上散散步，当我出来时候，妈还一定要我坐车呢。为了自己出来，终是坐了车子到目的地，所以马路上街头的景致很少看见，因此我今天是决定不坐车了，那不是很巧了吗?"

青超听她说话的口吻，都是闺阁小姐的习气，便笑道："密司唐，你对于朋友间的交际一定是很广阔的。"芳蓉袅然一笑道："那也不见得，密司脱陆，你在上海就只有一个人吗?"青超听了这句话，很能引起自己的伤心，忍不住叹口气道："这话我也不愿说起，自己终算侥幸的，能一个儿漂流在异乡，其实倒反累了我。早和家里人一同沉死在水波中，哪里会受今天流浪生活的苦？芳蓉听了，似乎十分同情，沉着脸儿，低声儿道："这您也太抱悲观了，您年轻啦，将来什么事都须要我们青年去干的。"青超点头笑道："不错，密司唐，这话很能使人从消极中兴奋起来。"

芳蓉道："不过这话又得说回来，目前社会的不景气，找一个职业，实在是件不容易的事，就是你有能力，也不允你去干，这就真叫莫奈何了。"青超见她虽是贵族小姐，听其所说的话，倒也很知道社会上的经济一切的，忽又听芳蓉笑道："密司脱陆，你要说我前后两句话太矛盾了吗？"青超忙道："因为环境的阵容是这样布置着，不过一个青年，当他失意的时候，不要别人来勉励，自己也都常常在想着，你要努力呀，你要奋斗呀，可是结果呢，又是失败的。试问你和谁去奋斗呀？他们都置之不理你，那真叫没办法了。除非你去干非法的事，但是非法又是国家所不允许的，所以这完全是整个的民生问题，所谓粥少僧多，这碗粥究竟给谁喝的好呢？因此抱着消极的弱者，便郁郁地死了。"这时点心上来，俩人便也慢慢地吃着。

芳蓉喝了一口茶，望着青超道："那么密司脱陆以后的生活将预备怎样呢？"青超道："这也难说，一个流浪生活的人，生活是没有预定的，只有到处为家了。"芳蓉想了一会儿道："你的思想终太趋于悲观了，我希望你应该振作一下才好。"芳蓉说着，用十分恳切的目光望着青超，青超微笑道："谢谢密司唐的好意，不过这些都是环境造成我的命运。"芳蓉道："当然每个人是受环境的支配，要人去支配环境，那似乎很少，简直可说是没有。但是一个人，既然是失意了，能自己不再去摧折自己，仍抱着眼前有光明的希望，那已可说是战胜了环境。有些青年每当在失意的时候，往往愈加沉醉在酒色里，因此就害了终身。所以一个人，他能始终抱着眼前有些光明灿烂的希望，静静地忍耐着干去，终有成功的一天。"青超点头道："密司唐这话不错，这是极愿意接受的。"芳蓉微笑了一下，没有说什么。

　　俩人静悄悄地坐了一会儿，青超道："我还没问令尊是在哪里办事的？"芳蓉道："家父吗？在山东财政局，唐仁庆便是我爸爸。"青超听了，哦了一声道："原来唐仁庆先生就是老伯。"芳蓉点头笑道："便是家父，他除了公事到上海来，平日是很少回家的。"青超暗想，原来是唐仁庆的女公子，那是该有钱了，唐仁庆近来是很有名望的，因笑了一笑道："密司唐是什么时候可以毕业了？"芳蓉笑道："还早哩，再要三年啦。"俩人又谈了一会儿，时钟已打了五下，芳蓉揿了铃，侍者进来，青超忙抢着付了钞，芳蓉笑道："对不起，我不客气。"青超道："哪儿话？"说着把她大衣取下，两手提着领子，芳蓉也不客气，说声"劳驾"。青超自己也穿上大衣。

　　俩人出了冠生园，青超道："密司唐该回寓了，伯母等着心焦了。"芳蓉笑道："密司脱陆，那么请你常过来到舍间玩玩儿，刚才的地址……"青超忙道："我早已知道，过几天定当来拜望密司。"芳蓉笑道："拜望不敢，过来谈谈就得啦。"青超笑着和她握了一下手，见她跳上了车。芳蓉在车上还伸出一只纤手向青超摇了两摇，直到车子转了弯，青超才一个人踱回旅馆去。未知后事如何，且看下回分解。

第九回

坐对名花听雅谑
携将西子泛轻舟

青超回到旅馆内，脱了大衣，在沙发上一躺，西服袋内取出刚才芳蓉给他的那张地址，看了一遍，自己也觉好笑。心想不知是否可是真的唐仁庆令爱，要是真的话，那我与她萍水相逢，就这样地一见倾心，要和自己做朋友，那我的职业当然是不成问题了。明天不妨到吕班路去看看，不知到底有没有唐公馆。青超想到这里，忽又连连摇头，叹了一口气自语道："不能，不能，青超，你太忍心了，绿珠待你如此情分，现在虽忽然音信全无，不过这事很有蹊跷，究竟是否绿珠负心还不能断定，或许她另有别情，自己岂不任一时之性，便负了绿珠？还是再写几封信去，也许是她没有接到呢？"青超想着走到桌边，立刻又写了一封信给绿珠，叫她立刻到大东来。忙撤了铃，侍者进来，青超把信递给他道："这封信，快用挂了号寄去。"侍者答应，正想回身，青超又叫住了，望他一眼道："上次的一封信，你有丢入邮筒没有？"那侍者回头笑道："什么没有丢入呢？"青超低头默然无语，好久才抬起头来，见侍者仍是站着，心里倒也好笑，忙挥手道："快去，快去。"侍者才走出去。

晚上青超睡在床上，心里真有些说不出的不自在，东思西想，把个脑子错综得像蚕丝一样地乱着。青超因为要把思想镇静一下，便在枕下抽出一本书来，想借此思想可以集中在一处。可是不济事，任你书上是有怎样好的词句、意思，自己的眼睛虽然亦睁得大大地瞧着，却一些也不能瞧进去，书中究竟说些什么呢？自己莫名其妙。手是有气无力地捧着书本，脑子里仍是这样地错乱着。青超想，不得了，今天自己的思想为什么这样不宁呀？因便熄了电灯，把被蒙着了头，嘴里数着一二三四……直到自己也数不清了才睡去。

如此一连又等了一星期，前后信也写去三四封，可终得不着绿珠一个字的回复，这真叫青超又恨又急。想着绿珠一定是变心了，想起以前种种如水柔情、心心相印，眼前是尽付东流了，只剩下惆怅幻影，觉得人心是真不可猜度的。绿珠，你真太狠心了，青超虽然是这样地想着，不过心中终难忘情于绿珠，想起绿珠种种的好处，觉得绿珠绝不是庸脂俗粉可比，朝秦暮楚、富于虚荣心的，那么绿珠为什么不来呢？而竟忍心连一个字都不答复。就是她父亲迫她出嫁，那么她该写封信来，难道天天有人监视她的行动吗？青超想着疑心又层层起来了，青超心里，一忽儿觉得绿珠是真的负心了，一忽儿又觉得是不会的，自己真的也有些说不出所以然了。

不知不觉又过了五天，仍是杳无音信，青超囊中金已将尽，渐渐不能开支。青超这时心中万分痛苦，生活失意，种种逼迫在他的心头。这天下午青超在房中踱着，两手不住地搓着，忽然又想起了唐芳蓉。她既然欢迎我到她家去玩儿，自己这时已是山穷水尽绝望的时候了，难道还死等着不找生路吗？觉得还是到芳蓉家去一次。青超想着又在房中踱了一圈，仔细考虑一下，把手在自己额上轻轻拍着，觉得实在再没有第二个办法，便自语了一声道："准去了吧。"说着便披上了大衣，出了旅馆，走了几步，忽然又停住了想了一会儿，伸手摸了一下袋，袋内是仅剩了两张五元的钞票，想坐汽车去吧，自己是曾受过管门人的冷眼，今天如果步到唐仁庆的公寓，那更是不对了。因便走到汽车行，坐了一辆汽车，说明了地点，汽车便向前驶去了。

青超坐在车内，心里盘算着，不知有没有唐公馆？如果有的，芳蓉不知在不在家？如果不在家，那可糟啦，自己多费了一块钱，真是有时要想没有时，古人的话，终不会错的。又想芳蓉不知能不能帮助我？要是不能的话，以后的生活，不知又将怎样呢？青超正在胡思乱想，忽听喇叭呜的一声，车身也就停了下来。青超抬头一瞧，原来已到了唐公馆。门前和苏公馆相仿佛，不过还多了两只石狮子。青超便拿出一张名片，叫车夫拿进门房里去。不多一会儿，见门役匆匆地出来，开了车门，满脸含笑道："这位就是陆少爷吗？我家小姐等候着呢。"青超才跳下汽车，跟着门役一路进去，跨过几重碧廊朱槛，见客厅前石阶上站着一个女郎。见她穿着一件紫酱色的旗袍，叉子开得很高，里面露出圆圆穿咖啡色长筒丝袜的小腿，脚下踏着一双黑漆的革履，亭亭玉立，秾纤修短，与绿珠相仿，正是唐芳蓉。

门役见小姐已迎了出来，便另自走开了。青超忙赶上两步，芳蓉亦已从石阶上连跑带跳地下来，俩人忙握了手，芳蓉笑道："密司脱陆，为什么到这时候才来呀？"青超笑道："我早想拜望您，被一些事绊住了，对不起得很，还叫你自己来迎。"芳蓉袅然一笑道："好啦，您别客气了，请里面坐吧。"俩人到了厅上坐下，早有下人端上了香茗。青超笑道："密司唐几天没有出去吗？"芳蓉点头道："是的，上午学校里考物理，下午没有事，住在家里又闷，正想有个人来闲谈。"正说时，见一个十三四岁的俊婢出来向芳蓉笑道："小姐，那边收拾好了。"芳蓉站起来笑道："里面坐。"原来是到一间精致的小客室内，里面布置十分富丽，当中放着一只小圆桌，铺着一条粉红色绣花的桌布，上面压着一块和桌面大小的玻璃板，旁边围着四把刻花的靠背椅，都铺上蓝缎绣花坐垫。桌上放着四盆糖果、两罐香烟。青超这才明白，唐小姐竟把自己当作娇客看待了。

芳蓉两手扶着上面椅子背微笑道："别客气，坐下了吧。"青超忙道："哟，密司唐，还说别客气，你真太客气了，倒叫我有些不好意思了。"芳蓉笑道："这是哪儿话？好啦，快来坐呀。"俩人正在说着，见外面又进来了一个少妇，见她穿着水墨色的旗袍，两只奶峰高高地耸着，云发也烫成水波式，脚下却穿着一双花呢的毡鞋，容貌不像秋柳瘦弱。芳蓉忙向青超笑道："这是我的嫂子。"说着又转身拍她嫂子一下笑道："琼英姊，这位就是我那天遇见的密司脱陆。"俩人又客套了几句，琼英笑道："大家坐吧。"遂让青超上坐。青超想称呼嫂嫂怪难听，还是照芳蓉一般地叫得了，因笑道："这里该琼姊坐才是。"芳蓉道："这话不对，哪有主人上坐的道理？"青超道："不是这般说，琼姊年长，是应坐上位的。"说着便在左首坐下，琼英笑道："好了好了，我就坐上位吧，大家要爽气，别扭扭捏捏，倒显得羞人答答的模样。"芳蓉就在右首坐下，哧哧笑道："姊姊，你真爽直，也不管密司脱陆见笑。"青超忙道："哪里话？琼姊胸襟爽快，我是最佩服的。"琼英笑道："密司脱陆，你也赞成我直爽吗？那么大家别客气，抽支烟。"说着递了一支烟给青超。青超虽然是不会吸，因见她说要爽气，倒不好意思推却了，忙接了过来。琼姊擦了火，青超连说不敢，琼英回头又拿了一支给芳蓉笑道："芳妹，你也抽一支吧，大家凑凑热闹。"芳蓉摇头笑道："我是不会吸的，你难道不知道吗？"琼姊自己吸了一口笑道："芳妹你这话不对，今天你是主人，我是陪客人吸的，你主人家难道好不陪吗？倒叫我来吸烟陪客了。"说得芳蓉青超都忍不住笑了。

这时仆人又端上了三杯柠檬茶来，大家各端了一杯慢慢地喝着。芳蓉把盆里放着的奶油糖剥了金的锡纸，递到青超的面前，又切了雪梨，剜去了心子，分成四片。青超忙笑道："密司唐，太客气了，我自己来吧，还叫你动手。"芳蓉将切好的雪梨递到青超桌前笑道："好了，别客气。"青超忙接过，琼英笑道："芳妹现在真的亲自敬客了。"说着俩人又哧地笑了。琼英又问青超近日动作，青超亦大略说一遍，因又问着在校里喜欢什么运动和娱乐。青超见琼英十分豪爽，谈谈甚觉意投，倒也很快乐。芳蓉一手托着香腮，一手捧着柠檬茶杯，一口雪白的牙齿咬着半片樱唇，两只滴圆的眸珠瞧着青超，听他和琼英谈着，脸上只是显出笑容。青超在谈话中，偶然回头向对面一望，见芳蓉这副可爱的脸儿，真觉有些像画片上的美人，增之一分，则太肥，减之一分，则太瘦，所谓修短合度，秾纤得中了。若与绿珠并立，实在难分轩轾。心中非常喜悦，便笑了一笑道："密司唐是喜欢什么娱乐呀？"芳蓉才把左手放下来，在玻璃板上用嫩嫩般的手指，轻轻弹了一下，眼珠在细长的睫毛下一转道："我吗？"琼英接着笑道："你别说了，我替你代说了，芳妹是喜欢跳舞的。"芳蓉听了向琼英瞅着笑道："姊姊，你终信口瞎说的，从四月里以后，舞场里就没有我的足迹了。"青超笑道："密司唐现在闲时，喜欢干些什么消遣？"芳蓉道："我现在只喜欢捺捺钢琴、瞧瞧电影。"青超点头道："这些娱乐确是很高尚的。"芳蓉道："在夏季里，我倒也喜欢去游泳，密司脱陆会不会？"青超道："从前在汉口，对于游泳也很起劲，不过游术不十分好。"芳蓉笑道："密司脱陆，你不知道，琼姊就是个游泳大将，我的游术都是她指导的。"琼英笑道："妹妹，你现在可不是做了女皇帝。"芳蓉不懂忙道："你说些什么话？现在还有皇帝吗？"琼英道："那你怎么倒封我做起大将来呢？"芳蓉这才明白，和青超忍不住又笑了一阵。

这时仆人又端上一盆点心，琼英道："好了，这玫瑰糖年糕是要吃热的，别冷了。"说着大家才拿起筷子吃了。仆人又拧上手巾，三人离开了桌边，在沙发上随意坐下。仆人又端上澄清的香茶，大家又闲谈了一会儿，琼英站起来笑道："芳妹，你俩谈一会儿，我去就来。"琼英说着，向俩人笑了一笑走出去了。青超向芳蓉望了一眼笑道："琼姊是在哪儿毕业的？"他两人本是对面坐着的，芳蓉听他问着，便随了话声站起来，到青超旁边的沙发上坐下笑道："琼姊吗？我详细地和你谈谈。"青超也就不由自主地转过身来，他们坐位本是三角式的，中间斜隔着一条茶几，因此俩人是也斜对面坐了。芳蓉两只膝踝并在一处，和青超的膝踝相距，只不过二三寸远。芳蓉把纤手在膝盖上抚了一下道："我妈只养我兄妹两人，我哥哥名叫辉祖，他还是前年春天出洋的，是到德国去研究工业，大概就可以回国的。我的嫂子已娶了四年，她就是我的表姊，我舅父姓谢，他只生琼姊一个，我们三人是自小就一块儿玩儿的，所以我现在还只叫她琼姊。她是二十岁，就在杭州高级师范毕业的，那时我哥哥在燕京大学，那年暑期，大家在上海会面，我哥哥和她的爱情热度达到了沸点，在第二年春天俩人便结婚了。"

芳蓉说到这里向青超瞟了一眼，脸儿不觉添了一层红晕，青超也会意了，微笑了一下道："琼姊的学问一定是很不错的，你哥哥几岁了？"芳蓉道："比琼姊长二年，他们倒真是一对，哥哥的性子也是很直率的，什么话都要说出来，所以俩人间的误会就永远没有了。"青超点头道："这倒是很好的，有些伉俪间往往吵闹，就因为把话藏在肚中，不肯实说出来，彼此都猜心思，互相疑虑，互相误会，差不多误会到底的也有。"芳蓉哧地笑道："你这话不错，密司脱陆对于夫妻论很有研究呀。"青超听了，也忍不住笑了，本想还要说一句，不过觉得谈到这个问题上去，终有些不好意思。因便望着她笑着转了话道："密司唐再过了多少天可以放年假了？"芳蓉道："不多几天了，只有三四种书本还不曾考。"青超道："密司唐很用功吧？"芳蓉摇头笑道："我是最懒了，琼姊从前在学校里就用功，每次大考，终在三名前的。"芳蓉说到这里，又哧地一笑，青超笑道："你笑什么？"芳蓉笑道："小学里的时候，琼姊和我哥哥是同班的，有些成绩全都是姊姊好，琼姊常常笑他，哥哥恼了，就捉住了琼姊呵她痒，吓得琼姊

115

常常嚷了起来。"说得青超也笑了。

俩人的目光互相地射着，许久芳蓉笑了，青超也笑了，芳蓉低了头，右手抚着自己左手玩弄着，俩人静默了好一会儿，青超笑道："密司唐，我这几天有些小恙，所以没有出来，抱歉得很。"正说着，琼英进来，青超忙也站起来，琼英笑道："干吗，你起来？"说着又向芳蓉道："张谷英表弟来了，他说姨妈病重，要回杭州去了。"芳蓉起来忙道："姨妈怎么病啦？"琼英道："我哪里知道？说是家里打电报来的，他向妈来辞行。"说着外面进来一个少年，穿着常青花呢的西服，头发梳得光滑，面貌十分漂亮，见了芳蓉便笑道："今天有客啦。"说着已到了芳蓉前面。芳蓉站在青超和谷英之中，将手一排笑道："来，我替你们介绍，这位是我的表兄张谷英，这一位是我的好朋友陆青超。"俩人不免又客套了几句，谷英听一"好"字，十分刺耳，又见芳蓉和青超十分亲热模样，心里十分不快，脸上颇有不悦色。琼英瞧在眼里，心中暗暗好笑。大家谈了一会儿，钟鸣四下，谷英便起身道："我们再见了。"说着大家出了会客室。

见院子内停着一辆汽车，青超在客厅上站住了，不便再下去，和谷英握了一下手。这时仆人送上大衣呢帽，谷英接过。刚到院内，琼英和芳蓉也送着下来，青超在客厅上望着，见谷英和琼英握了一下手，说了几句，又回头和芳蓉纤手紧紧握住，笑道："芳妹，再见了。"芳蓉笑道："对不起，我不能送你到车站了，姨妈请代我问好。"谷英笑了一笑，低头向芳蓉手背上吻了一下笑道："那么你们进去吧。"青超看到这里，也忙别转头去，瞧客厅上挂着的字画了。忽听呜的一声，接着一阵皮鞋声走了进来。青超知道谷英已经走了，才回过头来，见芳蓉和琼英已在面前，芳蓉笑道："我们仍进去吧。"说着三人仍回到小客室。

青超喝了一口茶，搓了搓手，向她俩笑道："时候不早了，在府上叨扰了大半天，过几天再来拜望。"芳蓉忙道："这是哪里话？这里便饭了。"青超笑道："下次来叨扰吧。"芳蓉听了别转头去，似乎不高兴般地鼓起了小腮子道："你有什么大事情要去干啦？"琼英见芳蓉这样，也就笑道："好啦，密司脱陆也别客气了。"青超见芳蓉如此盛情，也不忍拂她意思，只得答应下来。芳蓉才回头扑哧一笑，眼波向青超一瞟道："真的，你搭什么架子啦？"青超也笑了。琼英向芳蓉摇了一下手，俩人出了外间，琼英拉着芳蓉手笑道："妹妹，你菜喜欢自己厨房里做些，还是到外面去叫呢？"芳蓉道："厨房里自己烧吧。"琼英轻轻把她一推笑道："那么你陪娇客去吧。"芳蓉啐她一口笑道："姊姊，你终是这样的。"琼英便咯咯笑着走出去了。

芳蓉才走进来，向青超微笑了一下坐了下来，青超笑道："密司唐，谷英兄很漂亮呀，他在哪儿读书？"芳蓉瞅他一眼道："他这种性情的人，我最不赞成。他自小就只喜欢玩儿，胸中一无所学，凭着姨夫的势力，在意利洋行里做副经理。"青超笑了一笑，不说什么。俩人又谈了一些别的事，这时仆人已上了灯，琼英也走进来笑道："你们谈些什么呀？饭厅里已摆舒齐了。"青超站起来笑道："真对不起，又累忙了琼姊。"琼英摇手向芳蓉笑道："你别谢，我过一会子和芳妹算账便了。"芳蓉轻轻拍她一下笑道："琼姊，你这是什么话啦？"琼英道："咦，你还要我明说吗？那今天是谁请客啦？"芳蓉瞅她一眼笑道："好啦，那么我明儿买个皮老虎给你玩玩儿吧。"说得青超也笑了。三人出了小客室，饭厅里中间一只小圆台，上面已摆齐了杯筷，琼英笑道："这回密司脱陆别客气了，上坐吧。"青超也就不再客气，在上首坐下。芳蓉坐下首，握着酒壶向青超满斟了一杯，青超忙站起来捧着酒杯，芳蓉笑道："坐着，别客气。"然后替琼姊也斟了一杯，在自己杯中却只斟了一小半。琼英笑道："芳妹，你这不行啦，别人全都是满杯，你怎可以半杯呢？"芳蓉向她瞅了一眼笑道："琼姊，你今天为什么只喜欢作弄我啦？"琼英道："这哪可算作弄你？刚才烟你不奉陪，难道酒也只奉陪半杯吗？"芳蓉道：
"我早知道你要说的，所以我喝半杯，已经了不得啦。"青超忙
道："不要紧，密司唐如真的不会喝，那就不必勉强。要是喝了，
倒反害她头疼了。"琼英哧哧笑道："妹妹你听见了吗？怪不得要
恨我了，密司脱陆多能体谅你哟。"

青超听了，不觉红了脸儿，笑了一笑，在小碟上拿了粒杏
仁，剥了皮，放在嘴里嚼着。芳蓉向琼英瞟了一眼，意思是说她
不该说这些话。琼英见了，却反而更咯咯地笑了。青超见琼英这
样高兴，因向她笑道："琼姊的酒量很不错吧？"芳蓉笑道："琼
姊的酒量真好，你也别和我算什么账，我今天多敬你几杯得了。"
琼英听了，向他俩望了一眼忙道："不，不，只要你两人各敬我
一杯就得了。"芳蓉信口说一"敬"字，已自知失言，忙想缩住，
可是已来不及，聪敏的琼英，早说了一句话，把个芳蓉羞得连耳
根子都通红了，向青超望了一眼，恰巧青超也在瞧芳蓉。俩人四
道目光就像电光一闪，这就都禁不住笑了。琼英瞧在眼里也笑
道："好了，我们喝酒吧。"说着拿起玻璃杯向上一举，青超和芳
蓉也拿起杯子喝了一口。

这时仆人把热菜端上来，青超笑道："琼姊，你可真有趣。"
琼英笑道："我就喜欢说些笑话，让大家乐个子，不过我这笑话，
倒并不是胡诌的。"芳蓉啐她一口道："得啦，还说不是胡诌哩，
过一会子，我倒是真的要和你算账了。"琼英笑道："过一会子，
算什么账啦，你怎么连规矩都不懂？大年夜还没到呢。"说得大
家忍不住又笑了一阵。青超向着这一对名花，今夜真是沉醉在温
柔乡中了，这一餐晚饭，当然是吃得很快乐。饭后芳蓉笑着向琼
英点了一下头，自己走了。琼英自然会意笑了一笑。

这里仆人又端上了香茗，又递上烟。青超笑着摇了一下手，
仆人便把烟卷放罐子里，琼英笑道："密司脱陆，怎么不吸一
支？"青超道："我是不会吸的。"琼英道："你刚才不吸的吗？"

青超是多么会交际的人，听她这般说便笑道："琼姊的面子太大了，我是不能不吸的。"琼英哧哧地笑道："那我就再来给你点一支吧？"青超忙摇手笑道："琼姊，刚才你是不知道我不会吸的，现在你已知道了，这是你有意和我开玩笑了。"琼英笑道："你这一只嘴，可也不厉害。"青超也笑了道："密司唐的烟酒倒也不会的。"琼英道："芳妹真是个新女性，她就只用功在书本里的。"青超听了，忍不住哧地一笑，琼英道："你笑干吗？"青超道："你们姊妹两个真好，她说你用功，你说她用功，其实俩人都是用功的。"琼英笑道："妹妹是真的聪敏，她六岁上学，十八岁高中毕业，一级都不曾脱过班呢！"

青超听了肚里盘算着密司唐是已十九岁了，聪敏是聪敏，不过我的珠妹不也是十八岁高中毕业吗？真想不到俩人一样花容月貌，一样才似咏絮……青超想到这里，忽见芳蓉走了进来，她已是理了晚妆，两颊上似乎还涂着两小堆胭脂，在灯光下就更觉鲜艳美丽了。琼英望着她只是微笑，芳蓉倒觉有些不好意思了，推她一下笑道："你干吗？老是笑。"这时小婢阿菊也在叫"奶奶洗脸了"，琼姊才走了出去。青超道："密司唐，伯母晚餐用了不曾？"芳蓉点头道："我妈也没什么大病，她高兴了起来坐坐，不高兴烦闷的时候，终是躺在床上的。"青超道："这大概老人家从前少运动，你瞧现在出来的女子多么健康。密司唐在校里喜欢什么运动？"芳蓉在青超对面沙发上坐下道："对于什么百米赛跑和高跳栏等，这我是不喜欢的，校中网球组篮球组及排球组我是加入的。"青超笑道："那你对于这些，一定是很不错的了？"芳蓉笑道："那也不见得，其中网球兴趣比较感到浓些，因为我身体瘦小，别的是挤人家不过的。"芳蓉说着自己也笑了。

青超正想回答，见琼英也走进来，大家随意又谈了一会儿，钟已打九下，青超起身告辞。仆人拿过衣帽，芳蓉接了大衣，两手提着衣领，向他点头，意思是让他穿上。青超慌忙退后一步，向她一鞠躬道："不敢当，不敢当。"说着接了大衣，自行穿上。大家出了小客室，到了院内，外面虽然天已暗了，那天空中月亮倒是大而且圆，十分清澈。琼英已叫阿三汽车开来，青超阻止他们道："进去吧，外面风大，别吹坏了身子。"说着和芳蓉握手。芳蓉笑道："你明儿来不来？"青超笑道："我很高兴来，不过你们太客气了，我有些不好意思。"琼英笑道："以后不客气是了，明天你下午来吧，芳妹下午是没有什么课程考的。"青超道："那我就来。"芳蓉道："那你准来吧，我们等着你。"青超答应，又向琼英点头，才跨上汽车，汽车便开了出去。

　　琼英拉了芳蓉的手儿走进来笑道："妹妹你的眼力真不错，果然是个又俊秀又朴实又聪敏……"芳蓉把纤手向她肩上一拍笑道："好了，好了，怎么有这许多啦？"琼英笑道："那是形容他的优点呀。"芳蓉啐地一口道："姊姊你这时尽管取笑，以后在别人家面前再胡闹，我可不依，刚才害得我怪难为情的。"琼英忍不住又笑了一阵，一同又到妈处去问了安。唐太太躺在床上道："这孩子走了吧？琼儿，你瞧他可真的是个好青年。"琼英在床边坐下笑道："妈，妹妹眼力真厉害，真是又俊秀又……"芳蓉听到这里，向琼英瞅了一眼，顿脚道："你又来这一套。"琼英忍不住又哧地笑了，唐太太弄得不懂了，忙问道："你们怎么啦？"芳蓉道："妈，琼姊今天只是打趣我。"琼英笑道："哟，真该死，妈，姊姊为了她的好朋友忙了一天，妹妹不谢我，还抱怨我了。"唐太太笑道："你们别闹，那么这孩子现在住在旅馆里，终不是事。"琼英道："我已有了一个办法，明天对妈说。哦，他明天仍来的，妈可以见见他，中不中意。"芳蓉听了微咬了嘴唇，恨恨地指她一下道："别胡说了，我们去睡吧。"唐太太笑道："是了，你们去睡吧。"俩人才出了她妈的卧室，她俩的卧室是正对面的，芳蓉向琼英点头想回房去，却给琼英拉住道："早哩，我房内去坐一会儿吧。"

芳蓉随着她到了房中，俩人又取笑了一会儿，芳蓉不依，琼英说了许多好话才算无事。这时阿菊来报告说阿三已回来了，陆少爷是住在大东旅社内，阿三还领着一圆赏钱。这时壁上钟已打十一下，芳蓉要去睡了，琼英笑道："妹妹就在这里睡了。"芳蓉笑道："好的，哥哥两年多不回家了，嫂嫂多半是寂寞了，我今晚暂充个哥哥吧。"阿菊在旁听了，也笑起来。琼英道："你倒打趣我了，明天可不饶你了。"芳蓉把舌儿一伸，忙笑道："好姊姊饶了我吧。"俩人笑着换了睡衣睡鞋，阿菊又端上两杯玫瑰茶，然后在壁炉中加上了些燃料，才关了门出去。

琼英在梳妆台上理着云发，见芳蓉坐在沙发上呆呆地出神，因回过头来笑道："这妮子可痴了，还在想他吗？"芳蓉站起来，到镜台前，抱着琼英的脖子道："你真的还要说笑我吗？"琼英趁势将她搂在怀内，坐在铁床上，吻她的脸笑道："那你坐着呆呆地在想什么？好了，你睡进里面去吧。"芳蓉吓地笑道："你要并头睡吗？我可睡不惯。"琼英笑道："你这小妮子，将来不和人一头睡吗？"芳蓉笑道："你要一头睡也可以，不过有条件的。你平日服侍我哥哥是怎样的，你今天得照样服侍我的。"琼英听了，把手指在她的粉颊上一划笑道："女孩儿家说这些话，可不害羞吗？"芳蓉听了把脸庞向琼英怀中藏着咯咯又笑了起来。琼英抱着她身子轻轻向里一移道："快睡进去，别冻坏了身子，可不是玩儿的。"芳蓉才掀开了绣被，睡了进去。琼英在外边躺下，身体碰着了芳蓉的身体，芳蓉忍不住又笑了，琼英也笑道："你这样怕痒，将来不知还……"芳蓉听到这里，把纤手在她嘴上一按道："你再说下去，我可不依。"琼英笑道："不说了，睡吧。"说着熄灭了灯光，只在床旁开了一盏绿纱罩的小灯泡。

第二天早晨，芳蓉坐了汽车到校，下午在家里吃过饭，和琼英、唐太太在客室内谈笑着。唐太太今天也起来了，当然为的是要瞧瞧青超。今天天气很好，太阳暖烘烘地照着，看看将近一点

121

钟，仍未见青超来，芳蓉道："怎么还不来呢？"琼英抹嘴笑着，向老太太努嘴。唐太太见了也笑道："你这孩子，真也太性急了。"又过了一会儿，见仆人进来道："陆少爷来了，在客厅里等着呢。"芳蓉听了，忙回头向唐太太笑道："妈，我去接他进来吧。"说着便奔出去了。

不多一会儿，见芳蓉领着一个少年进来，手里拿着帽子，头上留着斜分的头发，四方脸儿，两只眼珠炯炯有神，鼻梁挺直，真是十分英俊魁伟的一个少年。唐太太便也站起来。芳蓉向青超道："这是我妈。"青超见她头发已白了一半，脸上十分慈和，便忙上前一鞠躬，口称："伯母，小侄来得孟浪，望勿见责。在女公子的口里，知道伯母是极慈祥的。"唐太太见他说话极其知礼，心里十分高兴道："老身年过半百，只有他兄妹两个，她哥哥又在海外，膝下只剩小女，就未免娇养一些，陆君休要见笑。"青超忙道："女公子十分聪敏，小侄很是佩服。"琼英笑道："请坐吧。"琼英这句话是替婆婆代说了，青超这才坐下。

唐太太又问他这样，问他那样，青超小心回答。唐太太见他谈吐风雅，人又老成，心里十分欢喜。青超和着上辈说话，终觉局促不安，倒还是芳蓉笑道："妈，我想和密司脱陆去买些书。"唐太太笑道："好的，饭仍回家来吃吧。"芳蓉笑着向琼姊道："姊姊，我们一同走吧？"琼英摇头道："我不去，我还有话对妈说呢，你们走吧。"芳蓉青超便辞别出来，琼英送到客厅上笑道："早些回来，别乐而忘返了。"芳蓉笑道："你别端摆老嫂子的架子了。"青超也笑了，琼英道："怎么今天不坐车吗？"芳蓉道："我们今天不坐车，买几本书，坐了车到书局里去，这如乎太不成样了。"琼英抹嘴笑道："妹妹太聪敏了，坐了车就不自由了，这是真的吧？"

俩人已出了院子，向琼英摇了一下手，才出了门。这时风吹在脸上，虽然觉得冷，然阳光晒在身上，倒反透着有些暖和。青超笑道："密司唐喜欢上哪儿去玩儿?"芳蓉想了一会儿道："我很想到半淞园去玩玩儿。"青超道："很好，不过我们还得坐汽车去。"俩人遂租了一辆，两人坐在车内，芳蓉笑道："现在上半淞园去玩儿，未免有些不合时了。"青超道："现在还是秋啦，秋景也一定很使人够叹的。"芳蓉道："游人不知多不多?"青超道："这也看个人的个性的，有些人往往不喜欢热情的春天，而却爱着有些冷酷的秋天。"芳蓉道："爱秋天的人，其性情思想一定是属于孤洁一派的。"青超笑道："那么密司唐却也高兴去呢。"芳蓉道："因为我是多时不去了，上次我听琼英说半淞园里面，湖也开凿得大了，又添了不少的景致，她们去的时候正是四月里，我们这时可惜太晚了。"青超笑道："我们只管把现在当春天得了。"说得芳蓉忍不住笑了，俩人谈谈笑笑，也已到了园门。

俩人跳下车子，青超购了门票，里面游人虽不及三四月里成群结队，今天却也不少。园内亭台楼阁，点缀在苍翠的松柏绿荫下，有的半吐亭角，有的半露楼窗。转了弯，见一片草地，有两个土山分立在南北，顶上各有茅亭一个，四周环绕树林，好像杭州西子湖内的南北两高峰，不过这是人工造的。芳蓉笑道："我们上去走走，上面的景致不知怎样的?"青超点头道："好的，我们不妨上去瞧瞧，上面的游人也很多呢。"说着芳蓉在前，青超在后。这土山下面也用阶级一步步地高上去，走着还不吃力。再上去，两旁叠着假山，阶级只用光滑的乱石堆着，一不小心，便要滑跌。芳蓉穿着高跟革履，就更觉不便。青超扶着她笑道："这样难走，别上去了。"芳蓉把自己手臂勾在青超的臂弯里，胸脯一挺笑道："我们不要怕，应该勇往直前才对。"青超笑道："密司唐这话不错。"俩人相扶着，好容易才上去，芳蓉已是气喘吁吁，香汗淋淋，俩人倚在一株梧桐树下，青超道："我倒有些热了。"说着脱了大衣，芳蓉道："下去不要也是这样难走，那可糟了。"青超见芳蓉似也要脱大衣了，因把自己的大衣放在树枝条上，两手拉着芳蓉大衣袖子，替她脱了道："那边下去，大约不至于这样难走的，我们进亭内去坐一会儿可好？"芳蓉点头，一面将手绢拭着香汗。

进了亭见里面有好多人在坐着，青超和芳蓉坐了一会儿，走到正面，望将下去，见湖中有许多人在划船游玩，桨子打在湖面上，水花飞溅，芳蓉看了高兴道："密司脱陆，你有划船的兴趣吗？"青超笑道："你喜欢去玩儿我们就去。"芳蓉笑着瞟他一眼道："你愿意去吗？"青超噗地笑道："我不愿去干吗？"说着紧紧扶着她，从那边走下去。那边的路，真是好走得多，芳蓉道："我早知如此，刚才就该打从这里上来了。"青超笑道："难走也好，刚才不是也很感兴趣吗？"俩人说着已到了租船处，遂雇了一只。

青超先跳了下去，然后拉着芳蓉纤手，一同在船中并肩坐下。俩人荡着双桨，向湖心中荡去。两岸榆槐对立，隔着一株半株的丹枫，沿湖芦苇密密，散出一片白花，缀在嫩绿的浮萍上，漂在水面，红的血红，绿的碧绿，白的雪白，秋天的景致，真倒也是十分艳丽的。湖水澄清，芳蓉的丽影映在水底，清楚可鉴。青超心有所感，信口念着道："蒹葭苍苍，白露为霜。所谓伊人，在水一方。溯洄从之，道阻且长。溯游从之，宛在水中央。"芳蓉听了微笑道："密司脱陆伊谁呀？"青超笑道："伊人吗？你猜猜。"说着又向芳蓉一笑并道，"你瞧，湖水澄清，蒹葭已苍，见此秋景，怎不令人动了秋思呢？"青超心里所思念的绿珠，不过不能对芳蓉直说罢了。芳蓉哪里知道，怎不就要误会在自己身上吗？因笑了笑也不说什么。此时芳蓉眼波仍瞟着青超，脸上显出得意。青超早知其中，然自己心事，怎可和她诉说？因也向芳蓉只是笑而不答。俩人相对各自微笑着，可就忘记了荡桨，船身便在湖心中打起盘旋来。

忽见旁边一只小船，从后面哧的一声驶过，见船上一对青年情侣努力地荡着双桨，还回过头来向他们瞧了一眼，咯咯地笑了。青超和芳蓉自己也觉好笑，便也忙握了桨子向前面桥洞下驶过去，嘴里还轻轻地合唱船夫曲。荡着穿了几座桥洞，前面更是曲折，两旁黄泥堆着，芳蓉道："这大概就是新凿的了。"青超点头，见两岸假山突兀，梧桐垂叶，杂着红花遍地，倒也不觉寂寞。船身不住地前进，前面水道亦愈狭愈曲，忽来一阵幽香，芳蓉忙道："哪儿来的香呀？"青超向前望了一会儿，指着两旁的红蓼底下的雪球般的花朵道："你瞧，那不是白莲花吗？"芳蓉忙也瞧去道："真的白莲花，我记得武陵桃花源是一片红桃，我们这里却是一片白莲了。"青超笑道："红桃艳丽，不及白莲洁净，那真是淡妆幽雅得多了。"这时夕阳西沉，天空映起晚霞片片，通红地照在前面，芳蓉笑道："这样美丽的晚景，可惜不曾带得摄影机。"青超回过头来，见芳蓉粉脸被夕阳映得娇红，真是白里透红，愈觉美丽，因笑道："倒是真的，不过我们今天在这大自然的怀抱中，已是感到十分的兴趣了。"芳蓉从五色彩霞中绕过媚意的俏眼，向青超一瞟笑道："秋景也够使人陶醉的。"青超笑一笑，抚着她玉臂道："密司唐大衣穿上了吧？"芳蓉道："我们上去穿吧。"俩人努力摇荡到原处，青超替她穿上大衣，俩人在草地上走着，喁喁而谈。

此时夜色渐渐笼罩着天空，大家觉得有些寒意，遂出了园门。芳蓉欲在外面吃点心，青超道："回去了吧，伯母等着心焦的。"因此俩人就坐了一辆汽车，开回唐寓里去。未知后事如何，且听下回分解。

第十回

趁良宵雪中逢旧雨
晤高足灯下探真情

　　汽车到唐公馆，车夫呜呜响了两声，芳蓉道："我们就下去吧。"说着在皮匣内拿了钱，付给车夫。门房唐贵听了喇叭声，早从小门中探出头来，一见芳蓉忙笑道："小姐回来了。"芳蓉点头，俩人从小门内走进去。到了客堂上，见仆人正在摆席，阿菊忙把芳蓉青超的大衣拿进去，琼英从里面咯咯笑着出来道："好呀，买书买到这时候才回来，书店是一定给你们搬来了。"芳蓉听了暗想，真的书一本也没有买，这可糟了，琼姊又要取笑了，因忙道："我要买的书，刚巧书店里没有，所以我们到别处去玩儿了。"青超听了抹嘴一笑，又向芳蓉瞟了一眼，琼英装作没有瞧见，又笑道："妹妹，你要买什么书呀？书店里怎么会没有呢？"芳蓉见她问了这一句，可把自己问住了，琼姊又不是没有读过书，可以随便地说一本书名的。琼姊学识差不多比自己还高，哪里能瞒得过她呢？想着刚才青超和自己望了一眼，那也准是说我谎得不像了，因便笑了一笑道："琼姊，你又不要买，问得这般仔细干吗？"琼英笑道："你在我的面前，说不得慌，什么书店里会买不出书吗？"芳蓉道："我买的乃是现在新出版的一本，书名叫《爱的新认识》，我听同学说过的，这书的内容不特结构好，意义更好，我想买来，给你们大家瞧瞧，谁知竟找不到，不料你却当我骗你了。"琼英一面听她说话，一面瞧她脸色，

126

便亦笑道："你要买这本书吗？何不早些同我说呀，这本书编的人姓名，我倒有些记得的，乃是四明方蓉塘女士，果然是好笔墨。"三人听了，都不约而同地笑了。

阿菊扶着唐太太亦正出来，青超请了安，唐太太在椅上坐下笑道："你们真快乐，我被你们笑声引出来了，快告诉我，你们在说些什么呀？"琼英上去替婆婆点了烟，笑道："妹妹编了一本谎学教科书，可给我说穿了。"唐太太一边吸烟，一边笑道："她说什么谎啦？"琼英向芳蓉望了一眼笑道："这是要方蓉塘女士才晓得哩。"芳蓉听了面红耳赤跳脚道："你再胡说，过一会子，我可不饶你的。"琼英把舌儿一伸笑道："妈，你瞧妹妹可厉害，我不敢说了。好妹妹，饶了我吧。"唐太太弯了腰，拭着眼泪笑道："你这俩孩子，真会淘气，我眼泪也给你们笑出来了。"便又向青超道："你们到底在哪儿玩儿？"青超想还是老实地说了吧，要不然又被琼姊说穿了，那倒更不好意思了，便将到半淞园去玩儿的话实说了一遍。琼英听了，向芳蓉扮了一个滑稽脸，又味味地笑了。芳蓉也忍不住笑起来，唐太太道："这两个傻子，老是笑，不知在地上拾到了什么。"芳蓉忍着笑道："妈，琼姊在地上，一定拾到了一个会说话的海宝贝了。海宝贝告诉她，哥哥明天要回来了，所以今天她是特别地高兴。"说得旁边阿菊也笑起来。这时冷盆的菜已端上来，琼英忙止了笑道："好了，我们正经地还是坐席了吧。"

饭后芳蓉扶了唐太太回上房去，琼英在青超旁边坐下，笑了一笑道："密司脱陆，我对你说一句话，不知你中不中听？"青超听了暗想，她一定没有好话的，又要来取笑我了，不过脸上不得不镇静着便答道："琼姊不是太客气了吗？怎么说不中听呢？你说吧。"琼姊微笑道："这是老太太的主意。"青超听到这里，心里怦怦一跳，面上又红起来，正待她说下去，琼英又向自己一瞟接着道："要请你住在这里，你愿不愿意？"青超自己也暗暗好

127

笑，原来是为了这事，因忙谢道："既承伯母美意，自当遵命，不过一切都别客气。"琼英眼珠一转笑道："彼此都非外人，以后不客气了。"青超暗想，这是话中有因了，难道要把我当作新姑爷不成了？不过自己眼前，正是苦于无处安身，有了这好机会，当然是求之不得，便站起来道："琼姊，我得去谢谢伯母才是。"琼英笑道："你坐下，现在还不到谢的时候啦。"琼英叫他坐下，她自己却又站了起来，靠近青超又道："我们老太太见了你，心里就喜欢得了不得，你现在到底有没有……"琼英说的话老是这样先说一半，故非惊人的笔法。青超知道现在是绝不会提起别件事的，晓得她是喜欢开玩笑的人，所以态度仍是很镇静。琼英说到这里却又故意停了一停，向青超笑了笑才道："你在上海如果真的空闲着，老太太还要想法替你找个职业哩。"青超道："伯母这个大德，真叫我怎样报答呢？"琼英抹嘴笑道："报答吗？有有……"

正在这时候，见芳蓉进来，琼英回头笑道："芳妹来了，老太太睡了吗？"芳蓉点头笑道："睡了，你们都站着干吗？"俩人笑了笑，遂一同坐下。阿菊又端上了两盆雪梨，三人谈笑了一会儿，不知不觉钟鸣十一下，青超站起来笑道："今天我得仍回去。"芳蓉道："时候不早了，这里房间已预备好了。"琼英唏唏笑道："已打十一点了，不是太晚了吗？妹妹是放心不下的了。"芳妹听了，瞅了她一眼。青超这就有些左右为难了，回去不回去呢？两只手只是互相地搓着。琼英道："好啦，就别去了。"青超笑道："真对不起，叨扰得很。"芳蓉笑道："那边一间的布置，你不知可喜欢吗？"琼英道："妹妹你就陪他去吧，时候真不早了，我也去睡了，明儿见。"说着向他们打一个手势，自己便走到房里去了。

光阴迅速，忽忽将近二月，青超已任职在市府里做秘书长了，唐太太因为青超早晚终是自己的新姑爷，以为住在一起，诸多不便，而且现在已有职务在身，便叫他另去居住。不过青超在空闲的时候，终在唐公馆内的，不是和芳蓉弹钢琴唱歌，便是出外游玩，天天过着甜蜜的生活。所谓此间，乐不思蜀，未免把苏绿珠渐渐淡了下来。这天这是废历除夕，青超在寓里，直睡到十一点打后才起来，房内阴沉沉的，便掀开了窗幔。原来今天正下着大雪，远近屋顶和树木一白无际，真像琼楼玉宇白银世界了。这时听差诚民端上脸水，青超忙洗脸漱口，靠在窗扇望了一会儿，觉得自己独个儿坐在房中看雪，不免有些寂寞，还是到芳蓉家里去吧。因站起来，对了镜子，梳了头发，换上一条新鲜领带，穿上皮鞋，披了大衣，嘱咐诚民几句，便出了上海新村。

雪尽管下得这样大，马路上行人却比往日多着三四倍，各商店里旗帜随着雪花飘扬着，泰康公司、冠生园门前高结灯彩，什么恭贺新禧、新年送礼佳品等字样，顾客大包小包进进出出，真是十分热闹。青超这才知道今天已是大年夜了，正在这时，忽觉有人在自己肩上指了一下，青超忙回过头来，见一老者，穿着哔叽驼绒袍子，外罩灰褐色大衣，手里提着一包物件，青超不禁呀的一声，原来此人正是王厉正，因连忙伸手过去和他紧紧握着道："王老伯，久违了。"厉正点头笑了笑道："陆先生近来得意啦?"青超听了这话，猛可想起了往事，因向厉正深深一鞠躬道："小侄少礼，一切还望老伯海涵。"厉正右手理着自己嘴唇上的胡须，哈哈笑道："可敬可敬，陆先生，我们到里面少坐可好?"青超忙道："老伯吩咐，敢不遵命。"俩人遂进了冠生园。

在饮食部坐下，泡了两壶香茗，青超道："前次小侄不辞而行，至今心犹耿耿，老伯不以小侄为忘恩人，小侄实深感激。托王福的信，想已达尊目。"厉正吸着一口雪茄烟道："家门不幸，幸遇陆先生君子人，前事一切我都明白，我应谢谢陆先生。"青超听了吃了一惊，暗想怎么他也全知道了，那么三姨还有何面目做人呢? 青超倒反觉有些替三姨担心了。厉正咳嗽一声，又接下去道："我从南京回来，王福就给我一封信。我瞧了，觉得这事真有些蹊跷。盘问王福，王福却以'不知道'三字回复我。丽囡又哭着问我要陆先生，我真有些奇怪了。晚上内人却又哭着向我诉说你的行为不端，因此这个疑问就愈不能解决。只知道陆先生是个见色忘义的人，但我也不愿再提起这件事，就这样算了，安慰丽囡好好和哥哥温习书。不过有时丽囡却笑着对我说，陆先生是仍会回来的，当初我以为她是小孩子的话，也不诘问她。后来才知道，是你因为不忍离开美丽，恐怕美丽伤心，曾写一张字条给她的，所以这孩子就念念不忘了。要是内人从此改过自新，那陆先生无故辞馆，一时就难明白了。不想半月后，我因为有事又到杭州去一次，回来时她已是卷逃了，这时候王福才告诉我陆先生出走的主因，我才完全明白。这种的事出在我的家里，是十分使我惭愧的，我倒也并不怨恨她不知廉耻，我只怪自己错了主意。自己年已半百，倒去娶个青春期的少女，而且自己又常出外，怎能叫她独守空闺呢？不过话又说回来，娶她的时候，并非是出于自己的主意，所以我既不能怪她，也不能怪我。当初她为的是钱，我呢，因为偌大的一个家庭，终该有个主妇，丽囡又小，既然她也喜欢，朋友们又劝，于是便想她来抚育丽囡，因此这样一来，就多出这件事情来了。现在她已卷逃了，数目也不多，我当然不去追究，把这件事儿轻轻地一抹，就算当它是个梦，永不再提了。今天见了陆先生，是不得不再实说一次。"青超道："对的，老伯的思想是很新的，而且又是极明白的人，老伯当然是不去怨她，并且还是可惜她。"厉正笑了一笑道："陆先生现在见了我，为什么尚不明告，而情愿受此不白的冤呢？"青超笑道："我是决不敢破坏人家伉俪的感情，老伯过去的事，我们可再别提了。"

厉正抚着青超的手背微笑道："陆先生这样的存心，真使人敬佩之至，不知你现在哪儿办事？"青超道："得友人的介绍，现在市府里充一秘书。"厉正笑道："陆先生果然高升了，我应该贺您啦。"青超忙道："说哪里话？老伯如此客气，小侄真愧不敢当。"厉正道："今天巧得很，遇见了陆先生，可能到寒舍便饭？丽囡也天天盼着你哩。"青超久未瞧见美丽，心里亦时常记惦，便连连答应，又抢着付了钱。

两人出了冠生园，坐上车子，到了王公馆，门役见了青超忙叫了一声，青超也笑着点头。到了客厅上，见小宝坐着在瞧书，见了父亲便站起来叫了一声爸爸。这时青超脱了呢帽，小宝瞧了才清楚，忍不住哟的一声，抢步上前，紧紧握着青超的手道："啊，陆先生，好久不见了。"青超握着他小手连连摇撼着，见他这样子，心里真有种说不出的感触，因笑了笑道："小宝，我很对不起你，荒了你这许多天的功课，你们校中该放假了吗？"小宝笑道："早已放了，差不多又要开学了，陆先生请坐。"青超脱了大衣，这时王福也忙着端来脸水，见了青超也很惊奇，忙叫应了。王四也端上了茶，又去笼旺了火炉。厉正将买来的糖果叫小宝装在果盒盘内。青超因为不见美丽出来，便忙问小宝道："你的妹妹到哪儿去了呀？"小宝道："大概在她自己的房内。"厉正道："这孩子不知怎的现在静得多了，成天地躲在房中，没有像以前那样活泼了，这都是我做爸的不是。不过我整天忙着公务，和他们孩子接触的机会当然是很少。丽囡这孩子真使我疼得要落泪的，她是太懂事了，仅仅只有八岁的孩子，说话做事就像成年人一样。我知道四周的环境是不能使她活泼来，所以只有静默了。以前有陆先生和她做伴，比较还能引起她的快乐，现在她是整天不常说话了。丽囡是没了娘的孩子，我是可怜她的。"

青超听了，心里十分感伤，不过人家已经在伤心着，自己应该安慰才是，便忙道："丽囡明年跟哥哥可以一块儿上学去了，关在家里，她小小心灵当然拘束得很，到了外面，她便会恢复她的活泼的。"厉正道："不错，她也很喜欢上学，她说你也曾对她说过了。"青超想了一会儿，才明白自己给她条儿上曾写过的，这孩子我对她的话，她真的都不忘吗？青超想着，心里又是一阵说不出的感触。和厉正谈了一会儿，却仍不见美丽走出来，因耐不住站了起来，向厉正笑道："我去瞧瞧丽囡。"厉正笑了笑，青超遂走进上房去，见美丽坐在沙发上，翻看着画本，青超走到她的面前，轻轻叫了一声美丽，美丽才放下画本，抬头一见青超，忽然一怔，便站起来紧紧地望着青超不语。青超三个月不见美丽，觉得她人是长了不少，可是脸上似乎清瘦些。

青超见她这个样子，因笑道："怎么啦？不认识我了吗？"美丽眼珠一转指着他道："你不是大哥吗？"青超连连点头，拉了她手在沙发上坐下道："我怎么不是大哥呢？我来了这许多时候，你不出来干吗？"美丽笑道："我没有知道呀，你怎么不先通个信儿给我说你来了？"青超笑道："倒还是我不该，所以我进来了。"美丽别转了头道："你自然是不该啦，通知也不通知一声儿，就悄悄地走了。"青超道："我也知道是自己错了，所以今天向你来赔个不是。"青超说着拉起她的小手吻了一下，美丽忙站起来躲到对面玻璃橱前，向青超望了一眼，如乎怕羞般地低了头。青超道："你还恨我吗？"美丽不语。青超又拉过她的手在沙发上坐下，见她乌圆的眸珠里含着一眶眼泪，青超忙道："怎么哭啦？"美丽低头只是不响。青超道："美丽，你不喜欢我，我就走了。"说着便站起来，美丽这才抬头，拉着他的衣角，挂着眼泪笑道："你急什么？我哪里有恨你啦？"青超又坐下道："那么你哭干吗？"美丽道："我也不知道，眼泪自己要落下来，我又没有法阻止它。"青超听了这话，虽然觉得是带着孩子气，然而仔细想想，倒也一些不错。

记得从前，她一见了我就会扑上来叫我抱，现在只隔了三个月，怎么她就有些畏羞的状态了，怪不得厉正说她一些也不活泼了。青超心里不觉又一阵难过，忙替她拭去了眼泪道："美丽，

132

现在大哥仍来教你读书，你喜欢吗?"美丽望着青超呆了半晌道："大哥，你不是叫我明年和哥哥一同到学校去吗?"青超道："现在我回来了，你喜欢哪一样呢?"美丽道："我喜欢到学校里去上学。"青超觉得美丽和自己是生疏了许多，不知她心中受了什么刺激。其实小孩子就谈不到刺激两字，她要哭就哭，要笑就笑，为什么她会变成这个样子呢? 心里就觉美丽是怪可怜的。不过转念一想，她能和自己生疏，倒也好的，最好是能忘了我，便又低声问道："美丽，你爸说你很惦记我，不知你是这样吗?"美丽含笑，没有回答。

青超心里颇觉凄凉，俩人默然好一会儿，美丽道："大哥，你住在什么地方?"青超道："在上海新村六十四号，你去那边玩玩儿吗?"美丽摇头，青超道："美丽，你心中是不是觉得大哥这人是不好的，对不对?"美丽听了忙把小手向他嘴上一按道："我何尝有这个存心呢?"说着又笑道，"今天是大年夜，大哥能不能晚饭吃了去?"青超见她谈吐完全像个成年人，反而十分悲伤，抚着她手呆了一会儿道："好的。"遂又问道："美丽，你知道你姨娘是怎样的?"美丽道："那天姨娘带来一个西装少年，是姓张的，比大哥还漂亮，姨娘要我叫他舅舅。后来隔了几天，姓张的又来叫姨娘一同出去，说买东西，不知这天一去以后，姨娘就不回来了。"青超正想再问，见小宝来叫吃饭了。

午后青超伴小宝美丽到戏院去瞧电影，回来已是五点了。厉正坐在沙发上吸烟，小宝跳到厉正面前笑道："爸爸，你没有出去吗?"厉正点头笑道："你们在哪儿玩儿?"美丽道："大哥伴我们瞧电影。"厉正道："好看吗?"美丽扑在厉正怀里笑道："真好看啦，爸爸，里面雪下得大哩。"说得大家笑了。一忽儿，美丽又从她爸怀里起来，拉了青超的手笑道："大哥，你来。"青超遂跟她到了房中，美丽轻轻地道："我又想起一件事来。"青超忙道："什么事啦?"美丽道："你到绿珠姊姊家里去过没有?"青超听美丽忽然提到绿珠，禁不住一惊，忙问她道："怎么啦？绿珠姊姊来过没有？"美丽走到橱边，开了橱门，拿出一只精美的小盒子来，回到青超面前，打开盒盖，取出一辆小汽车来，向青超望了一眼道："不是吗，大哥？你是早晨走的，姊姊也是早晨来的，可是比大哥迟一步，那辆小汽车就是姊姊给我的。"

青超听了，顿觉万箭穿心，眼前一昏，渐渐地又映出了绿珠的脸庞、灵活的眸珠、娇美的笑窝，忙急急地问道："真的吗？她不见了我，可曾说什么？"美丽道："你别急，我说给你听。那天早晨，王福暗地里提给我一张条子，我知道是你的，我心里十分难过，不知大哥为的什么要走了呢？正在这时，绿珠姊姊进来，手里就是拿着这辆汽车。那天姊姊的脸色也很不好看，她抱着我见我含着眼泪，便问我为什么哭，我说大哥走了。姊姊听了这话，立刻也淌起泪来，问我是为什么走的，是什么时候，我说我也只有刚知道，便把你的字条给她看。姊姊看了，问我可知道你是到哪儿去，我摇头说不晓得。姊姊蹙着双眉，叹了一声，眼泪便滚了下来，我也不知姊姊是为什么这样伤心，呆呆地望着她。姊姊把这辆小汽车给我，勉强笑道，'妹妹，那天我信上不是说有一辆小汽车送给你吗？今天我带来了'。说着便要走了。我抱着姊姊不放，姊姊吻着我道，'妹妹，我闲时再来望你吧'。我眼瞧着姊姊走了，姊姊还拿手帕拭眼泪，我没有问姊姊为什么哭，我见姊姊这样伤心，我也哭了。"美丽说到这里，果真又哭起来。

青超听了，心中真觉奇怪，这究竟是怎么一回事呢？绿珠既然来过，她是绝不会变心的，那么我写去这许多信，为什么得不到一个字的答复呢？难道不在家吗？那么校中为什么又说她自动退学了呢？究竟这其中是什么缘故呢？但是照美丽这样说，珠妹是不会负心的，自己却已把她忘了，无论如何，自己终是对不住她。青超想到这里，心如刀割。美丽牵着他手道："怎么啦？大哥，你为什么不说话呀？姊姊你到底遇见过吗？"青超深深叹了一口气，暗想，我心中的苦，你哪能知道？因强作笑容道："遇见过了。"美丽道："那么姊姊为什么不来呢？"青超哄她道："我明天叫她来望你好吗？"美丽点头。这时早已上了灯，吃饭的时候，青超哪里咽得下肚，喝了一杯酒，已是两颊绯红。厉正也不相强，只叫仆人盛饭，饭后又谈些闲话，因见他神思恍惚，说话又吞吞吐吐，厉正心中很觉奇怪，但亦不便问什么。

又坐了一会儿，青超便起身告辞。小宝美丽都跟着出来，在院子里，青超又回头拉着美丽手道："美丽你好好儿跟哥哥一同用功读书吧。"美丽点头答应，又踮了脚尖，伸手向青超脸上抚了一下道："大哥，你脸又红又烫，这里宿一夜去吧？"青超微笑道："好妹妹，不宿了，你给大哥吻个香好吗？"这时美丽也不知怎的，伸开两手叫青超抱着，脸儿偎着青超，十分温柔。青超轻轻香她一个脸道："好孩子，你以后别沉闷着气知道吗？"美丽点头，青超放下美丽，又和小宝握手。厉正也从里面出来，见两孩子和青超还恋恋不舍，便摸着胡须微笑道："陆先生应常来玩玩儿才是。"青超连说当然，便又推小宝美丽进去道："外面风很大，你们进去吧。"说着又摇了一下手，才出了公馆，坐上车子，也不到唐公馆去，只叫拉回到自己的宿处去。

马路上真热闹，五颜六色，灯火辉煌，游人如云。今天大年夜，各商店全是统夜的，青超哪有心思去瞧？心里只是想着绿珠，觉得自己是太忍心了，完全负了绿珠。一时心中又想，为什么绿珠没有答复呢？这其中一定有什么缘故的，这件事自己得完全彻底查明白，如果绿珠真的没有变心，这时候她的芳心不知有多少悲恨呢？此时一阵冷风送着一片片雪花，打在脸上，寒气砭骨。到了寓里，诚民来开了门，青超脱了大衣，跟跟跄跄向床上跌了下去。诚民斟了茶，把丢在椅上的大衣挂了起来，向青超道："少爷，中上唐公馆有电话来。"青超不答，诚民连说两遍，青超才从床上坐起道："你说什么？"诚民见青超今天这样子，也很觉奇怪，便又说一遍。青超拿了茶杯，喝了一口，忽然又咳嗽起来，把茶喷了一地，身子摇了两摇道："她们说些什么？"诚民道："她说少爷为什么不去？我说已经出去了。"青超不说什么，又躺了下来。诚民又去端了脸水，给青超揩脸，一边又去炉子里加燃料。

青超穿了睡衣，套了拖鞋，在房中踱了一圈。诚民在旁站着问道："今天少爷在哪儿玩儿？唐公馆没有去吗？"青超摇摇头，又向他挥手道："今天是大年夜，你可要出去玩玩儿？"诚民摇摇头笑道："谢谢少爷，我不出去。少爷为什么不高兴？"青超向他望了一眼，见他黄瘦的脸、紫黑的须、和顺的目光，一副老实的相，想他倒是很忠心人呢，便摇手道："我没有什么，你出去吧。"诚民只得退了出来。青超站在落地玻璃窗前，掀开绿纱帷幔，瞧着邻居窗上映出灯火辉煌，窗幔内显出对对的黑影，无线电的音乐夹着人们的欢笑声，在夜的空气中流动着。青超轻轻叹了一声，自语道："大年夜，多高兴呀。"遂又放下帷幔，有气无力地在写字桌边坐下。在书本里抽出两张绿珠最后的信笺，两手托着双颊，瞧了几遍，眼泪又滚滚而下。便又取出绿珠所赠手帕，玩儿了一会儿，见了帕上点点泪痕旧迹，心里更是无限伤心。

这时寒风吹着窗外的竹竿，瑟瑟有声，如泣如诉。忽然一阵无线电歌音，随风送来"相见稀，相忆久，眉浅淡，烟如柳，垂翠幕，结同心，待郎薰绣衾……"青超听到这里，泪似泉涌，觉得珠妹无论如何是不会忘情的。曾记得那夜，月明之下，凉风拂拂，柔情绵绵，我请求她歌一曲，她就唱出这支良宵曲，尤其是唱道"垂翠幕，结同心"两句，她不是早预备着将来过快乐的日子吗？唉，绿珠，绿珠，我负了你，想此沉沉黑夜，不知你在哪里，更不知作何感想呢？但是为什么你杳无音信呢？难道你已脱离了家庭吗？因此又恨自己在厉正家里，不该走得太快，否则不是可以遇着了呢？可是我所以出走，也是为了我俩间纯洁的爱情恐受了阻碍呀。

　　青超想着，心里又奇怪，绿珠那天为什么来呢？当初来信上不是说要等大考完毕后才可以来吗？觉得这事真是十分蹊跷，明天决定亲身到珠妹家去探问个明白，也算顺便向姑父贺年，而且也可使姑父知道，自己没有你荐职业，也不见得饿死的。青超想着，把拳头在桌上轻轻一敲，自语道："我决定明天去一次，求我珠妹宽恕，一切都是误会所造成的。"未知明天青超果能碰见绿珠，且看下回分解。

第十一回

一室生春围炉把酒
三径就荒对影招魂

第二天早晨，青超醒来，忽听电话铃响，正想起来去接，那边诚民已接了在谈话了，"你们是唐公馆吗，什么事？哦，少爷昨夜回家的，好的，请你等一等。"说完便放下听筒，走进青超卧室，见青超已披上衣服，因笑道："少爷，唐公馆又来电话了。"青超道："是谁知道吗？"诚民道："是一个女人的口音。"青超遂拖了睡鞋，走到电话室，拿了听筒道："谁呀？哦，原来密司唐。"那边芳蓉道："密司脱陆昨天在哪儿玩儿呀？"青超忙道："早晨我出来就想到你那边来，正巧在路上碰见了一个朋友，被他邀去，直吃了晚饭才回来。"芳蓉道："今天来不来呢？"青超笑道："今天是年初一，当然该向伯母来拜年。"青超说着忽听那边另一个女子喉音笑道："密司脱陆，你也真不应该，昨天妹妹直等你到十二点，还不见你来呢。"又听芳蓉啐她一口笑道："琼姊又在胡说，那么你准来吧？"青超连连答应，遂挂了听筒，轻轻地叹了一口气，两手搓了搓，慢慢地踱着进来。

诚民已把脸水放在桌上，地上打扫清洁，这时正在替青超擦皮鞋，见青超皱着眉头进来，心里十分奇怪，少爷平日终是满脸笑容，为什么自从昨夜回来，就这样愁眉苦脸呢？昨天少爷不知究竟在什么地方。但是自己又不好问他，又因向青超望了一眼，见他兀是搓着手呆着，便说道："少爷，可以洗脸了。"青超这才点头去洗脸嗽口。诚民把皮鞋端整地放在床边，向青超笑道："少爷稀饭吃一些吗？"青超摇头，诚民便将脸水端着出去倒了。回进房中时，青超穿上大衣，手里拿着呢帽，向诚民道："晚饭不必等了。"诚民答应，送青超出了大门，才回进去。

青超坐在车上，今天风很大，天气倒很不错，太阳淡淡地晒着，冬天的阳光是人人爱的，仿佛是很慈和，北风呢，一声怒吼，又是怪刺人的。街路上冷清清的，各家商店门上都贴着春联，路上车马行人都极稀少，这时候恐怕人们还都在睡梦中呢。不多一会儿，到了唐公馆，走进小会客室里，见里面除了芳蓉琼英外，尚有谷英和一个不相识的摩登女子。芳蓉便替大家介绍，原来这位女子是唐仁庆的侄女。仁庆有兄弟俩，他是第二，哥哥仁德，在上海社会局办事，那女子名叫芳琴，倒也生得清秀。青超客套一番，回头对谷英笑道："张先生是什么时候到上海的？伯母好些了吗？"谷英笑道："到了好多天了，家母好得多了，昨天我们等你吃年夜饭，你怎样没来？"青超忙道："很对不起，我给朋友拖着喝醉了酒，所以没有来，倒叫你们久等。"谷英两手插在西裤袋里，笑着摇了两摇身子道："密司脱陆不是要在情人家里过年吧？"说得大家笑了。青超摇手道："别取笑，我哪里还有什么情人吗？"说着在琼英旁边坐了下来。芳蓉向青超望了一眼，青超笑着又站起来走到她面前道："密司唐，伯母还没起来吗？"芳蓉点点头，又向青超紧紧瞧着，青超笑道："你昨天下午也来过电话吗？"芳蓉笑道："是的。"说着又向芳琴努嘴，青超会意，便在沙发上又坐了下来，芳蓉便和芳琴絮絮地谈着。

青超向琼英笑道："今天琼姊为什么老不说话呀？"琼英转过身来笑道："我这人就有那种脾气，不说就一句都不说，说起来可要说不停了。"青超忍不住哧地笑道："我瞧琼姊的人生观最是快乐，一开口就要引得人家合不拢口。"琼英笑着道："你昨天不来，真可惜，他们两人是在这里宿过夜的，还有许多客人，笑话就闹得许多。"青超道："真对不起，还叫你们打了几次电话，其实我本来是到这里来的，这也真太巧了，路上遇见了朋友。"琼英低声道："我并不是可惜你没有参加这个热闹的盛会……"琼英说到这里，向那边一望，又向青超努嘴，青超回头去一见，原来芳蓉和芳琴是同坐一只长沙发上，这时谷英也在芳蓉一端坐着，笑着脸，凑趣地说着话。青超这才明白琼英的所以说"可惜"两字，昨天谷英一定向芳蓉十分献殷勤的，心里倒很感谢琼英，想琼英真是个直爽得痛快的血性中人。忽又想起刚才谷英对自己的话，现在思索起来，原来完全是有用意在内的，不怪芳蓉老是向我瞧着。青超心里颇觉气愤，恨恨地向谷英瞧了一眼。

这时候仆人已来摆席，旁边又端上两只电炉，琼英站起来笑道："大家用饭吧。"芳蓉听了便拉着芳琴走到桌边，推她上坐，芳琴不肯，琼英笑道："我们都是熟人，琴妹是难得来的，可不必客气。"青超呆呆地坐着，这才站起来道："不错，大家自便，我干脆地就在旁边坐下了。"芳琴笑了笑，也不再客气坐下，琼英笑道："密司脱陆，坐上些去，这里我坐吧。"青超笑道："一样的，那么你在这里坐下得了。"芳蓉向青超谷英望了一眼，拉着琼英坐下笑道："好啦，你推我推，琼姊就在这里坐下，我也不客气在琴姊旁边坐了。"那么五个位置坐去了四个，青超和芳琴中间的一个位置，当然是谷英坐了。

琼英笑向芳琴道："琴妹，在上海还有几天耽搁呀?"芳琴笑道："没有多天了，浙江大学是国历二月十日开学，今天已是三日了。"芳蓉道："琴姊，那你就应该在这里多玩儿几天了。"芳琴点头道："不错，所以我很想和妹妹来多聚几天，以后一别，又要半个学期。"芳蓉道："我很想在放春假期内来到杭州玩儿数天，不知姊姊可能陪伴?"芳琴笑道："好极，好极，那我是欢迎之至了。"谷英插嘴道："在春假期，我正有些事，得回舍间一次，你们来那就正巧，让我来做个东道主吧?"芳琴笑道："英

140

哥，你好呀，怎么倒抢我做地主来了？"谷英笑道："不是这般说，你也是寄身客地的，不及我居住杭州便当些，而且我家里空屋极多，你们到杭州来玩儿，尽可以到我家去住的，省得住在旅馆里嘈杂。"芳蓉笑道："去不去还没定哩，到了那时候再说吧。"谷英碰了一个钉子，却仍笑着脸向琼英青超道："最好你们一同来，对于居住是不成问题的。"青超道："有空的话，当然和密司唐同来拜望你。"谷英咯咯笑道："太客气，拜望不敢当，像密司脱陆平日对于工作十分努力，在春光明媚的时候，应该出外散散心，我们大家可以畅游数天。"

这时仆人已端上酒菜，谷英接了酒壶笑道："我们这里没有生客，你们不用伺候。"说着向大家斟了一杯，斟到芳琴面前又笑道："琴妹，你别生气，到了那时候，你就做个大东道，我是极欢迎的，至于说我抢你做主人，我哪里敢呢？"芳琴拿了酒杯笑道："我真没处生气了，倒来和你生气。"谷英一连碰了两个钉子，倒引得大家忍不住笑了一阵。琼英插嘴道："谷英弟，今天也是太兴奋了，你是客人，怎么倒要你斟起酒来了？"谷英道："我们这里都是自己人，还分什么主人客人呢？来来，我们喝酒吧。"

饭后大家随意躺在沙发上，琼英笑道："我们来什么消遣呢？"谷英道："雀战吧。"琼英道："也好。"便吩咐仆人端上牌来。芳蓉道："你们四人玩儿一会儿吧。"青超道："密司唐来吧，我瞧一会儿还有事去呢。"芳蓉听了，十分不乐，把脸儿慢慢沉了下来道："今天还有什么事啦？"琼英也忙道："密司脱陆在闹玩笑了，正经的，你们四人玩儿吧，我得瞧老太太去。"谷英俏皮地道："密司脱陆可真的有事吗？那不能勉强你，要是你和情人约好了时刻，岂不误了你的好事？"青超淡淡一笑，却又坐了下来，琼英道："你别胡说了，你瞧密司脱陆不是坐下了吗？"说着又拉芳蓉道："妹妹你也坐下吧。"芳蓉遂坐下了，琼英叫仆人端上四盆水果，自己便到上房去了。

今天青超哪里有心思打牌，脑海里只是想着绿珠，所以牌就时常打错。打了四圈牌，没有和过一副，这就给芳蓉更起了疑心，心里十分不高兴。这时琼英又走了出来，谷英笑道："琼姊快来替密司脱陆代打吧，密司脱陆今天心思不宁，一副也不曾和过呢！"青超向芳蓉瞧了一眼，又向谷英冷笑了一声，却不说什么。琼英道："你这话不对，别人家输钱，是输自己的，要你急什么啦？你可真有些像俗语说的，皇帝不急，倒急煞了太监呢！"说得没有笑意的芳蓉也抿嘴笑了，因回头向琼英问道："老太太起来吗？"琼英道："稀粥喝过一些，她说懒得很，不起来了，叫你们快乐玩儿吧。"青超道："怎么老太太有些不舒服吗？"琼英道："老太太也不是不舒服，她就成年是躺在床上的。"琼英说着，忽然哟的一声道："妹妹，你可以和了，怎么不摊下来？"芳蓉道："谁打的？"琼英抹嘴笑道："不是琴妹抛四筒吗？"芳蓉才笑道："呀，真的和了，姊姊你就做我参谋长吧！"琼英紧紧看芳蓉一眼，便哧哧笑了。

晚上芳琴很早就走了，谷英因为洋行里明天办事，不得不回去，见时钟敲十一下，便站起来向青超笑道："密司脱陆一同走怎样？"青超躺在沙发上，捧着杯子喝了一口茶，笑了一笑有意道："我还要坐一会儿，你有事请先走吧。"谷英已经站了起来，可不好意思再坐下来，只得笑了一笑，辞别走了。琼英在旁边老是抹嘴笑，向青超望了一眼笑道："密司脱陆，今天要你输钱了。"青超站起来笑道："琼姊这是哪儿话？"说着在桌上拿起杯子喝了一口茶道："老太太已睡了吧？时候真的不早了，密司唐，我得走了。"芳蓉和琼英遂送出院子外。一阵西风吹来，青超颇觉寒冷，自己穿着大衣，尚这样冷，这就想着身后两个只穿短袖单褂子的人，便忙回过身去，正和芳蓉打过照面。芳蓉见青超突然地回过身来，倒不觉一怔。青超瞧着从室内射出灯光下，映着芳蓉半个的秀脸，柔和而带着哀怨的目光望着自己，甚觉楚楚可怜，心里有种说不出的感触，便情不自主去抚摸她露着的柔荑，温和地道："外面的风很大，你进去吧。"

今天芳蓉和青超没有好好交谈过一回，而且听了谷英的话，使自己很有些生气，这时候忽见青超这样温和体贴的状态，女子的心终是软的，心里倒似乎有些懊悔刚才冷待了他，因紧紧握着他手说不出一句话。琼英站在旁边，见他俩这个样子，心里感到又好笑，又有趣，想这真是一对痴妮子，便仰着头望着黑漆的天空，脸上微微地笑着，忽然哟的一声道："落雪了。"青超和芳蓉也忙抬头望着天空，果然见天空中，飘着粉白色的雪花来。三人呆呆地望了一会儿，芳蓉摇撼了青超一下手道："别去了，留在这里宿了。"青超这时候哪敢违拗，点了点头，扶着芳蓉回了进来。

这晚青超睡在床上，只是不能合眼，想着自从遇着芳蓉，她待我情分，也可算知心着意了。今天她听了谷英的话，这样地猜疑我，当然她是因为爱我，恐怕我被别的女人占了去，所以她要不高兴，这我不能怪她。所谓爱情像眼睛一样，眼睛里不能有一粒细沙，爱情里也岂能有一些阻碍物呢？芳蓉这样爱我，叫我怎样能忍心抛弃芳蓉？但是想到了绿珠，我又岂能忘却她呢？她当初曾含了眼泪告诉我，情愿牺牲一切，从此就不由我不自由了。照此绿珠是绝不会负心的，昨天听了美丽这孩子话，这就更知道其中一定有什么缘故，那我至少要把绿珠的事探听一个明白，究竟是怎样的？明天就决定到她家去一次。一时忽又想，我既不能忘情于芳蓉，又不能忘情于绿珠，那么这幕三角恋爱的悲剧，以后不知道怎样结局呢？青超想到这里，心里不胜难过。绿珠和芳蓉两个脸庞，就像电影般地在青超眼前显现出来。

第二天青超起来，漱洗完毕，在室内踱着，仆人进来打扫，青超问道："小姐起来了吗？"那仆人抬起头来笑道："还没有啦。"青超便踱出房外，在洋台上望着昨夜落下的雪，积得怪厚的，远近白漫漫的一片，这时候雪虽没有下，天空却阴沉沉的。青超瞧了一会儿，离了洋台，走过芳蓉卧室，见房间门半掩着，青超想去告辞一声，因为自己在芳蓉房内，有时亦常来的。不想芳蓉还睡在床上，乌云蓬松，星眼微饧，一只雪白的臂膀弯在自己的颈下，一条软缎的被只盖住胸口，但见粉红软缎的内衣露在外面。见她正仰面地望着出神，青超忙想缩身退出，芳蓉已觉有人进来，回过头来，一见是青超，便笑道："密司脱陆，我已醒了，你进来吧。"青超被她叫住，便又回身进来，走到床边，向芳蓉笑道："房门开着，我以为密司唐已起来了。"芳蓉嫣然一笑道："没关系，我这人懒得很，醒着还是喜欢躺在床上，你为什么起得这样早呀？青超笑道："也不早了，九点多了，今天天气阴一些。"

芳蓉听了，便从床上坐起来，两手理了一下云发，掀开绣被，跳下床来，套了拖鞋，向青超笑道："那我就起来了。"青超见她穿着和衬衣一色的长裤子，脚上已穿上了粉色的丝袜，拖着青绒绣花睡鞋，站在前面，真觉贵妃再世，西施复生，美丽已极。见她这般说，忍不住笑道："那我倒来催你起床了。"芳蓉把两条玉臂向上伸了伸，又将纤手在嘴上一按道："我倒是最好天天有人来催我。"青超道："照你说，还该谢谢我哩。"芳蓉抿嘴笑着，青超道："密司唐要不要喊人？"芳蓉微笑道："等一会儿吧，你替我做了传达，我怎敢当呢？"青超笑道："不妨事。"说着正想回身，却见丫鬟阿香端着脸水进来，放在梳妆台上，浇了几滴香水。芳蓉因向青超点头道："你坐一会儿，我不招待你了。"青超便笑着在沙发上坐下，瞧着芳蓉理妆，心想芳蓉和我结识以来，虽然一见如旧，以芳蓉才貌，真是世所少有，而且她是官家千金，而倾心我一个落魄穷汉，更是难得，叫我青超怎能忘了她呢？

青超想着不免又轻轻叹了一声，抬头见芳蓉，正在用香皂擦脸，又涂上蜜糖和雪花膏，扑了一层薄薄香粉，点了两圈圆圆的胭脂，拿着木梳理了一回头发，喷上香水。芳蓉从镜内见青超呆呆地瞧着自己，便拿了手巾在嘴唇边一抹，丢在盆内，回过身来，向青超又嫣然一笑，两颊愈显红润。青超想水晶帘下看梳头，古人以为乐事，真觉不错了。这时芳蓉已穿上紫绒的旗袍，走到床边，换上一双软底的毡鞋，弯着腰一边穿，一边笑道："你可有用过点心？"青超摇头笑道："正在闹饥荒呢。"

芳蓉站起来噗地一笑，在橱里拿出一听饼干，阿香端上两杯牛奶，芳蓉取过盆子，装了两盆，青超不用她叫，早就站起来，走到盆边笑道："你还装盆子呢，这两盆都给我吃，还够不上一饱哩。"芳蓉把乌溜的眸珠向他一瞟，咪地笑道："你别猴急，放开肚子吃吧，有着呢。"青超笑着在桌边坐下，端着杯子喝了一口，向芳蓉望着，见她全身穿黑颜色，脸儿更衬托得白嫩可爱。芳蓉见他这样，忍不住笑道："干吗你老瞧着我？"青超也笑道："我想着你下星期不是开学了吗，不知要买些什么用品？"芳蓉拿了饼干，咬了一口道："我也没有什么东西可要买，哦，我一支自来水笔又掉了。"青超笑道："又掉了吗？那准是给人拾去了。"青超说着，俩人互相地望了一下，不知怎的，都会咪地笑了出来。

正在这时，忽见琼姊笑着进来道："好呀，吃些什么东西，也不招呼一声。"青超回过头去道："替你留着呢。"琼英摇头笑道："没有这样好人吧？我要你们杯中物，可还有留着吗？"芳蓉笑道："你别吵，我早知道你已喝过了，要不然我早就留着了。"琼英道："啊呀，我只有一张嘴，怎么办呢？过会儿，请老太太出来帮帮我吧。"说得三人又都笑了。这样子大家谈笑着，青超也就又会忘记了，直到阿香来叫吃中饭的时候，青超才又想着了，连连暗道："该死，以前因为错怪了绿珠变心，现在既然已知道些头绪，应当速去看望她才是，为何自己只是留恋着这里呢？自己良心岂不更对不住我的珠妹了？"

午后大家在会客室坐着又闲谈一会儿，这也奇怪，不知为什么，青超终没有勇气向芳蓉告辞，直到钟鸣两下，青超再也不能忍耐下去了，便站起来笑道："密司唐不出去了吗？那我还得到朋友家去一次。"青超说着望着芳蓉，芳蓉也随着站起来笑道："你有事就走吧，晚上来不来？"青超握着她手良久道："没有什么事，我就来的。"说时仆人递过衣帽，芳蓉接过大衣替青超穿上，俩人挽着手出了院子，芳蓉不知不觉已送到了大门，青超停止了步，在她手上轻轻吻了一下道："进去吧，别冻了身子。"芳蓉微微一笑，站在一株大树下向青超摇了一下手，才回身进去。青超见她跨进院子，才出了唐公馆，暗暗叹了一声，雇了一辆汽车，开到苏公馆去。

青超坐在车内，把手轻轻地在膝踝上拍着，心里想着了绿珠，就一阵阵地难过，自己天天过着愉快的日子，把个绿珠就忘记了。这次如遇着了绿珠，绿珠一定要责我负心，我只有求她恕我，这完全出于双方误会。珠妹一定伤心得会哭起来，是的，几个月来，是使她太难堪了。珠妹是温柔的，是可爱的，我是真的太对不住她了，我一定投在她的怀里忏悔，珠妹一定能恕我的。她含着眼泪会笑，她是美丽活泼的小鸟，她没有一处是不使人感到她可爱的，那么自己为什么这样淡淡地将她忘了呢？青超想到这里，觉得自己是太不应该了，恨恨地在膝踝上打了一下，又深深地叹了一口气。青超正在这时，汽车已到了苏公馆，苏大从小门里出来，见了青超忙笑道："陆少爷，好久不见了。"青超见了苏大，想起以前的事，为之冷笑，遂同苏大进了里面。青超道："老爷在家吗？"苏大摇头道："少爷，怎么事我都不忍说，你进了里面，自会知道。"青超听了心里怦怦一跳，知道有什么变故，也不问什么，便急忙三脚两步直奔厅堂里去。

踏上石级，里面寂寂无声，从走廊下穿进里面，方见苏珍在会客室内打扫，一见青超，便抢步上前，叫声："少爷，你来迟

146

了。"青超忙道："这话怎么说？苏珍，姨妈呢？"苏珍听了忍不住眼眶一红道："太太死了，小姐走了。"青超忍不住呀的一声道："真的吗？真的吗？"苏珍道："这能说谎吗？少爷，我伴你到太太灵前去瞧瞧。"青超没有说什么，他像已失了知觉，拖着沉重的脚步，慢慢地随着苏珍走着。青超明白这里是打从姨妈的卧房去的路，院子里四顾无人，鸦雀不闻，假山石上披着已枯黄的长藤，被风吹着，摇摆不停。下面已枯萎的几盆花，凋零残落，满地黄叶纷飞，屋角里的蜘蛛网，半个全个地罩满着，风吹树动，发出瑟瑟的声音。天空上阴云蔽空，满院子全布着鬼气。

苏珍去开了小客厅的玻璃门，青超踏进去一见，真是景物全非，忍不住一阵心酸，眼泪淌了下来，上面高挂着素帏，灵柩便赫然在眼前，蕙帐风凄，灵座尘积，上面还有姨妈一张半身相片，慈和的脸儿，柔顺的目光，似乎在向自己微微笑着。苏珍点了灵前灯香，青超脱了大衣呢帽，苏珍忙着接过，青超向着姨妈相片呆望了半晌，想着珠妹出走何处，更想起自己父母双亡，一身飘零，将来如何结局，万种愁绪，一时悲从中来，不禁号啕大哭。苏珍在旁亦挥泪不已，拉住青超道："少爷，外面去歇一歇吧。"青超才收泪，向姨妈房中望了一望，阴风惨惨，人去楼空，倍觉凄绝，又连声叹息，遂移步出了院子里，在内客室里坐下。苏亨端上清茶，又拧了手巾，青超拭去眼泪自语自叹道："想不到仅仅半年，人生的变幻如此快速。"又抬起头来见苏珍在一旁，便又问道："苏珍，你坐下来，告诉我究竟是怎么一回事。姨妈身体是很好的，为什么会死的？小姐又何以会出走的呢？可知道是到哪儿去的？"

苏珍在对面坐了下来，叹了口气道："我不是在少爷前说老爷的不是，所以造成苏家内如此凄凉，不能不归咎老爷一人的身上。"青超吃了一惊，忙急急地问道："这是为什么？你快说吧！"未知苏珍说些什么话来，下回分解。

第十二回

为陆郎抛家出走
感双美着语温存

    当时苏珍见青超急急地催着，因便说道："自从少爷走后，家中是没有什么事发生过，只是老爷性子不好，时常和太太闹气，而且常住宿在外面的，因此太太便时有些不舒服。虽然小姐在旁边安慰她，我知道太太的病都是郁闷出来的。直到十一月二十日的晚上，不幸的事便突然地来了。那天晚上老爷兴冲冲地回来，他的态度和平日大不相同了，满脸笑容走进太太的房中去。我们见老爷这个样子，都有些奇怪，心里也很高兴，因为在家里见老爷的笑脸时，是很不容易的。但是不到十分钟，忽然听着里面又吵闹起来，我们真吓了一跳，听太太气急吁吁地道：'珠囡是我的，偏不许你做主。'老爷咆哮着道：'放屁，我好意来和你商量，你敢反对吗？我是一家之主，我不做主，谁敢做呢？'又听太太带着哽咽的声音道：'我老实对你说了吧，以后你别到这里来了，谁不知道你外面另有了人，生着儿子，我娘儿俩就不要你来管。你这狠心的，你这心不知怎样生的，你想利用珠囡来伸张你的势力吗？你别梦想了！你真冤枉活了四十几年，你简直没有做爸的资格。你放心吧，要是我活着一天，决不让珠囡给你摧残的。'以后又听乒乓的一声，大概摔碎了什么东西，老爷拍桌大骂道：'真气死我了，你敢这样骂我！'忽听太太哭道：'我这条命不要了，和你拼个死活吧。'我听了知道不对，忙去告诉小姐，小姐急忙赶着进到上房，我们也才大胆跟了进去，见太太和老爷扭成一团。小姐连忙上前拉开老爷，老爷见了小姐，便气呼呼地在沙发上坐下，小姐扶着太太哭道：'娘，到底为什么啦?'太太这时已哽咽不成声，忽然吐出一口血来，昏了过去，急得小姐大哭了起来。我们赶忙掬水来，小姐顿足向老爷道：'爸爸，你到底为着什么事? 姨娘整天生着病你还这样子给她受气，要气死了姨娘，你才懊悔哩。'这时老爷见姨娘这样子，默无一语，好容易费了许多时候，才醒回来。太太抱着小姐的脸，只是流泪，小姐问为了什么。原来老爷兴冲冲进来，和太太说要把小姐配给一个行长，年纪已四十多了，在年内就要结婚，太太竭力阻止，所以闹了起来。小姐听了又要哭了起来，抱着太太哭道：'为了我，叫姨娘受了这样气，我怎能安心?'太太道：'珠囡，好孩子，你别哭，你放心，万事都有我呢。'小姐哭了一会儿，忽然站起来，走到老爷面前含着泪道：'爸爸，你出去吧，我答应了你就是了。'我们便扶着老爷出去，老爷坐上汽车又走了。我们都不敢就睡，在太太房中伺候，太太和小姐这时还抱着淌眼泪。忽然太太从床上坐起，向我们道：'你们都可以去睡了，只留苏珍，你伺候着。'我答应站在旁边，太太握着小姐手道：'珠囡，我知道自己恐怕是不久了，死后你别顾我，自己走自己的路吧。超儿不是在王公馆吗? 你去找他吧。'小姐哭得泪人儿般的说不出话。见太太又向我摇手，我忙到太太跟前，太太道：'苏珍，你向来是很忠实的，现在你快同小姐去整理些东西，事不宜迟，明天走了吧。'我连连答应。第二天早晨，小姐不肯就走，抱着太太依依不舍，直到敲了九下，苏亨进来说老爷来了，小姐才洒泪而别。我们从后园走出，我送小姐上了车，才回来。老爷问小姐呢? 我只说上学去了，他也不疑心。这天老爷是住在家里的，见小姐夜里还没回来，心里就急了，第二天一定要我伴他同到学校里亲自去查问。当时我心里也很着急，因为小姐她说离开毕业没有几天，学校里是仍去考的。我怕被老爷找到了，不想到学校里去一问，说已经退学了，我心里亦暗暗奇怪，老爷却大怒，回到家里又和太太吵。我们忙劝老爷出去，老爷说：'小姐既然逃走，便和她脱离了。'说着也气得在沙发上坐了大半天，太太也不和老爷说什么，任他怎样去办。又过了一天，就接到少爷来的信，这信太太是瞧见的，太太见了叹道：'这事太不巧了，那么珠囡和你一定是没有碰见，现在珠囡不知在哪里呢。可怜珠囡，娇养已惯，现在害得她进退两难，又不知在什么地方安身。'太太说着又哭着吐了两口血，自此昏昏沉沉，在第三天晚上，便咽了气。临终时又连叫'珠囡，超儿'，唉，真伤心。老爷得知这消息，并不悲伤，料理丧事，把内外都托给我和苏亨。后来一连又接到少爷几封信，因为那时候正十分忙乱，实在不能抽身，所以没有和少爷来说明原委。直到'三七'以后，我到大东来，少爷已经不在了，那时我心里十分难过。少爷，我家小姐到现在你还没碰过面吗？"苏珍说到这里，又沉重地问着青超。

青超明白了一切，他懊悔，他不能哭，他的心像万箭在刺，眼眶里泪似涌泉。苏珍见了，也是眼眶一红，叹了一声道："可怜小姐，现在不知在什么地方呢。"这句话更刺痛了青超的心，觉得自己完全对不住绿珠，绿珠现在存亡不知，万一有了意外，我如何……青超想到这里，头昏眼眩，便从椅上跌了下来，吓得苏珍连忙扶起，苏亨灌茶，苏珍喊了一会儿少爷，才慢慢醒来，泪更淌下。苏珍忙去倒水，青超摇手道："你们别忙，不要紧的。"便定了一下神，过了许久，便又问道："姨娘的灵柩预备怎样呢？"苏珍道："老爷说明年再下葬，大概葬在公墓里的，这里屋子也要卖了，这屋子里，除了苏亨和我及苏大三人，其余仆人都停了，我们也不能长久，我和苏亨本早就走了，因为太太还远没下葬，我们怎能安心呢？可怜呀，太太是活活气死的，小姐又是活活逼走的，我们虽然是下人，见了也怎不伤心呢？"青超道：

"你们两人忠心，终算没有负了太太平日对待你们的好处，那么老爷外面是果然另有住宅的?"苏珍道："怎么没有？孩子也很大了。"青超叹息了一会儿，忽然将拳在茶几上一拍自语道："怎么办，怎么办？"这时壁上已钟鸣五下，苏珍道："少爷，这里吃饭了吧？"青超点头道："好的，我还向里面园子里去走呢。"苏珍道："我伴着吧，他们都说里面有鬼呢。"青超摇手道："不必伴着，我自理会得。"苏珍见青超一脸眼泪竟不能干，拭去复流下来，知道他想着太太，想着小姐。

青超独步园中，四顾寂寂无声，黄叶纷飞，无限凄怆，每到一处，都有他的泪痕。他走到那枝桂花树下，对着枝儿，想着那天花开灿烂，美人清歌，此事宛然犹在眼前。现在花落人去，浑如一梦，未知绿珠此时，究在何处，心中又怎能不离愁万种呢？青超想到无聊已极，只好慢慢地离开桂树，弯进了小径，到了绿珠的卧室，瞧着葡萄棚上的叶儿，愈觉萧条，一时又淌下许多泪来。想那天她不是欢欢喜喜地告诉我，大约还有半个月可以毕业了，珠妹可以来望我了，想不到二天后就有这个祸事，而且自己也会祸不单行地脱离了王宅，这不是老天有意和我俩作对吗？否则两人为什么不早不迟地都在这一天出走了呢？要不是我和珠妹两人真的不能配成佳偶吗？这……

青超想及处，眼泪又似雨点般地落下来，珠妹呀，你现在到底在哪儿呀？可怜你，为了我真的已牺牲了一切，整整辛苦了六年，到现在仅仅只差十五天可以毕业的一张文凭，她也就这样地牺牲了。茫茫大地，珠妹你究竟在哪儿啊？叫我到哪里去找你呢？我知道你是绝不负心我的，我此后若找不到珠妹，我誓终身和我影子为伴，我也决不有负于你的。此时夜色已临，园内更罩了一层暮霭，寒风呼呼，吹着枯藤瑟瑟作响，如怨如诉，好像也替青超作不平鸣者。

寂寞多愁，长卿善病，这晚青超回到寓里，一夜不曾合眼，

151

第二天便生起病来，把个诚民慌得手忙脚乱。青超叫他别忙，自己知道这是感伤过甚，又因受了寒所致，叫他泡了一碗姜汤喝了，又勉强挣扎着写了一封向市府的请假信，才躺了下来，蒙着被。

如此忽忽又过了一星期，青超睡在床上，因为寂寞无聊，便看着《红楼梦》消遣，看到黛玉葬花一段，觉得人生真是空虚不胜感伤，便时时长吁短叹。那诚民倒十分地好，伴在床边，见青超这个样子，心里十分着急，因忙安慰着他道："少爷，你别胡思乱想了，好好儿养息着吧，书也不要瞧了。"青超叹了一声，把书丢落在枕边道："诚民，我也知道自己愁闷，也只有使自己病体添重，但我又怎能丢得开不想呢？"诚民知道青超的意思，便说道："少爷有什么愁闷的事，能不能和我老仆说说，或者……"青超摇头闭目不语。

这时忽听外室电话铃响，诚民便忙出去接了，过了一会儿，又走进来。青超低声问道："谁打来的？"诚民道："唐公馆里问少爷，为什么有许多日子不来了？我回答说少爷已病了一星期多了，她也不说什么，便挂断了。"青超心里暗暗又叹了一口气，想这一定是芳蓉打来的，今天是星期日，她得了这个消息，或许会来瞧我的。芳蓉钟情于我，可怜我不能接受她的情，这并不是自己的狠心，实因环境所迫，真叫我左右为难，恨不得自己遁入空门，斩断这缕情丝，倒可以六根清净、五蕴皆空了。

青超想及此，自己忍不住又觉好笑起来，想自己真也有些红楼迷了，怎么也要学起宝玉来了？我应把情场的精神去放在我认为目标的事业上去，那才不负我们青年的责任。青超想着，心里烦恼就减了不少，遂转了身，侧面向里睡着。诚民见他要睡去的模样，便也不去惊动他，自管自地退了出去。青超在床上，似睡非睡，蒙眬之间，忽听外面有人谈话，"少爷大约已睡着了"，一种很轻的女子口音问道："什么时候病的？怎么不早打个电话

152

来?"青超知道芳蓉来了,便在里面道:"诚民,是谁呀?"诚民没有回答,却听咭咯的一阵革履声已到了床前,温柔的玉手已抵触在青超的额上了。

青超以为一定是芳蓉,便回转来握住了她的手道:"密司……"还未说出"唐"字,却已瞧清楚来的并非是芳蓉,却是琼英,心里很觉奇怪,便忙笑道:"原来是琼姊,我当是密司唐哩。琼姊,快请坐,还叫你来望我。"这时诚民端上茶来,琼英也不避嫌疑在床旁坐了下来,脸上似乎不十分快乐,把青超的手轻轻地放进被窝内,向青超道:"你为什么不打个电话来?医生瞧了没有?"青超知道琼英是一些没有虚伪的,她这样子关心自己,心里非常感激,因微笑道:"受了一些感冒,不妨事的,医生瞧过两次了,密司唐这几天好?伯母也好?"琼英听了微笑了一下道:"你倒很惦记着芳妹吗?"青超猛可听了这话,知道芳蓉这几天和谷英一定很好,因假装不知,微笑一下,别转头去。琼英见青超这样,以为他是怕羞,轻轻叹了一口气,接着又道:"你终似乎太嫌悲观了,为什么老是要伤心呢?"青超又回过头来,深深向琼英瞧了一眼道:"我也并不伤心呀。"琼英道:"我对你说,什么事都要想得透一些,别东思西想了,好好儿养息吧,身体是最要紧的,没有身体,就没有所有的一切。"

青超听了这几句话,深深地打动了心,忽然从床上倚了起来,紧紧握着琼英的纤手道:"好姊姊,你这几句话胜喝两碗药了。姊姊,我真感谢你。"琼英被他这突然一来,倒出乎意料地也是一怔,见青超这样亲热连叫着姊姊,心里又欢喜又羞涩,忙扶他睡下笑道:"你忘了你是有病的人哩?快躺下吧!"青超微笑道:"我在客地,好久不曾听到知心着意的安慰话,今天怎不叫我感激着哩?"琼英听他这样说,心里十分同情,忍不住眼眶一红,默然不语。青超道:"今天是星期日,密司唐在家吗?"琼英道:"她到朋友家去了,你想她,明天叫她来望你可好?"青超摇

153

头道："不必，她大约去瞧谷英兄吧？"琼英听了吃了一惊，暗想他怎会知道的，忽然转念一想，知道青超是聪敏人，自己今天的情形，足使他可以知道的，因想了一会儿道："你别想这些了，好在你已明白了一切。"青超点头无语，琼英道："不过事还没有十分地绝望。"

青超暗想，我倒希望她能忘了我，谷英不也是个英俊的美少年吗？而且又是她的表哥，但不知芳蓉当初却会爱上了我呢？或者是这样的，谷英当初以为芳蓉终属于他了，慢慢可以求婚，现在见我这个情敌，当然是格外努力了。芳蓉的人是非常多心的，她见我这两天对她冷淡一些，她就生了疑心，何况谷英再在中间搬是弄非呢？不过我却相信芳蓉是不会忘我的，她平日是很卑视谷英的，也许她气不过，故意和谷英亲近。终之不管芳蓉如何，自己的确已很对不住芳蓉，我和芳蓉萍水相逢，而又在穷途落魄之时，她却不分贵贱界限，倾心于我，当初待我的情分，何尝减于绿珠呢？现在芳蓉和自己冷淡，这是自己的无情，并非芳蓉的负心，芳蓉我是永远感激她的，但是又想起可怜的珠妹，不知何年何月再能碰面呢。如果珠妹因进退两难，万一不测，那我又……

青超想到这里，深深地叹了一声，泪珠涌了上来。琼英见青超静静地思索着，忽而沉寂，忽而微笑，这时又淌起泪来，倒以为他是知道芳蓉变了心，而心里难过，便把手帕给他拭了泪道："你怎么又伤心了？自己努力些，将来是定有很好的收获。"青超知道琼英只是想我和芳蓉配成佳侣，琼英是真可算像姊姊样地爱护我了。不过自己心目中，尚有一个绿珠，她又岂能知道呢？我又怎能和她说出来？想着一边以手拭泪，一边勉强微笑道："谢谢你的好意，琼姊今天晚饭这里用吧？"琼英道："在这里用饭，不费事吧？你不要养养神吗？"青超摇头道："不，我倒愿意和琼姊谈谈呢。"琼英微笑道："也好，你精神没有疲，我就和你谈一会儿。"琼英要青超散散闷，便故意说笑话。青超这天下午颇得意，脸上只是笑着，心想琼英却是血性中人，待我真像自己的弟弟一般，没有一些虚伪的。晚上琼英直到钟敲了九下才回去。

　　如此忽忽又过三天，青超身体已经复原，不过还不能出外行动。这天吃过午饭，觉得精神还好，便在房中踱着圈子，忽听诚民叫道："少爷，唐小姐来了。"青超知道这次定是芳蓉了，正想回答，见芳蓉已经走了进来。芳蓉今天穿着茶绿绒的旗袍，酱色的镶边，外罩灰背的皮大衣，十天不见，脸儿又觉丰韵得多了，便忙抢步上前去笑道："好久不见了，快请坐。"说着两手伸过去，意思是要替她脱大衣。芳蓉却也伸过手来，和青超拉了拉，走到床边，让他坐下道："你干吗就起来了？"说着然后脱了大衣放在椅上。青超道："是不是琼姊告诉你的？"芳蓉慢慢也走到床边坐了下来，向青超望了一眼，似乎有无限情意，欲语还停的，过了好一会儿才点头道："是的，你那天不是好好儿地从我处走着，怎么又病了呢？"青超见她带说带羞、不胜娇媚的样子，想起以前围炉把酒，荡桨半淞，种种情谊，回首前尘，不胜惆怅。人非草木，岂能无情？因伸手去拉过她的纤手道："不打紧的，我已好多了，你今天怎的闲着呢？"芳蓉道："今天下午没有课的。"青超放脱了她手，起身走到桌边斟了一杯茶，递给芳蓉。芳蓉忙站起来接了道："你你怎么……快躺着吧。"

　　青超见她这一份急的样子，忍不住笑道："你怎么尽把我当作病人看待呢？我已好啦。"芳蓉两手捧着茶杯，向青超望着道："还说好呢，你的脸色很不好看，以后应该好好儿休养才对哩。"青超听了，不知怎的，又叹了一声，慢慢地在床边斜躺下来。芳蓉见他如此，心里也感到十分对不起他，便拍拍他的腰道："你怎么啦？又想到什么事吗？"青超又坐起来笑道："还有什么，你不是叫我躺一会儿吗？"芳蓉笑道："那你就躺着吧。"青超道："我不躺了，你坐着不寂寞吗？"芳蓉道："那也不对，你不要乏吗?"青超笑道:"不要紧,我真的好多了,琼姊来的那天,我也能起床了。"芳蓉微笑着,把纤手抚弄着绢帕,向青超望了一会儿道:"那么你靠在床栏旁谈话,也是一样的。"青超就依了她的话,坐床边倚着。

俩人望了一会儿,青超笑道:"这几天校中功课很忙吧?"芳蓉听了粉颊微红,把绢帕抹着嘴儿,默然无语,又低下头来。青超知道她方寸中一定自知有些惭愧,便也不提起什么话了,忙牵了她的手笑道:"下星期我大概可以完全恢复了,就到你处来,一同去玩玩儿好吗?"芳蓉才抬起头来微笑着,把头轻轻地点着。芳蓉这天也吃了晚饭才回去。

青超身体复了原,照旧往市府去办公。在星期日那天,果然和芳蓉去玩儿一天。晚上回来,琼英告诉他们说,谷英也来过了。那天青超还宿在那边,青超与芳蓉仍是有说有笑,但青超想着了绿珠的时候,觉得自己不该再恋着芳蓉,那脸上便现着很冷淡,一会儿又瞧着芳蓉那可爱的脸庞、可感的热情,自己一缕情丝不觉又深深地缚住她了。芳蓉见他态度或时或变,心中也不免疑窦丛生,所以对于青超,亦竟变为若即若离了。

光阴迅速,美丽的春天已降临了大地,万物都蓬勃地生长起来。青超为着公务纷忙,不能抽身,差不多有一个月不曾到芳蓉那里了。芳蓉没有打电话来,倒还是琼英常来电话问讯,可是打的时候,青超终不在家,所以仍没有接着。青超有时常要深夜才回寓,对着孤灯只影,未免又想着绿珠,把她所赠的帕儿把玩着,心里就觉一阵感伤。这样内忧外劳,他的脸儿当然要清瘦了不少。这几天中,公务又比较空闲些了,因想有这许多日子不曾去瞧芳蓉,今天不就去一次,便戴上呢帽,到唐公馆去。

琼英迎出来笑道:"多天不来了,今天芳妹不在家。"青超脱了帽子道:"今天是星期日,又不去读书,这样早她到哪儿玩儿去了?"琼英道:"她去剪几件衣料,大概就回来的,你现在公务很忙吧?"青超在沙发上坐下,向她望了一眼道:"两星期前真是一些没有空,终要十二点才可回寓,所以琼姊打来电话,都不曾接着。"琼英道:"你早晨点心吃了没有?"青超道:"吃过了,老太太呢?"琼英道:"昨天晚上在王公馆玩儿雀牌,还不曾起来呢。"

这时仆人端上茶来,青超喝了一口道:"密司唐什么时候出去的?"琼英道:"九点多一些,午饭终回来吃的。"青超也不说什么,翻了一会儿报纸,室中十分地静,没有一丝声息,只有窗外几只小鸟儿吱喳吱喳地叫着,在绿叶丛中飞来飞去。看看将近午时,芳蓉还不曾回来,青超放下报纸,见琼英在刺绣,便站起来走到琼英旁边,拿起刺成的一半,瞧了一会儿笑道:"琼姊刺得真好。"琼英抬起头来笑了笑,忽然又道:"怎么还不回来?你等得有些不耐烦了吧?"青超笑道:"我反正是没有事,或许她到谷英那里去了。"琼英摇头道:"谷英在前几天已回乡了。"正说着忽听楼梯上一阵革履声,青超道:"来了,来了。"说着已迎出去,掀开门窗,果见芳蓉挟着一包东西走上来,见了青超,如有不快的颜色,忽然又含笑点头道:"你什么时候来的?"青超忙接过纸包笑道:"等了好半天了。"

俩人说着已到了里面,琼英笑道:"妹妹你剪些什么衣料?"青超笑道:"我拆开来一瞧就知道了。"说着便把纸包打开,一块是湖色春波绉,一块是桃红百蝶绉,还有几块哔叽。芳蓉拿着一块春波绉到琼英面前笑道:"姊姊,你瞧这一件好吗?"琼英放了绣架,拿着瞧了一会儿道:"这一件很好,颜色也新鲜。"芳蓉笑道:"这一件是我替姊姊剪的。"说着又指着一件铁灰的哔叽道:"这是妈的,她老人家是喜欢这种颜色的。"琼英笑道:"妹妹,你想得不错,还有你自己的呢?"芳蓉指着百蝶绉笑道:"这一件,你瞧怎样?"青超在旁笑道:"这一件可美极了,密司唐穿上更鲜艳夺目了。"琼英也笑道:"对呀,妹妹穿上这一件,真像仙子凌波了。"芳蓉把眼珠一瞅，啐她一口笑道："你又要打趣人了。"

青超琼英都笑了，琼英揩了衣料，放在桌上，又指着一件别烟色的花呢道："妹妹，你这一件打算做什么的?"芳蓉道："我还没想呢，因为我见它花式好看，所以剪了。"说着忽然回头向青超笑道，"你要不添件什么?"琼英咯咯笑道："这对了，给他做件长夹衫，是再也漂亮不过了。"青超也笑道："这不行，这样地费密司唐心，我怎敢当呢?"琼英向青超瞟了一眼笑道："你这人不要假惺惺了，别人家是一心剪给你的。"青超笑道："那我老实不客气地领情了，谢谢吧。"说着向芳蓉一个鞠躬，慌得芳蓉忙别转头去也咯咯地笑了。三人又说笑了一阵，阿菊来叫吃饭了。这时唐太太亦起来，在席间，问青超怎么人瘦了，叫他身子当心，工作也别太操劳。因为青超只吃了一盅的饭，芳蓉忙叫仆人再来盛，青超因不忍拂她意思，只得又添了一小盅。

饭后大家洗脸，随意在室中坐着，唐太太吸着水烟，芳蓉开了无线电，爵士音乐便奏了起来。芳蓉用脚尖轻轻地合着拍子，琼英瞅着咻地笑道："妹妹有些趾痒了，你们来跳……"琼英说着望了青超一眼，芳蓉一转身跑到琼英面前顿足道："你在妈面前还胡说，我不饶你的。"说着把手放在嘴里呵气，要去向她胁窝里去胳肢。琼英忙捉住她的纤手，告饶笑道："好妹妹，下次我不敢说是了。"唐太太脸上满堆着笑容道："你这俩孩子，成天地玩儿着，也不怕陆少爷笑话。"芳蓉听了才放了手，又向青超瞟了一眼，青超也忍不住笑了。大家正在笑时，忽见仆人从外面进来，手中拿着一封信向芳蓉笑道："小姐，外面有一电报送来了。"未知电报又是何人，且瞧下回分解。

第十三回

海客言旋承色笑
湖滨小驻乐优游

当时芳蓉忙着接了过来，折开来一瞧，不禁喜出望外，把电稿向琼英手中一丢道："你快瞧!"道着回身又向唐太太道，"妈，哥哥下星期三可以回来了，你老人家可欢喜啦!"唐太太笑道："真的吗?"琼英已是看完了，满脸的春风得意，忙把电稿拿到唐太太的前面笑道："妈，是真的，星期三哥可以回来了，他是趁着西比利亚皇后号轮船，在那天下午四时可以抵沪了。"唐太太喜欢得嘴都合不拢来道："这孩子我是有整整三年不曾见了。"青超也在旁边称贺，唐太太愈加欢喜，芳蓉向琼英望了一眼，走到她的旁边，把身子偎着她笑道："姊姊从此怕要最少一个月不和我说话了。"琼英顺手把她拉在长沙发上坐下笑道："你这算是什么话啦?"芳蓉咯咯笑道："哥哥回来了，你是伴着哥哥要紧了，哪里还有工夫和妹妹说话哩?"说得唐太太和青超都笑起来，琼英也忍不住笑了道："你这妮子，倒来取笑我了，我姊姊难道还怕羞不成吗?"唐太太笑道："真淘气，别闹了，你们计算怎样替你哥哥接风呢?"芳蓉道："到了那天，我们到码头上去迎接。妈，你在家里预备一桌好些酒菜，还有一样不要忘记是猪油白糖年糕，哥哥从小儿就喜欢得了不得呢!"说得大家又笑了一阵，芳蓉笑道："你们别笑，这我是正经话。"回头又拍着琼英肩笑道："今天剪来的春波绉，不知可来得及做? 姊姊那天应穿一件

159

新衣服才对，见了我哥哥，可别怕羞。"琼英抿嘴笑道："好呀，你今天尽管编派我，我是老得出脸儿的，要是你到了那时候，我终可不饶你的。"芳蓉连连拍她的肩道："我哪里敢编派姊姊呢？"

琼英听了噗地一笑，又向青超笑道："你听见没有，她的话不是软化了吗？到了她那时候，我说话，你可别替她……"芳蓉听到这里可急了，倒在她的怀中，把纤手按着她嘴道："嗯，你再说下去，我不依了。"琼英扶起她笑道："谁叫你先来打趣我的？"唐太太笑道："好了，四点多了，琼儿，你把那天带出来的藕丝糖去拿些出来当点心吧。"琼英才笑着站起来，到了里面去拿出一盒来，放在桌上。芳蓉站起来，向青超招手笑道："这是宁波土产，你有尝过没有？"青超走近桌边，见是圆圆一条条的芝麻糖。唐太太道："虽没看相，滋味倒还不错，陆少爷你尝尝。"芳蓉拿起一条递给青超，青超接了咬了一口道："果然不错，我倒真还第一次上口呢。"琼英笑道："你喜欢就多吃一些吧。"芳蓉道："真的，你喜欢过一会儿拿一盒回去，反正带来多呢。"青超笑道："吃了再拿，不太贪心了吗？"说得唐太太也笑了。

这天青超在唐公馆，吃了晚饭才回去，临走时，芳蓉握着青超的手笑道："星期三有没有空？"青超向琼英望了一眼道："就是没有空，也得想法来的。"琼英和芳蓉听了，都咻咻地笑了，停了一会儿芳蓉又道："下午要不要等你？"青超想了一会儿道："我没有事一早就会来的，否则晚上无论如何是到的。"芳蓉笑道："好，轮埠去不去是不成问题的，晚上是一定要早些来的，我们还要再来闹一个洞房花烛呢！"说得青超哈哈笑着向琼英道："琼姊会不会恼吗？"琼英笑道："好了，你们别一唱一和了，已十点多了，快回去吧。"芳蓉听了，微红了脸向琼英道："和琼姊闹嘴，终没好处的。"说着又向青超瞟了一眼，俩人都又咻地笑了，青超道："走了，走了，再会吧。"

青超回到寓里，诚民还没有睡，见了青超，忙替青超拧毛巾，倒茶，然后又在抽屉内取出一封信来递给青超。青超接来一瞧，见上面写着"上海静安寺路愚园路苏公馆内交陆青超先生启"，下首写"南京缄"，青超见了，倒莫名其妙的，便忙问道："这信是谁送来的？"诚民道："今天下午两点钟时候，来了一个穿黑长衫的男子，说是来看少爷的，我说少爷出去还没回来，问他是哪里来，做什么，他说是苏公馆送一封信来的，说着便在袋内拿出一封信来。我留他等一会儿，他又写了一张字条，说交给少爷，便匆匆地走了。"诚民说着又在台上玻璃板下抽出一张字条。青超接来，见上面用铅笔写的：

陆少爷，苏珍来拜望你过了，真太不凑巧，少爷刚会出外。南京有来信一封，是寄给少爷的，我特地带给你。太太的墓已筑成，在上海公墓里，苏公馆亦已让给别人，变成了方公馆了，我和苏亨也各奔前程了。

三月十六日苏珍留条

青超瞧了才明白，原来苏珍来过了，姨妈的墓已经筑成，自己倒也安心，又望了这封信，那准是范白化写来的了，见下面日子是一月六日，现在已经三月十六日了，这封信在苏公馆已是搁置两月多了。因忙拆开读了一遍，知道白化已在市党部里办事，便也写了一封回信，去告诉他现在的地址，并目前的生活状况。写完了信，已是将近午夜，青超才脱衣就寝。

流光如驶，不觉已到了星期三那天。市府里文件往来，这天恰巧独多，青超不能分身，只得预备晚上走了。在繁忙的时候，时间似乎过得愈快，忽忽壁上已敲六下，桌上文件倒还有许多份数，因只得托给一个同事孙君代理，忙着戴上帽子，出了办公

161

室，在车站等着，便买了一份晚报。翻开第一张，就见芳蓉琼英还有两个西装男子的照片，四人并齐立着，后面是背着庞大的船身。芳蓉还微微地笑着，下面注着小字道：如左至右，唐芳蓉女士、唐辉祖夫人谢琼英女士、唐辉祖君、市府代表。青超知道琼英身旁一个即是辉祖了，正地想着，车子已来，便跳了上去。

不多一会儿，到了唐公馆。门役一见青超忙笑道："陆少爷来了。"青超点头，一面三脚两步到了里面，见会客室中灯火通明，除了唐太太、芳蓉、琼英三人外，还有一个当然是辉祖了。见他穿一套深灰的西服，身体魁伟，脸上微黑，一望而知是个爽快的人，因忙脱帽招呼了唐太太，又向芳蓉笑道："这位可就是……"芳蓉一摆手笑道："我来介绍，这是我哥哥辉祖。"说着又向辉祖笑道，"哥哥，这位是陆君青超，是我的好朋友。"辉祖听了，立刻伸出手来和青超握了一阵。青超笑道："密司脱唐归自海外，将来对于祖国定有一番大大的贡献。"辉祖忙道："你这样奖誉，真使我惭愧，到外面也只不过涂上一层金罢了。"青超连说"客气，客气"，遂又问问德国风俗人情、交通治安如何，辉祖道："德国自从欧战以后，几乎等于亡国，现在仍能恢复到欧战前的强盛，真不得不佩服他们的努力整顿。德国的工业素称世界第一，别人家所想不到的东西，他都能奇奇怪怪地制造出来，现在国内焕然一新，皆由上下一心所致。他们交通便利，铁路火车像蛛丝网。对于治安，也还不错，教育也很普及。"

青超正想再问，唐太太笑道："好了，吃饭吧，你们怎么谈得连肚子都不饿了？"辉祖青超才站起来笑了笑，见芳蓉进来道："外面席已摆好了。"说着又扶唐太太出去，到小圆桌边，芳蓉扶她在上面坐下。辉祖让青超在唐太太旁边位置坐下，青超不肯，辉祖笑道："别客气，你是客，我们都是自己人。"芳蓉向青超笑道："你就坐下吧，我也不客气了，坐在这里了。"说着在青超对面，也是唐太太身边坐下。辉祖笑道："好的，大家都别客气。"

说着便在青超旁边坐下，琼英已拿了两瓶葡萄酒来，见他们这样坐法，心里早就知道，不过自己坐的是下首，也不可推却，遂大大方方地在辉祖身旁坐了下来。辉祖把琼英手中酒瓶接来道："我来吧。"芳蓉早站起来笑道："哥哥，你别忙，让妹妹来吧。"说着伸过手去，辉祖也不客气，把酒瓶递给芳蓉，芳蓉替大家斟了一杯，笑道："大家各干一杯。"

唐太太快活得脸上笑容没有平复过，听了芳蓉的话因笑道："不错，我们今天应该快乐快乐。"大家听了忙举起杯来一口饮干。芳蓉笑道："今天哥哥学成回国，我应该贺一杯的。"辉祖笑道："妹妹，你这是哪里话？哥哥远离高堂三年，多亏妹妹服侍，我应先敬妹妹一杯才是。"青超笑道："你们兄妹俩别客气，你两人都对，还是这样吧，密司脱唐先敬老太太一杯，密司唐再贺哥哥一杯，那是不错的。如果密司脱唐要敬妹妹，慢一些实行也不妨。"辉祖笑道："这话不错，我得先向妈敬酒。"芳蓉听了，眼珠一转，向青超瞟了一眼，微笑着替辉祖斟了一杯。

辉祖站起来双手捧着酒杯正想说话，青超在旁边道："慢慢着，你敬老太太，琼姊是应该要陪一杯的。"芳蓉笑道："这话不错，应该陪一杯的。"说着又斟了一杯，琼英明知道他们在捉弄着，想不听他们，无奈见唐太太满心高兴，如乎十分喜欢地等候着，怎能够违拗呢？便恨恨地向芳蓉瞅了一眼，只得站起来，俩人双双向唐太太敬了一杯。青超回头向唐太太道："老太太，我祝你明年一定可以抱孙子了。"说得大家都咯咯地笑了，辉祖这才明白他们的用意，唐太太也明白了，脸上只是笑着。辉祖向芳蓉望了一眼笑道："妹妹，你怎么和哥哥开起玩笑来了？"大家忍不住又笑了一阵。

这餐大家当真是吃得十分快活，餐毕，唐太太因多喝了几杯酒，便先回上房躺去了，这里辉祖和青超闲谈着，芳蓉和琼英便到房中去盥洗。琼英笑道："妹妹，你好呀，你开我们的玩笑，以后我和你算总账是了。"芳蓉哧哧地笑道:"你自己常常拿人家笑话,今天也有这一遭了。"琼英笑道:"好呀,明天我……你可别讨饶。"芳蓉见她粉颊微红,十分可爱,把手儿抱着琼英的肩笑道:"好呀,明天我记在心里了,我给你赔个不是可好?"琼英哧地笑道:"妹妹,你这样一来,我心就软了下来,怪不得别人家要……"琼英说到这里,芳蓉早按住了她嘴笑道:"你又说不出好话,我不依了。"琼英哟的一声笑道:"妹妹,你的手段可太厉害了,只许官兵放火,不许百姓点灯吗?"芳蓉听了噗地一笑,仍是撒娇不依,琼英道:"好了,我不再说你是了,快洗脸吧。"

芳蓉才笑着洗脸梳发完毕,又出来,见青超和辉祖仍是津津有味地谈着。芳蓉因笑着道:"你们谈些什么呀?"青超回头笑道:"你们大家也来坐着谈谈吧,我听祖哥讲山海景呢。"四人坐下又说笑了一会儿,仆人端上两盆蜜橘,青超这时嘴里也觉甚干燥,遂吃了些,又坐了一会儿,才回寓。第二天,辉祖的朋友都来道贺,请他吃饭,直忙了两天。第三天中上,辉祖也在新亚酒楼还礼,青超也在那里,饭后青超因想着美丽,便去望她一次,便向辉祖辞别。到了王公馆,却扑了一个空,厉正带着小宝美丽都出去了。青超因和王福谈了一会儿,遂别了出来。因时间尚早,便去瞧了一场电影。

光阴如箭,匆匆已过一星期,这天正闲闲无事,便到唐公馆去。一进了门,就见他们坐在太阳光下说着话,一见青超,忙招呼坐下。青超向辉祖笑道:"没有出去吗?"辉祖道:"刚回来呢,那天在新亚,承友人介绍,有一家化学工业厂要我去帮忙,那厂主人我今天刚会过面。"青超道:"叫什么?"辉祖道:"就是胡熊楚先生办的氮气厂。"青超道:"这好极了,你愿意不愿意?"辉祖笑了一笑道:"我们正在商量呢。"芳蓉笑道:"我也赞成的,只不过要下个月起才能进厂去。"青超不懂,忙道:"这是为什么呀?"芳蓉笑道:"我校中已放春假了,我想到西湖去玩玩儿,叫哥哥一同去，所以叫哥哥下个月进厂。"青超听了咦地笑道："原来如此，那也很好，难道祖哥不答应吗？"辉祖笑道："没有这话的，我哪能会不答应？"琼英笑道："我对你说了吧，我们早已议定了，刚才已打电话给你，说你已走了，我知道你一定到这里来的，只要你答应了，我们明天就动身的，车票也已叫唐贵购好了。"

青超笑着想了一会儿，又望了芳蓉一眼，芳蓉也正在向自己望着，因笑道："你们都去，我当然亦同去，不过明天来不及，因为我那边还有些事务料理，最好后天动身。"芳蓉道："也好，那就准定后天动身，我们乘几点班车呢？"青超道："后天九点班吧，那一班正是特快车。"辉祖道："就是这样吧，那么我们再来计划一下，预备玩儿几天，第一天玩儿什么地方。"琼英道："我们这里四人，又都没有去过，一定要个向导员。哦，我想着了，我们到那天先去找琴妹吧？"辉祖道："好的，我们就这样吧。"

他们议定了后，到了那天，青超已告了假，又叮嘱诚民几句，理了一只小提箱。到了唐公馆，他们已等候多时，遂立刻叫阿三汽车备好。到了北火车站，已经八点五十五分，火车已进站多时了。辉祖遂拿了四张车票，经查票验过，进了月台。到头等车厢，里面已经有了好多个坐客，辉祖和琼英便在一排上坐下，对面一排椅子上当然是青超和芳蓉坐下了。青超把提箱搁在上面，车上茶役来泡了茶，大家又闲谈了一会儿，忽听站上铜牌敲了两下，接着车身向前一动，汽笛长啸一声，站上红绿旗一扬，便轰隆隆地向前开去。

出了月台，两旁房屋渐渐逝去，只剩下青青一片草原，映着蔚蓝天空，四周大自然的景色，颇使人心神怡旷。辉祖笑道："都市生活适惯了，一见了农村新鲜的空气，心上就觉得是另一种的境界了，一方面愈见得都市繁华的龌龊。"青超笑道："不错，所以一般都市里人们，都个个要到农村去，换掉换掉新鲜空气，其实住在农村里的人们，却也正在羡慕都市的行乐呢。"辉祖道："这就是人的个性，都是久则生厌的缘故。一个专写游记的作家，形容得农村里的风景怎样美丽，空气怎样清洁，说在这山明水秀的大自然里，真是竟像飘飘欲仙了。但这不过是一部分的人们所领略的，要是整月整年甚至于终身住在那里的，就不知是怎么一回事了。单拿我们来说，现在见到这青青绿绿的大自然的景物，当然是感到十分兴趣，要是你去住上一年半载，那你准会讨厌的了。况现在农村破产，吃饭问题尚不能解决，哪有工夫去讲究风景好、空气好呢？"芳蓉叹地笑道："哥哥，你说呢？风景难道一年四季都好吗？要是在冬天，天天喝西北风，我可先不高兴。"说得四人都笑了。

谈谈笑笑不觉将已近午，青超向芳蓉道："密司唐，你可饿了？"芳蓉道："几点钟可到杭州？"青超道："还有半点钟，这是特别快车，小站不停的，到杭州大约十二点半。"芳蓉听了向辉祖琼英道："你们饿了没有？"辉祖摇着头道："我没有，你们饿不饿？"琼英哧地笑道："倒也有趣的，尽管周旋地问下去，还是问不到边的。"芳蓉笑道："挨半个钟点，到杭州饭店里去吃吧。"青超道："好的，大家没有饿，就到了杭州再说吧。"过了一会儿，汽笛长鸣一声，报告已将到站的意思，车的速度也慢了，一会儿，果然车已进了月台。

大家提了一小皮箱，跳下到月台上，经过查票后，出了车站，芳蓉道："我们先找琴姊吧？"大家答应，遂坐了车子，到浙江大学。芳蓉走到传达室，取出名片，说是看唐芳琴的，传达室人遂指点了路径，大家便进去。到了十六号的寝室，见房门关着，遂敲了一下门，听里问道："谁呀？"琼英笑道："我呀，快开门来迎吧！"只听里面呀的一声，便开出门来笑道："哦，你们都来了，欢迎欢迎，快进来坐吧！"

大家进了卧室，见里面铺三只床，两只却是空铺，布置得又

166

简单，又清洁，十分美观。大家坐下后，芳琴忙着斟茶，见了辉祖笑道："祖哥，回来啦，外国的生活怎样？"辉祖笑道："也只不过如此，琴妹，你别客气。"说着忙接了茶杯，芳琴又对芳蓉道："你们真也奇了，为什么不早通个信来？我也可以到车站……"说到这里，又呀地道："你们大概还不曾用过饭吧？"芳蓉笑道："正在唱空城计呢！"大家都忍不住笑了，芳琴道："我也还没有啦，出去吃吧。"芳蓉笑道："你这懒妮子，还只起来吗？"芳琴笑道："可不是，反正左右没事，别人家都回去了，我却是为了你们才住着的，要是你们再不来，我要写信来了。"说着在床边换了皮鞋，琼英笑道："真对不起，我们拿些什么来谢谢你呢？"芳琴笑道："你别开话匣子，开了口，终没有好话的。"说得大家又笑了一阵，芳琴道："好了，你们箱子放在这里，我们走吧。"大家遂出了校门。

杭州的路，芳琴是很熟的，也不用坐车，慢慢地谈着走到了一家馆子里，拣了一个朝南的房间，大家坐下来。芳琴道："吃饭还是先吃点心？"大家听了都没回答，芳琴笑道："还是密司脱陆说吧，今天你是客人啦。"青超向大家望了一眼道："我不客气，老实些还是吃饭吧。"辉祖笑道："不错，这真合我的意思，我素来就是一个大饭桶。"辉祖说着把一个大拇指还竖了起来，这把芳蓉、芳琴、琼英都笑得折了腰似的，琼英揩了脸上的泪水笑道："这就亏你说得出。"这时茶役上来，芳琴遂点了菜。

这一餐是芳琴做了东道，饭后大家高兴，就去游玩西湖，但见湖滨公园，游人极多，红男绿女，大半都是城内的学生，三五成群，歌唱笑语，都十分快乐。因为下午时间局促，已是夕阳西沉，彩霞满天，芳蓉和琼英在行程上已十分疲乏，所以没有玩儿了几处，便欲归去。事有凑巧，对面却来一人大叫道："好呀，你们什么时候到的？怎么不通知我一声儿？"大家忙定睛一看，来的不是别人，正是张谷英。

他三脚两步跑到面前，和青超握了一回手，又向辉祖笑道："祖哥，我在这里祝贺你了。"说着转身又向她们点头笑道，"到了几天了？"琼英道："还只今天刚到呢，姨妈好些了吗？我们早想来拜望她老人家，因为今天时间局促，想明天来的，很巧在这里遇见了。"谷英忙笑道："妈好多了，她十分惦记你们，那么就请你们都到我家去吧？"辉祖道："今天晚了，要你们又累忙。"谷英道："祖哥说哪里话？我们还客气什么？好在你们要用物件，家里都是已成的，芳妹去吧？"说着又向芳蓉瞧了一眼，大家面面瞧了一会儿不说什么，芳琴笑道："既然英哥这样热心地相邀，你们就去了吧，我今天不去了，明天来时乘便把你们物件送来。"辉祖道："好的，那么我们不客气去惊扰了吧。"

　　谷英笑道："怎么说惊扰？密司脱陆，你也不要客气了。"说着又去拉青超的手。青超笑道："这我不能够去，冒昧得很，伯母定要见怪。"谷英拍拍他肩笑道："这是你多虑了，我妈欢迎都来不及呢。"青超见他十分真心，情意难却，只得答应。谷英又向芳琴笑道："琴妹，我不和你客气了，那么你明天准来。"芳蓉也走上一步握住芳琴手道："姊姊，对不起，叫你一个人回去了。"芳琴笑道："妹妹，你怎说这些话？我们姊妹倒显见生疏了。"琼英笑道："琴妹这话不错，我们别再客气了，那么你明天来是了。"芳琴答应遂向大家分别，独自回校去了，他们便也走回谷英家去。

　　到家时，已是上了灯。张太太倒是个和善的人，大家闲谈着，谷英却是忙着把东西两厢房叫人打扫清洁，又把楼上一间精美房间布置舒齐。已是吃饭，谷英特地叫了一桌名贵酒菜，席间殷勤待客，十分周到。饭后琼英芳蓉到张太太房内去洗脸，他们三人又闲谈一会儿，因时候不早，谷英便伴他们到厢房，说了一声晚安出来。到了上房，见母亲和她俩还在谈着，因上前笑道："芳妹，楼上的卧室，你们去瞧瞧怎样？"芳蓉道："好的，哥哥呢？"谷英笑道："祖哥和密司脱陆都已安置了。"张太太道："我也忘了，已十点多了，你们今天很疲乏，早些睡吧。"琼英和芳蓉遂道了晚安，跟谷英到了房间内。

谷英笑道："布置得还算不错吗？"芳蓉嫣然笑道："很好，今天要英哥辛苦了，很对不起。"谷英忙道："哪里辛苦呢？"说着又指着梳妆台上笑道："你们要什么化妆品，这里都有。"芳蓉见台上果然放着香水、香粉、雪花膏、美人脂、唇膏等，忍不住咻地笑道："你什么地方来的这许多化妆品？"谷英笑道："去年不是我就知道妹妹要来玩儿西湖吗？我是早就准备好了。"琼英笑道："你真想得周到了，还有睡鞋可有备好？这倒也很要紧的。"谷英听了，走到厨边，打开抽屉，取出两双青绒拖鞋来答道："我怎么不备好呢？"琼英本是和他开玩笑的，想不到他真的也会备好着，这就也忍不住笑了。

芳蓉接过一双，道声谢谢你，说着脱了皮鞋，换上了拖鞋，在室内踱了一圈。谷英仍不肯走，肩膀耸了两耸道："可惜只有一只床，你们就挤挤吧。"琼英道："现在天气还冷，俩人睡着暖些。"芳蓉这时伸了一个懒腰，把纤手在嘴上一按，打了一个呵欠，向谷英微笑着，谷英这才出来回自己房中去。

这一晚芳蓉睡在床上，想起谷英如此体贴周到，平日间对于我的一举一动，他无不先获我心，他这样用情地对我，可惜我因青超的关系，实在不能再接受他的情感，只好辜负他的一片深情了。想到这里，转辗反侧，愈觉不能入睡。有女怀春，吉士诱之，谷英追求愈力，芳蓉的态度自渐渐起了变化。本来是一缕情丝牢牢地缚在青超身上，现在呢，变了两缕情丝，一缕黏着青超，一缕又系着谷英一寸灵基，有两个情人交战着。从此以后，你想芳蓉的处境，可不难上加难吗？青超谷英，俩人角逐情场，到底谁达目的，谁是失败？不特阅者急欲知道，即是作者也是要快快地说明哩。

169

第十四回

温而柔并肩话绮语
酸又苦携手试芳心

第二天早晨，大家起来洗脸嗽口，吃过早餐，在小园庭里一个明轩内坐着闲谈，见仆人进来，手里提着小皮箱向张太太道："琴小姐来了。"张太太还没回答，就听一阵革履声，进来的正是芳琴，见她穿着一件玫瑰红的旗袍、咖啡色的皮鞋，手里挽着短大衣，向张太太请了安。芳蓉早站起来拉着芳琴的手道："姊姊，真对不起你。"芳琴道："妹妹，你怎样啦？终喜欢客气的。"芳蓉笑着，俩人在沙发上坐下，这里谷英叫仆把皮箱拿到他们房中去，回头又对芳琴道："琴妹早点心用了没有？"芳琴点头道："用过了。"说着向青超辉祖两人望了一眼，见他两人津津有味地谈着，又见琼英却呆呆地听着，便笑道："琼姊，你为什么今天不说话呀？"琼英抬头见是琴妹笑道："昨天你不是说叫我不要开口吗？开口就没有好话，所以我打定主意，不再多说话了。"说得连张太太也好笑起来道："阿琼是最有趣了，自小就喜欢说笑话，到现在仍是这样。"琼英笑道："姨妈，你怎么也说我呢？刚才一句话，不也很实在的吗？"芳琴笑道："你不要辩了，难道姨妈也冤你吗？这你不承认，也得只好承认了。"

大家又笑了一阵，张太太道："今儿这天气很暖和，你们正好游湖去，别坐在家里闲谈了。"谷英接着道："不错，现在很早，十点还没敲呢。"辉祖回头向张太太笑道："姨妈去不去？"

张太太道："我不去，你们中饭也在外面吃吧。"琼英道："姨妈，你一个人不寂寞吗？"张太太笑道："我倒不寂寞，刚才因为你们在一处，我高兴也来凑热闹，停一会儿，我就要休息去了。"谷英笑着站起来向芳蓉道："好了，我们走吧，芳妹怎样？"芳蓉拉着芳琴的手道："那么大家当然一道去。"辉祖携着青超，大家一齐别了张太太出来，到湖滨雇了划子先到平湖秋月，再到雷峰夕照，那雷峰塔早已坍塌，仅有南屏晚钟。芳蓉等顺路又游了高庄、宋庄、刘庄，觉得一山一水都含着诗情画意。六人走着谈着，倒也感着无限兴趣。

行行重行行，早已到了飞来峰，峰下有一亭，颜曰冷泉亭，大家到处，虽在三春，亦不觉香汗盈盈，乃共休息亭内。青超道："这'冷泉'两字，不晓得是什么意思？"谷英道："密司脱陆，你是汉口人，难怪你不晓得？说起这冷泉亭，当初曾有父女同来游玩，他们见亭上有对写着，泉自几时冷起，峰从何处飞来。那做爸爸的就向女儿问道，这联上的问着，你可对得来吗？那女儿道，有什么对不来？女儿的意思，可改为泉自禹时冷起，峰从项虞飞来。因那项羽有拔山扛鼎之力，现在这个峰既叫飞来，不是从项羽拔起的山峰上飞来，还从哪里来呢？至于泉当然是从禹王治水就冷了的。她爸爸听她一番很新奇的论调，倒也好笑，因也对她道，它的原联确系觉得太呆了，但是你改的，我又觉太实一些，我现在也将它改一下，你看怎样？他女儿一看她爸改的，是泉自冷时冷起，峰从飞处飞来。他女儿见了笑道，爸爸，你这改得再好也没有了，只是终不脱狡猾一些。"青超芳蓉等谷英说完了后，觉得这两字的确改得很好，说罢大家一齐出了冷泉亭。

到了一线天，只见无数蝙蝠，在一线天洞中，上下盘旋着，好似千百蜻蜓。那时肚子也有些饿了，大家提议还是楼外楼喝酒去吧，一时重新又下了艇子，划到了三潭映月，辉祖道："我们再上去走走。"大家答应，船娘遂把船身靠近石级边，大家便舍舟登岸。里面游人往来不绝，穿过卍字栏杆，进了退省庵。退省庵即是前清彭公祠，现在却已改为浙江先贤祠了，里面房屋，惜多已陈旧，大家在各处游览一会儿，仍旧踱了出来。回到湖边，见湖水澄清，湖心中三个小塔相对而立，好像成一品字形的，映在湖面上，每当中秋月夜，水中有三个月影现出，亦是西湖十八景之一。

大家到了楼外楼，挨次坐下来，点菜叫酒，十分热闹。侍者先来倒了茶，没有一会儿酒菜都已拿了上来，大家也不客气吃了一饱。侍者拧上面巾，大家洗过脸，随意在沙发椅上躺着，或凭窗眺着，楼上四面皆窗，任客游览。青超独自儿站在窗旁，两手托着下颚，远远瞧着苏堤春晓，心里暗暗地想道，你看西湖天然的风景，好比我珠妹的天然丰韵一样地清妍，可惜珠妹此时不在，若果在此的话，那眼似秋水，眉若远山，与此时的西湖比较，真所谓"欲把西湖比西子，淡妆浓抹总相宜"了。又抬起头来，眼前又隐隐现出两高峰矗立云端中，一片白漫漫的云气围住山腰，山顶上真像有神仙境界。青超瞧着此景，思虑为之一清。正在这时，忽听旁边一阵哧哧的笑声，青超回过头去一瞧，不料不瞧尤可，这一瞧就顿觉一阵酸味直冲顶心，原来旁边的一个窗户，并肩站着的不是别人，正是芳蓉和谷英两人，喁喁唧唧地谈着。

青超见他们又亲密又恩爱，一种如胶似漆的样子，真有说不出的温柔。青超不知怎样一转念，却又淡淡地笑了一下，若无其事地呆呆望着对面的天空出神，心想这是他们的自由，我有何权力去干涉？况且自己心中，本是只有绿珠一人，他们能踏上了爱的途径，我真该去祝他们成功才对，怎的倒去妒他们呢？青超思索着，觉得自己也对的，自从和芳蓉认识以来，她对我柔情绵绵，何尝不心心相印呢？现在瞧到他俩的情形，怎不叫我伤心

172

呢？我只恨芳蓉实在生得太动人怜爱了，我不能怪谷英，只有怪自己，我和芳蓉本是纯洁的友谊，何尝是有夫妻的爱？她并不是像珠妹，对我有盟心底约的，现在我的心终可以对得住珠妹了。但茫茫四海，叫我何处去找珠妹呢？珠妹，你能不能今天和我在这里相见呢？青超想到这里，眼泪夺眶而出，望着天半的浮云，不时地随着风来来去去，觉得自己的身世，也和浮云一样飘摇无定。

正在这时，忽觉有人在自己背上轻轻一拍，青超倒是一怔，慢慢回过头来，却原来是琼姊。琼英见青超满颊泪痕，不禁微蹙双蛾，轻声地道："你又想起什么心事了？"青超这才觉自己脸上有了泪，忙拿手帕拭了，勉强笑道："没有什么，我瞧着空中的浮云，飘忽无定，想着人生种种的变幻，心里不禁感触起来。"琼英微微叹了一声道："你……"她说到这里，却又不说下去了，把那柔和恳切的目光望着青超。青超见她虽没有说出，知道这"你"字下面，真有无限情意，比说出来更是多情，心里由不得一阵感激，却也说不出一句话，呆呆地望着琼英。

这时候忽听芳琴叫道："你们别多瞧了，已经一点多了，我们也该上别处去玩儿了。"琼英和青超才回过身来，见芳蓉与谷英亦笑着走来了，辉祖笑道："我们走吧，你们瞧见了什么好东西，怎的都舍不得离开？"大家笑了一笑，谷英道："祖哥，你别急，还没会账呢。"辉祖笑道："账是琴妹早付去了。"芳琴向芳蓉瞧了一眼，也哧地笑了。芳蓉这就也有些觉着了，微红了脸，去偷望青超一眼，青超却已跟着辉祖走下楼去。

下午大家又去游玩孤山，直到夕阳西沉，新月上了柳梢，才回转张公馆去。这晚芳琴也睡在谷英家里。晚上青超睡在床上，想着绿珠，心中又勾起无限隐忧、无限伤感。自此每天虽然游山玩水，心内终是郁郁不乐，什么事都感不到兴趣，对于芳蓉亦更冷淡，这当然给谷英又得到了一个进行的好机会。

光阴迅迅，一眨眼已过十天，杭州如虎跑、石屋、烟霞、龙井、九溪十八涧等诸名胜，差不多亦都已游遍。几天来大家都已十分疲乏，所以这天大家不出去，坐在家里，休息一个上午，却又觉寂寞，谷英便主张玩儿雀牌。除了琼英和芳蓉在旁观战，其余四人坐了一局。本来青超预备不战，无奈琼英一定要他入局，叫他借此解闷。其实青超哪里有心思玩儿雀战呢？下午三点钟的时候，浙江大学的校役来叫芳琴，说有同学五个人等着她，有要事商量。芳琴当时不免一怔，忽然又悟道："对了，今天三时到五时是我们预备创办义务夜校第二次会议，对不起，我不能奉陪了。"芳琴说着站起来，又向芳蓉道："还是妹妹接下去吧。"芳蓉点头道："好的，我接下去吧，你有正事，去干你的正事吧。"芳琴便向大家告别回校去了。

　　大家静静地又战了一回，青超因为一些也没心思，所以叫琼英代打，自己却在旁边观着。心里可想着，芳琴倒真是社会上一个热心教育的人物，她有这种为大众教育而牺牲的精神，她的别种行为就更可想见了。因此觉着自己竟是社会上一个蠹虫，有什么可以贡献呢？却为了爱情的刺激，消磨了自己的志气，真觉有些惭愧。青超想到这里，心中就宽慰了许多，想绿珠的心也减了些。

　　晚上吃过晚饭，青超很早地就回房去睡了。这天正是十五，月光分外来圆，园东的叶子从玻璃窗外映进房中的墙壁上，摇动的影子十分清楚。青超瞧在眼里，心里又想起去年的月下，人影双双，哪里还睡得着？便索性披衣起床，到园中去散步了。如此良夜，月明似水，在万里无云的天空中，觉得皎洁可爱。看那玲珑的假山、小小的池塘、旁边两枝垂柳，柳丝低垂在塘边，水底里映着了圆圆的皓月，真是掬水月在手了。青超牵着柳丝儿，望着天空，在呆呆地出神，忽听一阵笑声，青超不觉一怔，忙向四周瞧了一遍，才给他发现池塘对面的一座假山旁，树阴底下，露

174

出两个年青男女的脸庞来，虽在月光依稀下，哪里会瞧不清楚是芳蓉同谷英？芳蓉满脸含着笑意，一手攀着树枝，两只脉脉含情的秋波望着谷英。青超瞧了，心里终觉无限惆怅。

当此万籁无声，只听谷英说道："芳妹，我俩自小一块儿长大，你还不知我的心吗？我真的爱你。"这句话刺进青超的耳中，他又想起了珠妹，珠妹和我不也一块儿长大吗？这当然是不能夺他的爱，不过我和珠妹为什么有这许多磨折呀？我记得从前，也曾尝过像你们今天一样的温存，现在呢，我是成了形单影只了。"珠妹，珠妹，你当此长夜，对此明月，心里不知是否也在想你的超哥？"青超轻轻地自语着，早已声泪俱坠。谷英又在说起话来了："妹妹，你为什么不说话呀？你怕羞吗？我是真心地爱你呀！"青超听到此，实在不能再听下去了，便忙离开了塘边，穿过了假山，慢慢地跨进院子。

突然从走廊里走出一对人来，青超倒吓了一跳，忙停住了步，却见对面一人叫道："哟，你怎么在这里呀？"青超才听出了这声音是琼英，便忙拭去了眼泪。只见琼英和辉祖手挽手地走来，琼英见青超神魂颠倒、颇不自然的样子，因向青超问道："你又怎么啦？"青超忙摇头道："没有什么，你们也还没有睡吗？"辉祖道："你说是要早睡的，琼英怕你不舒适，我们到你房中去瞧，却不见了你，你却在这里。"青超笑道："'举头望明月，低头思故乡'，我正在玩月哩。"琼英拍拍他肩道："快来和我们去闲散一会儿吧，睡还早哩。"青超摇头道："我不去了。"说着向琼英笑了一笑，慢慢地踏上阶级，转弯的时候，回头又望了她一下，见琼英依然站在那里，多情的目光望着自己，青超的心里又起了一阵惆怅。

忽忽已过两日，青超的假期已满，明日准回上海。这晚吃过晚餐，在房内整理行装，忽然身背有人一拍，青超忙回头一见，原来是琼英，便将皮箱放过一边笑道："琼姊，你还没有睡吗？"

琼英点头在桌旁坐下，向青超望了一眼道："你不能再留数天，和我们一同走吗？我们本想也明天走的，这是却不过姨妈的情。"青超两手插在西裤袋里，在室内转了一圈，走到琼英面前道："我不能住了，你们没有事，应该多玩儿几天。"琼英想了一会儿道："也好，我们最多也只能再住三四天了。"青超也在对面椅上坐下笑道："那么到了那天，我到火车站来接你们好了。"琼英道："那可不必了，到了那天，自会打电话给你的。"青超没说什么，停了好一会儿又道："浙江大学也快开学了吧？"琼英伸出三个指头道："还有三天，芳妹是也只有三天了，复旦不也是那天上课吗？"青超点点头，把脚尖轻轻地在地上点着，俩人静静地坐了好一会儿，觉得要说的话都不能说出来。那时钟鸣十下，琼英遂也去睡了。

　　第二天起来，吃过早点，青超首先向张太太辞别，并谢了叨扰的话。他们大家送到火车站，谷英已抢着买了头等车票，这时火车已停了五分钟。青超向谷英道谢，又向芳琴笑道："对不起，怎么叫琴姊也来送我了。"芳琴笑了笑道："别客气，我们再见吧。"青超点头，转身走到芳蓉身旁笑道："你们回来的时候，可以先写封信来，我可以来车站接你们。"芳蓉向青超瞧了一眼道："我校内就要开课的，大概在二十一日到上海。"说着又笑了笑道，"你到上海后，先通知我妈一声。"青超点头说："我理会得。"芳蓉伸了手和青超握着，青超数日以来，很少和芳蓉谈话，今天握着她柔软的手，心中顿有一种说不出的好感。这时忽听汽笛一声，青超忙放脱了她的手，回头向琼英辉祖笑道："再见了。"说着又向众人点了点头，遂进车厢去了。在车厢中见月台上，众人都呆呆地站着，芳蓉紧紧瞧着自己，谷英靠着芳蓉身子，更觉刺眼。火车慢慢地出了月台，遥见芳蓉摇着手帕，青超也连连招了两下手。待火车已在青草原中驶行的时候，青超才缩进身来，轻轻地叹了一口气。

火车到了上海，回到寓里，已近一点，诚民见了青超忙迎着笑道："少爷回来了，杭州的名胜地有玩儿遍了没有？"说着接过皮箱、呢帽。青超道："差不多已玩儿遍了。诚民，我放出的钱够不够用？"诚民一面拧手巾斟茶，一面答道："还有多着呢。"说着捧了茶杯递给青超，青超抬头来接。诚民见青超的气色甚觉不好，清瘦了许多，因道："少爷，大概这几天玩儿得很疲乏了，以后要好好儿休息了。"青超何等聪敏，知道自己的脸色这定比前更瘦，可是这岂是为了游山玩水的缘故呢？诚民虽善能体贴主人，可是哪里能明白主人另有苦衷？

　　想想不觉微叹了一声，向诚民道："这几天可有什么信件来？"诚民走到写字台旁，抽出两封来道："一封还是前天一个仆人模样的送来的，我说少爷到杭州去了，还有一封是南京来的。"青超接来一瞧，知道白化已有了回信，遂拆开看了一遍。原来白化因为婚姻事，将来上海一行，并说相见时定有一番快乐。青超瞧了，心里也颇替他欣慰，想白化现在还只有二十六岁，这时正该娶一个，不知他的对象究竟是怎样一个人呢？想着一面又把另一封抽出来，见是一张便条，见上面写道：

　　　青超老友，久未晤面，甚念。本月十九日，为亡室诞忌，舍间略备蔬味，敬请老友屈驾一叙。藉谈契阔，万望勿却，专颂。
　　　大安
　　　　　　　　　　　三月十七日厉正顿首

　　青超暗想，真巧极了，我幸而今天赶到，否则岂不辜负了厉正的雅意？因把信纸仍套入信封里，放在抽斗中。诚民开了饭，饭后，青超又在床上静静躺了一会儿，遂到唐公馆去了。和唐太太谈了一会儿，青超想辞别出来，唐太太留住了道："吃了晚饭去吧，我这几天寂寞得慌。"青超只得又坐下，谈天了一会儿，唐太太叫阿香开了无线电。不知不觉已上了灯，唐太太特地去叫了两只青超欢喜吃的菜。晚上青超因为觉得疲乏，很早地便回寓里去睡了。

第二天醒来，精神爽快了许多，漱洗完毕，吃过早点，便到市府去办事了。晚上六时，青超出了办公室，跳上人力车，赶忙到王公馆。见大厅上灯烛辉煌，正面放着一张美丽母亲的遗像，桌上放着糖果糕饼等点心。青超知道已经祭过，因走进客室，见厉正坐着吸烟，小宝向他父亲道："爸爸，陆先生大概杭州还没回来吧？否则是不会不来的。"青超听了，忍不住笑道："早来了，早来了。"厉正听了忙回过头来，一见青超便站起来道："陆先生是哪日回来的？"青超脱了呢帽道："昨天刚到呢，这真巧极了，老伯已等候好多时候了吧？"厉正道："没有什么时候。"说着回头又向小宝道："你叫王福可以把菜端来了。"小宝答应便出去了。

青超因不见美丽，正想问着，忽见美丽从上房跳了出来，见了青超，呆了许久才叫道："大哥，你什么时候来的？"青超忙站起来，牵过她的小手笑道："还只刚到，美丽，我们好久不见了，那天我曾来过，你不是出去了？"美丽眼珠一转，想了一会儿点头笑道："是的，我记得了，回来的时候，王福曾说过的。大哥，那天你为什么不多坐一会儿？我们那天很早回来的。"青超见美丽愈加秀丽，心里十分欢喜，这就滔滔不绝地和她说着话，这里厉正却在叫他们入席。青超拉着美丽同在一边坐着，厉正道："我也不和你客气，我在上海也没有亲戚，所以只和陆先生两人谈谈。"青超道："当然，我在老伯家里还会客气吗？"这时小宝也在他父亲身边坐下，青超又问问美丽学校里的生活怎样，美丽笑着回答。这里热的菜一盆盆地上来，厉正笑道："好了，你们别谈了，快吃菜吧。"于是青超才端起酒杯喝了一口，厉正道：

"酒这东西，少喝一些，对于身体倒是很有益的，多喝了就容易伤脑。"青超点头，端着酒杯又向美丽笑道："你会不会喝？"美丽摇手微笑道："我可不会喝的，喝了头就要疼的。"青超笑道："那么你菜该多吃一些。"美丽听了抹嘴笑了。

青超遂又和厉正谈谈时局、闲话，说起今天是美丽母亲生日，青超忽想厉正今年正是五十岁，因忙问道："老伯今年五十岁啦，我们应该来祝寿的，不知道在哪个月里？"厉正抹着胡须微笑道："就在本月二十九日，我也不想怎样热闹，那天只请公司里几个同事和些知己朋友，大家聚餐一次，你当然我亦来请的。"说着又轻轻地叹了一口气道，"要是现在丽囡的娘和我这觉五孩子都在看，那我就高兴了。"青超恐勾起他的伤心事，便和他谈着别的话了。

饭后，又谈了一会儿，临走时，美丽牵着他手道："大哥，你什么时候再来？"青超低头抚着她的头发道："我空的时候，终会来和你玩儿的。"美丽摇头道："我不相信，上次不是你也这样说吗？以后终要一月两月才来一次。"青超听了也觉得自己很不应该，因握着她小手道："平日来，和你也碰不见，星期日我来玩儿吧。"美丽点头放脱了手，像以前照例美丽是会吵着叫他抱，青超也会抱着去吻她香，可是现在呢，却不能够了。美丽是有些怕羞了，青超呢，他要避一些嫌疑了，因向她摇摇手笑道："那么再见了。"说着出了院子，青超心里终有一些说不出的不自然。

光阴易逝，不觉已到二十一日，这天青超便到火车站去接他们了。没有一会儿，火车已到，青超在月台外望着里面出来的人，站了几分钟后，才见辉祖和琼英走了出来，后面芳蓉和谷英也并肩走来。琼英眼尖早已抢步上前笑道："哟，你等候多时了。"青超忙握住了她的手道："没有，我也刚到呢。"说着又和辉祖握手。这时芳蓉也走到了面前，青超笑道："密司唐，皮箱我来提吧。"芳蓉点头道："谢谢你。"青超笑着接了皮箱又向谷

179

英道："密司脱张也出来了吗?"谷英道："我的假期亦已满了。"青超笑了一笑道："好了，外面车子我已叫好，那么大家上车吧。"于是大家出了车站，跳上汽车，开到唐公馆去。

唐太太备了一桌酒替大家接风。青超因已吃过了午饭，遂在沙发上坐着瞧报。辉祖首先吃好饭，便和青超闲谈着，没有一会儿，他们也都饭毕。芳蓉因行程上疲乏，便向大家打个招呼，自己去睡午觉了。青超和谷英在三点钟的时候也都告别回去。自后每逢暇日，青超到唐公馆去，芳蓉终早先给谷英邀去玩儿了，所以俩人终没有见面，因此唐公馆青超也不常去了，倒是王公馆，却时常去和美丽谈谈笑话，或一同到公园去玩玩儿，有时晚了，青超也就宿在那边了。

时光如流水，匆匆已到了二十八日，这天正巧是星期日，因为明天是厉正寿辰，想他家里一定是十分忙碌，自己可不必去了，唐公馆有这许多日子不曾去，还是今天去一次吧。遂戴上呢帽，到芳蓉处去了。到了唐公馆，里面静悄悄的，见阿香捧着一瓶已残的鲜花出来，见了青超，便笑道："陆少爷，好久不来了。"青超忙道："小姐呢?"阿香道："在少奶房中。"青超想今天倒不曾出去。在青超是通常之客，也不用通报，便直奔楼上去了。到了琼英房中，见琼英坐着在做活，芳蓉坐在琼英旁边，轻轻地说着话。

青超进来的时候，芳蓉已从镜子里瞧见，遂站起来道："好久不来了，今天倒怎么有空呀?"琼英也跑了起来，青超脱了帽子，笑了笑道："我倒是常来的，这是没有碰见你。"芳蓉听了这话，不禁脸儿红晕，低了头不说什么。琼英替青超斟了一杯玫瑰茶道："这一星期里，妹妹是一天都没有出去，但是却你没有来。"青超在椅上坐下笑道："这太巧了。"说着停了一会儿又道："祖哥呢?"琼英道："他吗? 前星期已进厂去了。"青超道："哦，就是这个氮气厂吗?"琼英点点头，把手指在桌上弹了一下，向他俩望了一眼笑道："今天这好天气，你们到哪儿去玩玩儿？"青超笑了笑道："密司唐喜欢哪儿去玩儿？"芳蓉向青超瞟了一眼道："也没有什么地方可以玩儿，还是家里坐着谈吧。"青超听了，低垂了头，很轻地在鼻孔里叹了一声，两手只是相互地搓着，眼睛呆呆望着自己的脚尖。

芳蓉见他这样，心里也甚懊悔，自己不该说这句话，无奈既然说了出来，又不能缩回来，心想他近来对我十分冷淡，不过想起以前他种种的好处，是待我多么地温柔？不知他受了什么刺激，竟变了这样子？自己和谷英在杭州月下谈情，以及舞场同舞，要是青超真的外面另有恋人，那我也并没对不住他。不过瞧他有时候的行动，似乎仍很倾心于我，但他为什么常常现着冷酷的态度呢？一时又想他自流落上海后，或许受了环境上种种的刺激，所以如此，那么我岂不生了误会吗？自从与他认识以来，自己待他的情分完全已超过了友谊，也可算是无微不至了。而他呢，的确也非常地真情对我，自己和他虽处处都不避嫌疑，他却也确没做出轻浮卑鄙的行动来。这些自己所以倾心于他，也是爱他用情的纯洁高尚。

芳蓉想到这里，就又联想起那夜月下谷英的状态来，心里愈觉惭愧。自己和谷英虽是表兄妹，但是自小我就瞧不起他的，不过近来为什么却和他好感起来？这自己真也觉有些奇怪，想着便微抬头，向青超偷瞧了一眼，见他仍是呆呆地坐着，想今天自己这样地拒绝他，他的心头不知怎样难过呢。芳蓉想到此，芳心一动，也由不得一阵难过，险些落下泪来。

琼英见他两人都低着头想心事般的，因又笑道："今天新光大戏院是中国旅行剧社做风云话剧，里面剧情很有意义，今天是最后一天，你们不妨去看看。"青超听了抬起头来笑道："我听说确是很不错，密司唐去瞧瞧解解闷也好。"芳蓉这就不忍再拒绝，遂抬头嫣然一笑道："好的，姊姊也一同去？"琼英道："我不去了，你们去吧。"于是青超挽着芳蓉出了唐公馆。青超见芳蓉脸上似有泪痕，心里也就忍不住心酸，便轻轻地道："你怎么了？"芳蓉把手背向脸上一擦笑道："没有什么，眼睛发痒呢。"青超微微叹了一声，暗自想，可怜的芳蓉，我又怎能忘了呢？这天直到晚上十时，青超才送着她回家。琼英见他俩仍是有说有笑，才放下心来。这晚青超宿在唐公馆内。第二天早晨，青超伴芳蓉到了学校，又到市府去签了一个字，时候已十点左右，便忙叫了一辆汽车，坐到王公馆祝寿去了。

第十五回

祝寿星笙歌并作
见绿珠啼笑皆非

　　霞飞路，环龙路口，素来是冷清清的，今天可不得了。青超到了王公馆，但见车马盈门，一段环龙路，差不多都被汽车占了去。青超跳下车来，见门前搭着彩楼，院子里搭着棚子，就见王四等仆人前来接引。到了大厅上，四壁挂着轴幛，焕然一新，正面一个大金寿字，台上寿烛九对，照耀得满堂通明。旁边站着小宝，青超上前鞠了躬，小宝还礼，然后向青超悄悄地道："你怎么那样晚才来？"青超见他今天穿着淡蓝色的长袍、黑博士呢的大褂，头发斜分着，与平日穿着西服，竟像换了一个，脸儿更觉秀气，因笑道："这时也还早呢，小宝，你今天可辛苦了！"小宝笑了一笑。外面又有贺客来了，青超遂回身到内室去了。见平日常坐谈的客室里，放着许多花篮、银盾、银瓶、镜框等物，桌上又放着罩玻璃的银寿星一尊，真是十二分地精致。青超仔细一瞧，乃是自己离开寿辰前一星期特地送他的。

　　这时厉正匆匆地出来，一见青超忙道："陆先生，你来了吗，甚好，好替我来陪两个客人。"青超遂跟厉正到了一室，那边一桌，原来一个就是贸易公司的经理，还有两个是厉正的同窗，一个穿西服的叫方章直，现任社会局第二科主任，另一个陈鸣天，是有名的律师，还有一个王德霖，是厉正的远堂兄弟。大家通了姓名，厉正又坐了一会儿，因为还有别的客人，所以不能久陪，叫青超和德霖陪着。好在青超交际广阔，平日谈锋甚健，大家谈谈，倒也甚合。一会儿，厉正又伴来两个绅士模样的人，都是社会闻人，青超一一招待坐下。没有一会儿已是摆席，青超遂请大家到大厅入席。院子里公送的堂会也已开场，真是愈加热闹。别的宾客亦已一一入座，厉正忙得十分，一会儿到那边，一会儿到这边，最后才到青超一桌上坐下，敬了几杯酒，大家都回敬寿翁。

餐毕，有的瞧戏，有的回去，厉正又忙着送客，直到三点左右才安静一些。青超向厉正道："老伯去歇一会儿吧，今天很疲乏了。"德霖也道："不错，外面有我们会招待的。"厉正微笑道："还好，我真想不到他们都会来，我本想一些不举行，不知道反弄得如此热闹了。那满天帐还是昨天连夜搭起来的，我也没想到陈鸣天和方章直等还送这许多节目的堂会来。倒幸亏公司里几个同事都来帮忙，要不是一切职务，他们都担任了去，我一时还请不到人呢！"德霖笑道："这都是朋友要好，主人自己是没有主意了。"厉正道："那叫真没法，我也只好由他们了。"青超笑道："这是十分难得的事，应该热闹些才对，以后要热闹，又得过十年，待老伯六十大庆的时候，这就更热闹了！"厉正摸着胡须，向青超只是微笑，青超知道他今天是感到很快乐了，要见到厉正的笑容，真是一件不容易的事。

这时忽见美丽一跳跳地跑进来，见了青超忙叫道："大哥，我们一同瞧戏去。"青超见美丽穿着一件大红软缎的旗袍、黑漆的皮鞋，头上的童发斜分着，系着一根粉色缎带，胸前还别着一朵小小的鲜花，真是鲜艳夺目。青超忙握住她小手笑道："你这许多时候在哪儿呀？"美丽展颜笑道："我跟姊姊们在瞧戏哩，我早想来找你了，大哥快去！"说着便拉了就走。青超知道那边一定是女宾处，因回她道："你别忙，等等，我还有事呢。"厉正笑道："不要紧，陆先生，你去玩玩儿好了。"青超踌躇了一会儿，倒还是德霖笑道："不要紧，那边也都是熟客，你不妨去玩玩儿。"厉正也明白过来，遂同青超到女宾处。

见一个中年妇人，厉正替大家介绍，知道这就德霖的妻子。大家客气了几句，见戏台上坐着许多女子，都是粉白黛绿，兰麝扑鼻，青超知道这大概都是亲友们的内眷。美丽因为人矮，踮起了脚尖，伸长脖子，仍是不济事，青超因抱起她来笑道："你真是个矮子，现在可瞧见了吗？"美丽含笑点头，小手把自己胸前的鲜花拿下来，去插在青超西服的小袋里，咻咻笑道："大哥，我给你插着，可漂亮吗？"青超见她这样玲珑可爱，忍不住又去香她一个面，美丽却又咯咯地笑着，把小手去打青超的嘴。

正在这时，忽然一阵幽香，如兰如麝，直射鼻孔，面前立着一个女郎，含笑向美丽道："哟，丽妹，不怕羞，这么大还叫人抱。"青超不觉一怔，原来这个女郎容貌酷肖绿珠，只不过她没有一个笑窝儿，否则忍不住失声叫了出来。美丽听了，把小手掩着脸，咯咯又笑了，然后从青超身怀中溜了下来，拉着那女郎的手笑道："绮霞姊，你到哪儿去？兰娟姊姊呢？"绮霞笑道："她在那边瞧呢，你不是好好儿跟我们瞧戏，怎么一忽儿不见了，却在这里，倒叫我来找你。"说着又向青超瞟了一眼。美丽笑道："我是到大哥这里来的，姊姊我对你说，他就是我的大哥呀。"绮霞听了，微微向青超点了点头。

青超正在如痴地站着，见她已在和自己招呼，却不能置之不理，因也点了一下头，向她笑道："密司尊姓？"绮霞不及回答，美丽早代答道："陈鸣天伯伯就是姊姊的爸爸。"青超忙笑道："哦，原来陈老伯的女公子，久仰久仰。"绮霞嫣然笑道："别客气，密司脱是王老伯的……"她说到这里向青超望着，青超知道她听美丽呼自己大哥，一定误会自己和厉正是什么亲戚了，这倒一时叫自己难以回答，心里一急，可急了出来，便拍着美丽的肩笑道："我和美丽是好朋友。"绮霞对于他这句的回答，心里不觉暗暗好笑。青超自觉也有些不妥，正想补充一句上去，美丽早又道："大哥是姓陆名叫青超。"说着向俩人又扮了一副兔子脸，右手拉着绮霞，左手拉着青超笑道："我们到那边去坐坐吧。"

俩人见美丽滑稽，也忍不住笑了，三人慢慢走到小园子内。里面也有许多宾客在游玩，青超拣了一丛树蓬下的大石上坐下，美丽在青草地上捉蚱蜢玩儿着，青超和绮霞首先谈谈厉正寿辰的热闹，后来绮霞又问着青超哪里做事，青超也问她什么地方读书，又谈到文学上，大家说得十分投机。青超也不知怎的，对于绮霞竟相见恨晚，绮霞见青超对她好像一见如旧。青超见她一种娇羞含情的态度，真与绿珠丝毫无二，这把青超真弄得如醉如痴，疑心以为她是绿珠化装，暗来探自己心的。不过见她颊上没有两个笑窝儿，和她说话的声音有些两样，才相信她的确是另一个人。

俩人正在谈着，忽见小宝美丽牵手跑来笑道："你们饿了没有？快去吃点心！"青超和绮霞才站起来，一同到大厅里去。这时大厅里全上了灯，堂会的戏也做得更热闹，正是郭子仪的《七子八婿》。俩人又瞧了一会儿，绮霞打了一个招呼，回到女宾处去了。这里小宝端来一盆寿桃，青超和美丽吃了，又瞧了一会儿戏，因为中午没有来的贺客这时来了，又是一番热闹。没有一会儿，又摆晚席，大家猜拳行令，乐了一回。餐后，美丽拉着绮霞又和青超来闲谈，不知不觉时钟已鸣十二下，女宾大半都要回去，德霖夫人又忙着送客。

这里青超和绮霞正在说笑，忽然对面来了一个翩翩少年，向青超望了一眼，然后又向绮霞笑道："十二下了，表妹，我们一同回去吧。"绮霞点点头，又向青超笑道："密司脱陆，再见吧。刚才的地名就是我的家，有空请过来玩儿。"青超笑着点头，眼瞧着他俩并着肩走远了，才如梦初醒般地笑了笑，把刚才绮霞给他的地址纸儿瞧了一遍，忽然一转念，两手一扯，便哧的一声，撕成了几片，向地上掷去。暗自想道，自己真有些昏了，怎么又去踏上这个爱的途径？自己已经是苦海中的人物，倒又去蹈第二次的覆辙？况她已有了这个表兄，那以后岂不是又要看芳蓉的样了吗？觉得自己真又要重堕情网了。自从杭州回来，自己早已心灰意懒，那么现在怎的又会忘了呢？青超想到这里，连说"该死该死"。不过转念一想，觉得不对，今天所以如此，完全因为她酷肖珠妹，自己和她谈话，仿佛同珠妹谈话一样，左右无非是聊以安慰自己的痴情罢了。青超想到这里，觉得自己的痴情确系可怜，但世界上真有一样容貌、一样性情的女子，这叫我岂不平白地添了不少的惆怅和诧异吗？

正在这时候，忽见厉正过来道："陆先生，今天真对不起你，叫你辛苦了，今晚住在这里吧？"青超忙回头笑道："老伯，别客气，今晚我就宿在这里好了。"

是晚，待堂会唱完已近二时，宾客才各散去。德霖夫妇也宿在这里，美丽把小手在嘴上按着，打了一个呵欠，青超笑道："美丽可以睡了吧。"美丽笑着拉了青超的手，向厉正道："爸，我伴陆先生到东厢房去睡了。"厉正笑着点头，青超遂向大家道声晚安。到了东厢房，俩人立着呆了一会儿，美丽拍拍床笑道："你可以睡啦。"青超也甚觉疲倦，因笑着脱了衣服，钻进在被里，倚在床上，向美丽望了一眼笑道："那么你也可以去睡了。"美丽把手背揉揉眼睛点头道："我也睡去了，大哥，你喜欢灯点着，还把它熄了？"青超道："随它点着是了。"美丽站起来，向青超笑了一笑，便走出去。到房门口，掩上了门，青超伸了一个懒腰，正要睡了下去，忽听房门当当的一声，青超忙抬头一瞧，却见美丽又走了进来。青超想这孩子倒有趣，因也又坐了起来，靠在床栏杆上笑道："咦，怎么又来了？"

美丽走近床边，想了一会儿道："大哥，我问你一声，绿珠姊姊究竟为什么不到我家来呢？今天也没有来。大哥，你见过她

187

没有?"青超想不到她又会问出这句话来，心里忍不住一酸，握了她的小手，勉强微笑道："绿珠姊姊这几天很忙，明天叫她来望你好吗?"美丽顿足道："我不相信，大哥骗我，第一次你也这样对我说，今天是第四次了。"青超见她这个样子，心里更觉刺痛，静了一会儿，默然不语。忽然美丽哇的一声哭了出来，这把青超可吓得急了，忙把她抱上床来，偎着她脸道："怎么啦，美丽?"美丽把手背揩了泪道："大哥，你干吗哭啦? 我见你哭，我伤心也哭了。"美丽说着，又把手指去弹青超颊上的眼泪。青超这才知道自己也在淌泪，美丽是因为见自己淌泪所以哭的。我这真有些像做梦，自己哭了，还问她呢，今晚自己怎么会到如此地步? 想着便拿手帕替她拭去泪，想美丽这孩子也聪敏得太可爱了，因拍着她肩道："美丽你别哭，大哥好端端的，哪里会哭呢?"美丽道："那么绿珠姊姊到底怎么样了? 你告诉我。"

青超知道瞒她不过，便告诉她："那天她送小汽车给你的一天，她正是来瞧我的，因为她在家里不能够住下去，哪里知道她却扑了一个空，所以现在绿珠姊姊究竟在哪里，我也不知道。"美丽听了，呆呆地想了一会儿道："难道姊姊现在家里不回去了吗?"青超道："当然不回去了，我在正月里，到她家也去问过了。"美丽叹了一声自语道："姊姊也真奇怪，为什么我家里也不常来走走? 否则不是早可以遇见了?"说着回过头来，又向青超道："大哥，今天这个绮霞姊姊可像绿珠姊姊吗? 早晨来的时候，要不是爸爸对我说她是绮霞姊姊，我真会呼她绿珠姊姊了。"青超听着，心里更是难过，想着绮霞的容貌真和绿珠丝毫无二，不想美丽这孩子倒也有这般细心。而且今天美丽似乎也很愿意和绮霞亲近，可知她小心灵中一定把绮霞也当作了绿珠，只是她不说出来罢了。可爱的美丽竟和自己心意相同。青超想到这里，更觉美丽的可爱。

美丽见青超呆呆地想着，因扑在他的脖子上，捧着青超的脸

188

庞道："大哥，你别伤心了，我们明天一同去找姊姊，我相信一定找得着的。"青超虽觉她又在说孩子话，不过她这话倒确实是真挚的，心里不知怎样，便把她脸紧紧地偎着，吻她一下道："这样大的上海，到哪儿去找呢？"美丽道："当然可以找的，我们明天出去一找就找着了。"青超听了她的话，愈觉奇怪了，心里真有些将信将疑了，正想回答，见小宝进来道："妹妹，时候不早了，也该让陆先生安息了，我们也可去睡了，爸等着呢。"美丽这才站起来笑道："大哥，你别愁，明天管叫你可以见姊姊的脸了，你早些睡吧。"说时两个孩子向青超摇了一下手，便走出去了。

　　青超想着了绿珠，又忍不住淌泪，不过听着刚才美丽这孩子的话，她如乎知道一般这样子肯定地说着，那么或许明天真的会碰见珠妹也未可知。不过转念一想，哪里有这样容易呢？美丽不过是说孩子话罢了，哪里可以信为真的？青超反复地思索着，一会儿淌泪，一会儿又稍觉宽慰，这样子直到东方发了鱼肚白，才沉沉地睡去。

　　直到醒来，已近午时，忙着起身，到客室里，见厉正也已起来，美丽在旁晒太阳，见了青超，站起来笑道："大哥起来啦。"青超点头，遂在旁边坐下，厉正笑道："陆先生昨天很疲乏了吧？"青超笑道："倒也不觉什么，德霖老伯呢？"厉正道："他是苏州办事的，所以家眷也在苏州，这次是特地到我处来，因为家中还有孩子，所以很匆忙地就乘早车走了。"青超听着，回头又牵着美丽的手，抚了一会儿道："你哥哥呢？"美丽肩膀一耸笑道："哥哥吗？爸叫他今天再玩儿一天，他不听，一定要上学去，我倒很喜欢，不是正大光明地告了一天假吗？"美丽说着，还把舌儿一伸，青超见她如此顽皮淘气的样子，也忍不住笑了。

　　厉正道："小宝这孩子真奇怪，平日除了生病，他是不肯缺课的，昨天他是叫不得已的了。"青超道："这就最好，孩子肯自

189

己要用功，这是很难得的事。"说着又对美丽笑道，"美丽，你是喜欢玩儿的，对不对？"美丽听了，一跳在青超的膝裸上坐着，小手玩弄着自己衣角道："我恼的时候，看见书就要头疼。"美丽说着，把眉毛一皱，连连摇手，接着又道，"后来见哥哥终拿了书看，我也就慢慢学他样了，有时候逢到爸空的日子，倒还是爸叫我别上学去了，和我一同去玩儿一天。"青超听了，知道厉正之爱美丽真是无微不至。想那厉正，既要管理外务，又要兼做慈母，能体贴孩子的心理，其用心真亦苦了。厉正听了美丽的话，微笑道："小宝这孩子，有时真太用功了，我倒常阻止他，他这样小小年纪，竟像一个书呆子了。"青超道："孩子都是不喜欢用功的多，小宝现在可就成了一个反比例了。"说得厉正美丽都笑了。

这时王福已开了饭，因为小宝是半膳生，所以不用等了。饭毕，厉正因有事，便先走了，叫青超和美丽出去玩儿，晚饭仍回来吃，青超答应。待厉正走后，美丽拉了青超手，到了上房笑道："我们等一会儿出去玩儿，现在还早哩！"青超道："随你是了，你喜欢怎样就怎样。"美丽笑了一笑道："大哥，你橘子露要喝吗？"青超道："橘子露这里有吗？"美丽听了，跳到橱边，拿着一瓶出来道："这不是吗？前星期爸在冠生园里买来两瓶，还没喝完呢。"青超忙接过，美丽早又拿上两只玻璃杯来，青超各倒了小半杯，冲了开水，一杯送到美丽前面。美丽也在小圆桌边坐下，捧着杯子喝了一口，小手向自己头发掠了一下，乌圆的眼珠向青超瞅着。青超笑道："你干吗？尽瞧着我。"美丽道："大哥，你住在上海新村，是不是一个人？"青超放下杯子道："当然只有一个人，还有什么人呢？"美丽想了一会儿道："那么大哥不是很寂寞吗？"青超摇头道："那倒也不感觉什么，因为那里不过晚上睡睡罢了。美丽，我见你住在家里，也很寂寞的。"

美丽听了，如乎很不高兴地道："可不是，有时候，我们放晚学回来，爸还没有回来，这样大的屋子里，终是怪冷清清的。"美丽说到这里，忽然又笑了起来道，"大哥，你能不能搬到我们这里来住？不是大家都可以热闹了吗？大哥如果来住的话，我爸一定十分欢喜的。"青超把手指在桌上弹了一下道："这很难说，因为我在市府里，有时候常常要深夜才回来，所以很不便当的。我想我有暇的日子，终来和你玩儿好了。"美丽想了一会儿道："也好，今天我很想到你那边去玩玩儿。"青超笑道："好极了，我十分欢迎，那么这时候就去吧。"

美丽放下杯子，走到面盆架边，取下手巾抿了一下嘴，正想放上去，忽然又回过头来笑道："大哥可要揩手？"青超笑着接过来，揩了手仍放在架上，向美丽道："我们走吧。"美丽笑道："慢一些，你干吗这样性急？我要换一双鞋子。"青超笑道："对了，女孩儿家出去，应该要好好儿打扮一下才是。"美丽打开橱抽屉，拿出一只盒子来道："我只换一双鞋子，大哥又信口胡说了。"青超笑道："那也不要紧，女孩儿不终是要打扮的吗？时候也还早哩，索性叫他们端盆脸水来吧？"美丽听了，忙摇手连声道："不要，不要，我不要。"说着已换了一双黄皮鞋，青超俯着身子，替她系了皮鞋带子。美丽又在抽斗里拣了一方粉红色的手帕，青超又向她呆呆望了一会儿。美丽倒给他瞧得不好意思，拉着他的手咯咯笑道："你怎么啦？老瞧着我，难道不认识我了吗？"青超听她这般说，也忍不住笑了。俩人出来，又吩咐王福几句，在马路上，坐了车子，没有一会儿，已到上海新村。

青超开门进去，诚民早迎了出来，见青超身旁还有一个女孩，因笑道："少爷回来了，这位是谁家的小姐？"青超道："就是王公馆里的。"说着又向美丽笑道，"你请坐呀。"美丽微笑着在桌边坐下来，向房内打量了一会儿。诚民端上两杯玫瑰茶，一杯放在美丽面前笑道："王小姐，喝一杯茶吧。"美丽点头，向青超笑道："这一幢全是大哥租的吗？"青超摇头道："不，楼上全

191

是我住的，楼下是一个美国太太住的，她只一个女儿，所以这里都很清静。"美丽笑道："你同她们讲话吗？"青超道："有时候遇见了也说几句的。这位太太倒是很慈和的，十分客气，如果你下去，她终倒咖啡茶给你喝的，她的女儿大概是十八岁了，也十分和气，可是日中是不常在家的，听说是商店里在做职员。"美丽道："你怎样知道的？"青超道："你喜欢听，我就说给你听吧。"说着又向诚民道，"你去买一袋雪梨来。"诚民答应，便走下去了。

青超又喝了一口茶，嗽了一声道："那天晚上，因为我没有事，便下去玩玩儿。这个太太见了我，忙叫我里面坐，后来谈起她的家，她很伤心地对我说，他们在上海差不多已有二十年了，到上海第二年，才生下她的女儿爱娜，她的丈夫是汇丰银行里办事的。不料在爱娜十四岁那年，她爸忽然生病死了，虽然行里对于家属有一笔抚恤金，不过这钱是要用完的，岂能长久呢？本想到领事馆领钱回美国去，因为美国她们也没什么亲戚，觉得生活程度还是这里低些，所以只得流落了。爱娜也当然不能继续求学，帮着我做做活，闲时自己温温课，就这样度活。爱娜十七岁的时候，她父亲生前有个朋友，见爱娜长得活泼聪敏，便介绍她到惠罗公司去办事，早出晚归，维持她娘儿两口子的生活。"美丽静悄悄听青超讲着，十分出神，听到这里笑道："她们倒也很苦的。"

青超道："可不是，所以在上海住着的美国人，不一定都是有钱的，苦的人也很多，不过像她娘儿俩的生活虽然清苦一些，倒也十分快乐。如果那个太太想到了丈夫伤心，便淌眼泪的时候，爱娜却会把她妈的脸抱着吻着，引她高兴。有时候她妈伤心得过度了，自己劝慰不好了，爱娜便走上来，一些不避嫌疑地请我去和她妈妈谈谈。"青超说到这里，美丽咯咯笑道："那么她一定很爱大哥，大哥将来要娶一个美国嫂嫂了。"青超听了哧地一笑，摇头道："你这孩子才是信口胡说了，你怎么知道爱不爱呢？女孩儿家好不怕羞吗？"青超说着，把手指在脸上划了一下，美丽听了，羞得红了双颊，走到青超怀里，嗯了一声，缠着不依。青超又笑着说了许多好话，美丽才轻轻拍他一下完事。

这时诚民已把梨买来，青超拿出小刀忙扦去了皮，剜去了梨心子，递给美丽。美丽笑着接了咬了一口，俩人又说了一会儿闲话，诚民拧上面巾，给美丽揩手，青超见时钟还只有三点左右，因道："美丽，你喜欢再到哪儿去玩玩儿？"美丽笑道："我们到公园去，这里哪个公园最近？"青超道："到公园去吗？那是再便当也没有了。这里虹口公园就在附近呢。"美丽道："那么我们就到虹口公园去好了。"青超答应，遂牵了她手，出了上海新村。因为上海新村离公园路近，也不用坐车，俩人携手慢慢地踱着过去，没有一会儿，已是到了公园门口。

青超买了票，走进里面，只见游人如织，柳丝飞舞，草地上一碧无际，各色的花朵开得十分茂盛。转了一个弯，过了一条木桥，两旁绿荫交叉，一面临水，水面上浮着一只小船，船上的绳儿系在水边的小树上，下面站着一个摩登少女，手里拿着一朵鲜花，脸含笑容，望着面前。原来前面有个西装少年，拿着摄影机，正在替她摄影哩。青超恐费人家时间，因忙走到那边茅亭里去了。美丽笑道："大哥，你会不会拍照？"青超道："我忘记带来了，家里有着一只摄影机呢，否则倒可以替你拍几张了。"美丽道："你会拍吗？那么我们下次带来拍吧？"青超道："好的，你有乏力没有，可要坐一会儿？"美丽点头，俩人便在亭里石凳上坐了下来，望着下面的湖水出了一会儿神。

美丽忽然从凳上跳下来道："大哥，你在这里等一会儿，我到那边刚才进来的地方，去买两排咖啡糖来，大家坐着吃吧。"青超道："你会不会走错了路？"美丽笑道："哪里会？我这里和爸是常来的。"青超便在衣袋内拿出一块钱来，递给美丽道："那

193

么你钱拿了去，买了就来，我在这儿等着你。"美丽摇手道："钱我有，你别走。"青超伸手拉了她的手笑道："我当然不走，钱你拿去买吧，你喜欢买什么就买什么。"说着把钱塞在她的手中。美丽笑道："也好，那么你可不要走。"青超答应，瞧着她小巧玲珑的后影从树蓬中隐了去。青超微微笑了一下，两手搓了搓，在西裤袋内插着，在亭子里打了一个圈子，瞧着西边草地上一对对的情侣，有的并肩走着，喁喁情话，有的绿荫丛中促膝谈心，青超见了，心里不免又想起了绿珠，不觉深深地叹了一口气，慢慢地踱出了亭子，在湖的旁边徘徊着。

偶尔抬起头来，忽然见沿湖边一株柳树底下，椅子上坐着一个女郎，身穿一件庄青的布旗袍，右手托着下颌，左手拿着一本书。因为她的脸儿是斜着向右的，所以青超是瞧得明明白白，不禁啊哟的一声，真是"踏破铁鞋无觅处，得来全不费工夫"。你道那女郎是谁？正是青超日夜思念的绿珠，不禁喜出望外，急忙奔了过去叫道："你你你不是珠妹吗？"

绿珠正在低头瞧书，突然被这急促的呼声也惊得抬起头来，见了青超，便站了起来，向青超望了许久，顿时含嗔不语，忽然又叹了一口气，回身便走。这可真出乎青超意料之外了，满以为此时能在这里相遇，俩人应该相抱大哭一场，岂料绿珠竟如此态度？真叫自己有口难分，便忙紧紧追上两步，拉住她的玉臂道："珠妹，你不认识你的超哥了吗？"绿珠听了，又停止了步，回过头来，冷笑一声道："谁还是你的珠妹，你已非昔日的超哥了，现在你是得意啦，哪里还想到我出亡的人呢？我为了你，受尽了千辛万苦……"绿珠说到这里，珠喉已哽咽不成声，泪珠盈盈欲出，勉强镇静了态度，回身又走。

青超真弄得摸不着头脑，忙一把拖住道："珠妹，你这话怎说？我心中无日不思念妹妹，其痛苦更有谁知道？妹妹，你何忍心如此地绝我？我深知妹妹此话绝非无因，然其中必有种种误会，故而疑我负心。妹妹请暂时息怒，听我告诉此中原因，真老天有意作弄我俩有这一番的挫折。"绿珠一甩手怒目道："我不是三岁孩子，何必絮絮多缠呢？我为你受苦，我怪自己好了。我现在不过是个穷女孩，没甚可怜的。"青超听了，流泪满颊地泣道："妹妹这话错了，认我青超是何人吗？请妹妹暂费一刻时间，听我说明种种苦衷，如妹妹仍认我为无情的人，则我情愿死在妹妹的前面，以表我的心迹。"绿珠一溜身道："你死不死，于我什么事？我的意志早决，花言巧语岂能动我的心？"说着挟了书本，向亭前走去。青超在后面跟着道："妹妹，你果有这样硬的心肠，我死不打紧，但我胸中的委曲，更向谁去诉说呢？"青超说到这里，不禁失声大哭，绿珠不睬，只向前走去，青超紧紧随着。

青超不见绿珠，已有半年多，此二百日中，青超实无时无地不想念绿珠，奈天不作美，函件往还，玩复相左，到校亲访，又未谋面，因此种种误会，造成现在种种疑窦。此时青超，欲笑不能，欲哭不得，只好拉住绿珠衣襟，苦苦哀求，低声唤"妹妹原谅，妹妹原谅"。未知后事如何，且看下回。

第十六回

有心人果然成眷属
多情女毕竟践前盟

青超一路说着，一路紧紧地跟着，绿珠步入茅亭，青超亦步入茅亭，绿珠欲向那边小径出去，忙见一个穿苹绿色旗袍的女孩子，手里拿着两排咖啡糖，急急地奔来，正和自己撞一个满怀。绿珠忙把她扶住，那孩子手里的糖已落了满地，她抬起头来向绿珠一望，俩人不瞧犹可，瞧了后，就不约而同地一声哟哟。那女孩是谁？读者定早已知道是美丽。当时美丽一见绿珠也不去拾地上的咖啡糖，拉了绿珠的两手叫道："姐姐，姐姐，你也在这里玩儿吗？可有瞧见大哥？"绿珠道："你和谁一同来的？"美丽道："我和大哥一同来的。姐姐，你为什么不到我家玩儿呀？可怜大哥，昨夜说起姐姐，他落了不少眼泪。"绿珠听了，心里明白，方才疑心他负心，于是实在是冤他，他说有许多误会要解释，怎么自己连一句话都不容他说呢？觉得自己气量真太窄了，实在对不起他。绿珠想到这里，深自懊悔，不觉落下泪来。

这时青超亦已赶到，见绿珠扶着美丽，便也在旁边站住了。美丽忽见绿珠落起泪来，又见青超亦满面眼泪，呆若木鸡地站着，心里真是弄得莫名其妙，拉住绿珠的衣襟，便也哇的一声哭了。绿珠亦已把挟着的书本落在地上了，抱着美丽呜咽着。青超在这时候，更说不出一句话，倒还是美丽停止了哭，把手背擦自己眼泪，又将手帕在绿珠粉颊上拭了一下，一面拾起地上的糖和书，右手拉着绿珠，左手又去拉着青超道："你们到底为什么哭啦？"

青超没有回答，回头望着绿珠，见绿珠低着头，跟着美丽一步步地走着，见她现在穿着如此朴素的衣服，脸儿也清瘦了许多，想她在此半年中，可怜她为了我受尽了艰苦，心里怎不要怨我恨我呢？青超瞧着她弱不禁风的身子，眼泪又忍不住淌了下来。各人心中都感到有种种说不出的伤心并哀怨和喜悦。这时夕阳西沉，彩云在蔚蓝的天空中飘浮着，美丽在他两人间跳跃着笑道："我肚子饿了，到外面去吃点心吧。"青超点头道："好的。"

三人遂出了公园，青超扶她俩上了公共汽车，到了新雅门口，跳了下来，走进楼上。茶役泡了茶，青超向绿珠美丽望了一眼道："你们喜欢吃些什么？"绿珠低头不语，美丽弯着绿珠柔荑笑道："姐姐，你说呀，为什么尽管不说话呀？"美丽说着又捧着她的脸，自己扮了一副兔子脸。青超和绿珠见她这样滑稽，就都由不得哧地笑出来。绿珠把纤手掠了一下云发，抬起粉颊向青超望了一眼，为了刚才自己这样向青超拒绝，现在要和他细细来谈话，但从哪里说起好呢？而且也觉不好意思，因此又连连瞧他一眼，也觉颇有些羞涩，忙又低下头来，向美丽轻声道："随便吃一些吧。"

青超揿铃叫茶役，先来三客馒头，又点了一锅虾仁燕付面。美丽笑着拆开两排咖啡糖来，分了一条塞在绿珠嘴里笑道："买来了这许多时候，还不曾吃呢。我刚才给姐姐撞了一下，真不知道是谁呢。"绿珠接了，放在桌上道："妹妹，你自己吃吧。"美丽道："多着呢，姊姊你吃吧，这里一条是大哥吃。"美丽说着，又分了一条给青超。青超笑着接过咬了一口，美丽又把桌上一条送到绿珠的嘴边，绿珠这就不得不吃了。美丽道："姊姊，你刚才没有碰见大哥吗？为什么你哭了？后来怎么大哥亦跟上来，脸上也淌着眼泪？我见你们这样伤心，也跟你们哭啦，但是到底为了什么，我还不知道呢。"青超绿珠见她把刚才的事又提了起来，心里不免得十分伤感，不过听她如此天真可爱的话，都又不觉低着头笑了。

这时茶役已把点心拿上，大家遂也吃了。美丽拿了一只烧肉馒头，扯去了底下衬纸，咬了一口，忽然又想着了什么似的，向青超笑道："大哥，我想起了，我真的是神仙，你应该要向我谢谢哩。"青超正想拿着杯子喝茶，被她这样一说，倒不觉一怔，忙又放下茶杯道："你说的什么话？"绿珠听了也不明白，呆呆地望着美丽。美丽咯咯笑道："怎么你忘了吗？昨天晚上，我不是对你说，你不要伤心了，明天我和你一同找姊姊，一找就找着了。现在姊姊可不是找到了吗？"青超听了，方才明白，心里亦暗暗称奇，自己当时有些将信将疑，以为她在说孩子话，现在却果然真应了她的话，美丽这孩子，可真有些先见之明了，因点头笑道："不错，不错，你的话真比求签还灵了。"美丽也咯咯笑着，又告诉绿珠昨天晚上自己和青超的话。

绿珠听了，更感到方才自己的误会，不过自己还是不明白，他究竟为什么要离开王公馆呢？也不给我一个信，但这时又不好意思便问。美丽却又笑道："大哥，你为什么不和姊姊讲话呢？姊姊，你为什么也不开口啦？"两人都不好意思开口，却有美丽在中间，像做介绍似的东扯西拉讲笑话，这空气也就缓和了许多。其实两人却也是碍着美丽，一时不便倾心地叙述半年来的苦况，恨不得相抱痛哭一场。不过此时绿珠，已相信青超是的确不曾负心，把娇嗔的态度已变为无限柔悦，其功自不能不归于美丽的代白。当时两人自听了美丽的话后，双方又相互地望了一眼，绿珠不觉嫣然笑了，青超半年未见绿珠笑窝儿，忽在雨带梨花时，这一笑在青超的眼里，就更觉得娇美无比了，真是说不出的郎情如水，妾意如绵。等点心吃好，马路上各商店已上灯火，三人在路上站了一会儿，美丽道："今天大哥和姊姊一同伴我回家，晚饭就在我家里吃。"两人遂也答应。

　　到了王公馆，厉正已经先在了，美丽拉着绿珠到厉正面前道："爸爸，这就是我常对你说的绿珠姊姊。"厉正以前虽然常听见三姨和美丽说起绿珠，不过却没有见过面，今天还是第一次，当然客气一番。绿珠也恭敬地向厉正行了一个礼，口称老伯。厉正从各人口中知道绿珠如何美丽、如何玲珑，今天见了，果然好像天上安琪儿一般，不过脸蛋儿稍觉清瘦一些，心里十分欢喜，忙叫她坐下道："不要客气，久闻苏小姐芳名，今天幸得相见。"绿珠在椅子上坐下微笑道："多承老伯褒奖，真是愧不敢当。"厉正见她谈吐风雅，比摩登浪漫的姑娘大不相同，心里更觉欢喜。

　　这时美丽又走到绿珠身旁，和她低说了一阵，厉正见了，因笑道："我家丽囡时常和苏小姐玩耍，苏小姐别太爱护她了。"绿珠听了，把秋波一转，纤手抚着美丽的头发笑道："丽妹活泼可爱，真令人倍加欢喜。"青超在旁边插嘴道："老伯什么时候回来的？"厉正道："也不多一会儿。"这时王福已开饭，厉正特又去叫了几只菜。饭后，大家坐在会客室里，美丽开了无线电，叫绿珠教唱歌，谈说了一会儿，绿珠遂起身告辞。青超站起来道："我们一块儿走吧。"厉正送到大厅上遂也停止了，只有美丽拉着绿珠的手，絮絮地说着，叫她常来玩儿，直送到大门才停止了。

　　青超和绿珠出了大门，绿珠低着头向前走着，青超上去勾着她的玉臂道："珠妹，你现在到哪儿去？"绿珠听了，抬起头来向青超呆呆地望着，明眸的眼眶里，忽然又淌下一滴晶莹莹的泪珠。青超把手帕替她拭了，轻轻地叹了一口气道："妹妹，一切都要你原谅。妹妹为了我，受尽了苦，我是早知道的，我无日不念我妹妹的情义，我到死也不能报答妹妹的。"绿珠听了，把纤手向青超嘴上扪住，泪珠又点点流下。青超也忍不住一阵心酸，眼泪也更不能止住了。

　　这时夜风一阵阵地吹着，俩人都益觉凄凉，青超把手扶着绿珠的肩膀道："妹妹，今夜和我一同到寓里去吧。"绿珠没有说什么，俩人到得寓里，诚民开门，一见少爷身后忽然又换了一个女子来，心里又不知是谁，但又不能问，因遂退了出来。绿珠在沙发上坐下，把房中四周打量了一回，见青超在自己身旁坐下，便转身握着他手，脸上露着一丝笑意道："超哥，请你原谅我刚才的误会。"绿珠说着秋波含着万分歉意，望着青超。青超轻轻地叹了一口气，把她的纤手拿在自己的颊上亲着，又望着她道："我怎能怪妹妹？妹妹，一切我对不住你，我不知应该向妹妹怎样谢谢才好呢。"

青超说到这里，想起过去种种伤心处，怜我更怜绿珠，忍不住又流下泪来，望着她好一会儿才又说出一句话来："妹妹，你是瘦得许多了，我现在有两句诗送给你，黄花更比人还瘦，青眼犹留我自怜。妹妹，这两句诗不是真的说我两人情形吗？"绿珠见他如此，知他心中无限痛苦，更懊悔自己不应一时的气愤，给他这样的难堪。听了他的诗句，真刺到自己心坎里，想到自己半年来的痛苦，有时竟废寝忘食，更有谁知道呢？一时又禁不住投在青超的怀中呜咽起来。青超抚着她的云发，俩人说不出一句话，只是静悄悄地相偎着淌泪。

最后还是青超把她扶起，替她擦了眼泪，微笑道："妹妹别再伤心了，你且说，你现在住在哪里？"绿珠道："我给你信后的第二天，不料就出了这事，可怜的姨娘，一半也为了我气出病来，替我担忧死了。"绿珠说到这里，眼泪仍不由自主地淌下来。青超道："这些我全都知道，姨娘已经安葬在上海公墓了。"绿珠道："这你怎知道的？"青超道："我全知道，妹妹，我真觉对不住你，为了我，使你父女俩都伤了感情。妹妹，你待我的情深，我真……"绿珠含着眼泪，摇摇手道："超哥，你别说这些话。我早已说过，我俩的情谊，还说什么报答两字吗？超哥，我想起无娘的痛苦，实在无人可告诉呢。我若有母亲在，何至于到现在的情形呢？"

绿珠说到处，又哭道："我自从姨娘叫我走出找你，我便急急到了王公馆，不料你已走了，当时我几欲自杀，怎么你也会走了呢？我问美丽，你是到什么地方去的，她亦淌着泪说不知道。我到此真是进退两难，恨不得跟我母亲到地下去。后来又想，超哥一定也有别种缘故，否则绝不会不通信给我的，又想学校里还有半月便可毕业，那时候正左右为难，便索性去毕了业再说。不过我又想起我爸若知道我出走的消息，一定要到校中来问的，所以我只得把这事去和教务主任冯先生商量。好在冯先生平日十分爱护我，她听了我的报告后，十分同情，安慰我一定帮忙，并且早晚和她一同住宿。当时我虽稍得些安慰，但心中的怨苦真是一言难尽……"绿珠说到这里，青超忙接着道："咦，这话不对。"绿珠倒吃了一惊，呆呆地怔着。

青超道："我出来的时候，就写信给你家里，在旅馆里等了一个多星期，却没有接到你的回音，当时我也真奇怪了，以为你学校里功课忙，或许这几天住宿在学校里也未可知。那天我便到你校里去，我从前曾听你说过，你一级里的主任是姓冯的，而且又是教务主任，所以我去会她。她是一个四十左右十分和善的人，她听我问起了你，她便问我是不是家里来的，当时我便答应她是的，她就说，你在一星期前早已自动退学了。我问她是为了什么，她却反问我说，你既然是家里来的，怎么倒会不知道呢？我被她说得无话可对，只得退出来的，心里这就愈加疑心层层了。现在妹妹却说是在那校中毕业的，这话不是前后不符了吗？"绿珠听了，呆呆地想了一会儿，忽然顿足道："是了，是了。"青超道："什么了？"绿珠道："我当初请求冯先生说，如果家里有人来问，只说我自动退学便了，那你不是自认是家里来的吗？那当然她要拒绝了。"

绿珠说着，又把右手轻轻在膝踝上拍了两下道："这真太不巧了，我记起了，我那天也到冯先生那里去，她对我说，家里又有人来问你过了，我已回绝他了。当时我哪里知道，今天来问我的就是超哥呢！"青超听了，这才恍然悟道："对了，当时我见这位冯先生说话也有些蹊跷，后来转念一想，学校当局哪里会说谎呢？所以我这个时候真弄得有些欲哭不能了。"绿珠望着青超微笑道："我知道超哥当时一定也以为我是变了心，不知后来怎么又会明白了呢？"青超听了这一句话，正刺在自己的心坎里，忍不住一阵难过，捧着绿珠的纤手，放在自己的鼻上吻着道："后来在大年夜那天，在路上碰见了厉正，才知道你已来望过我，当时我心真似刀刺，第二天便打定主意，到你家去探问个明白，哪里知道，已是人去楼空，而且姨娘亦已逝世。经了苏珍的告诉，我是完全明白，当晚我在桂树前、葡萄下，呆呆地站了许久，可怜妹妹，你……"

青超说到这里，已把眼泪一滴滴地落在绿珠的手背上，绿珠的粉颊亦已沾上了无数的泪痕，停了一会儿又道："后来毕了业，多承同学陈明珍的美意，叫我住在她的家里，我一方面又打听家里动静，在那天知道姨娘死了，而且同时在报上又发现父女脱离的启事，当时我又气又悲，便生起病来。幸亏明珍姊姊，竟当我像她自己妹妹一般，安慰我，服侍我，我真感激得向她叩头。后来过了年，又经明珍姊姊的介绍，到一个俭德女子初级中学去教书，这样便一直到现在。"

青超听了，又是悲又是喜，悲的是绿珠为了自己，历尽了无限的苦楚，喜的是俩人已会见了，可见俩人尚有重行团聚之日。遂又把自己因三姨的事而出走后的经过说了一遍，把江头遇见了芳蓉后进市府任秘书的话，改作了经芳蓉的哥哥辉祖的介绍。俩人说完了，都相对地望了一会儿，禁不住又相互地紧紧抱住了。青超回过头，扶住她的粉颊，见她粉颊上又含着一颗泪珠，便把嘴唇去吻吮她的泪水，微笑道："妹妹，你别伤心了，我们这时候，应快乐才对呀。"绿珠听了他的话，也忍不住破涕为笑了。

　　两人喁喁地又谈了一会儿，不知不觉钟鸣二下，绿珠欲起身回校，青超道："时候太晚了，妹妹就在这里住一宿吧。"绿珠听了，向四周望了一下，见房中只有一张床铺，想怎样睡呢？虽然自己已是身许于你，然岂能一些不避嫌疑？不过这时候回校，不但路上不便，就是校门恐怕也敲不开了，这真有些左右为难了。绿珠这样想着，也就只管呆呆地站住了。青超却自管自把床上的一条小被褥拿下来放在沙发上，然后又到门外去望了望，意思是去叫诚民似的。诚民因为年老，早已在外间呼呼地睡去了。

　　青超笑了笑，回身走到橱边，在橱里抽出一条金山毯来，铺在地上，把沙发上小被叠上去，又把两件绒线衣折好，把大毛巾理了，放在被褥的一端当作枕头，站起来又打了一个呵欠，向绿珠笑道："妹妹，你到床上去睡吧。"绿珠呆呆地见他忙乱了一阵，到这时自己才知道他的意思，心里又是安慰，又是感激，向青超望了一眼道："地板硬硬的，怎么好睡呢？我们索性谈到天亮吧？"青超摇手笑道："不要紧，不要紧，我先睡了。"说着便脱了衣服，放在沙发上，身子向被里一钻，又探出头来，向绿珠道："喂，妹妹睡吧，别站着了。"绿珠见他这样，心里也不知为了什么，那眼眶里又涌上两颗泪来，又轻轻走到沙发边，把一件衣服替他盖在小被上，然后才走到床上去睡了。

　　第二天早晨，外间的诚民已早醒来，揉了一下眼睛，想着昨夜的事真有些奇怪，这个女郎又是谁呢？而且我在外间，听他们似乎一会儿叹气，一会儿还似乎暗暗有饮泣声，这究竟是怎样一回事？我只知道唐公馆和王公馆是少爷常走的地方，从来没听少爷曾提起有这个小姐。诚民细细想了一会儿，觉得少爷自从废历元旦那晚回家后，只是长吁短叹，似乎有一桩心事般的，不知是不是和昨天那个女郎有关系？而且少爷近来和唐公馆里那个小姐生疏得多了。以前他出去的时候，我问他哪里去，他终回答唐公馆的，现在问他时，他不是不提起唐公馆三字了吗？果然昨夜那个小姐，的确比唐公馆里两个小姐更美丽好看，不过这究竟又是少爷的谁呢？诚民想来想去，只是想不到是怎么一回事，因也不去管它，想过一会儿，慢慢地问少爷是了。

想着便站起来，穿好衣服，去生了炉子，烧开了水，见时钟已敲八点，而青超仍未起来，因为每天照例青超这时睡醒来，诚民便去把热水瓶里的开水冲满了，所以今天他也匆匆地提起水壶，到青超的房中来。见房门半掩着，里面却没有一丝声息，因慢慢地推开房门，向里面一瞧，倒不觉奇怪起来，原来他见当路地板上却睡着一人，而且睡着的不是别人，正是自己的少爷。诚民暗想，少爷可真的痴了，好好的床铺不睡，倒去睡在地板上。正想去叫应他时，这就瞥见床铺上也已有一个人睡着了。诚民这才恍然大悟，原来昨夜那个女郎也是住宿在这里的，便连忙退出了来，把房门掩上了。

到了自己的房中，在床边坐下，心里暗想，是了，那女郎一定是无家可归的孤女，少爷本来是多情的，所以把她救了来的。不过转念一想，也觉不对，那么少爷怎么待她如此好呢？自己情愿睡在地板上，倒肯把床铺让给她睡。这样的救人，不是超出了情理之外吗？那么其中一定有什么缘故了。诚民呆呆地想着，这时房内忽听有谈话声了，知道他们已经起来，因便端着面水进去，见少爷和那女郎都已起来，地板上的铺也已经收拾了。听那女郎道："昨夜我真好睡，一次没有醒过，我想超哥一定没有好好儿睡着了。"青超笑道："我只要遇到了妹妹，即使睡在地板上，比什么沙发还温软安慰呢！"

青超说着，见诚民端着脸水进来，便又向绿珠道："妹妹，你快洗脸吧。"诚民忙着又去烧点心。青超和绿珠在吃点心的时候，俩人又谈了一会儿，在谈话中，诚民才知道，那女郎乃是少爷的表妹。点心吃毕，时候已经九点，绿珠就要回学校，青超道："那么我们一同走吧。"俩人遂并肩走了出来，到了分路的时候，青超握着绿珠的手笑道："妹妹，我有空来望你。"绿珠点点头，俩人才分手。青超站在人行道上，呆呆地望着，直等看不到了绿珠的后影，才慢慢踱到市府里去。下午五点钟的时候，出了办公室，便去探望珠妹。绿珠正在教务室里和教员们闲谈，青超遂同她到外面去瞧电影，又在馆子里吃了饭，直到十点多才回寓。

诚民见了青超，忙迎了出来，接了呢帽，挂在架子上，倒了茶给青超道："少爷饭吃了没有？"青超笑道："我在外面早吃过了，你吃了没有？"诚民道："我等着少爷呢。"青超道："哟，你不要饿坏吗？快去吃吧。以后如果我八点后不来，你只管独自吃吧。"诚民答应，见少爷今晚这一份高兴，真是数月来从未有过，觉得少爷的行为真有些非常地得意了。自此以后，青超差不多每天出了办公室，终要去探望绿珠一次，若有一天不见绿珠，心里就有一件事没有做完似的。

光阴匆匆，一忽已有半月。这天正是星期六，下午绿珠正在自己案桌上批改学生的课本，忽见校役来报告道："苏先生，外面陆先生又来望你了。"绿珠因为青超昨天晚上刚来过，今天怎么又来了，教务室里几个同事已经都常常向自己打趣说笑话，今天听青超又来，恐怕同事们又要取笑，心里就忐忑地跳了，因点点头轻声道："请他等一等，过一会儿就来。"说着把桌上的课本整齐了，慢慢站起来，走过一个胖子同事吴水玲的座桌面前，她却抬起头来，笑嘻嘻地向着自己望了一眼，脸上还装出一副鬼脸。绿珠见了，真是又羞又觉滑稽，忍不住咮地笑出来。

到了会客室，见青超今天穿着一套淡灰色条子花呢西服，手里拿着一顶白呢帽，在室内团团地打圈，见了绿珠，忙抢步走了上来，握了绿珠的手笑道："妹妹，真对不起得很，又来妨碍你的工作了。"绿珠见他这样说，只得笑道："不打紧，倒是叫超哥等候多时了。"青超笑道："没有，今天天气十分和暖，而且又是星期六，想和妹妹到外面去玩玩儿，不知妹妹可有兴趣？"绿珠道："好的，那么请你等一等，我去换件衣服来。"青超点头，绿珠遂又进去了，没有一会儿，见绿珠连走带跳地出来。

青超见她穿着一件浅绿色的旗袍、一双湖色的高跟皮鞋，真是亭亭玉立，大有凌波欲仙之美。绿珠见青超只是向自己呆望着，因笑道："我们走吧。"青超这才戴上呢帽，挽着绿珠的玉臂走出去了。出得马路上，绿珠向青超笑道："哪儿去玩儿呢？"青超笑道："我们到法国公园去好吗？"绿珠道："好的。"两人遂坐了车子，到了法国公园。

里面游人如云，红男绿女，对对情侣都是满脸春风。青超和绿珠并着肩，到各处去走了一圈，绿珠笑道："超哥，我乏力得很，到那边树荫下的草地上去坐一会儿好吗？"青超道："好的，是该息息力了。"两人走到树荫下，青超拿出两张手绢，铺在草地上，绿珠便在草地上躺了下来，青超也在她身边坐下。绿珠仰着脸儿，呆呆地望着天空，青超见她半月来，脸儿果然又丰韵了许多，红润润的两颊，一笑时的酒窝儿，雪嫩真是吹弹得破。正在爱极之间，绿珠偶一回头，见他呆视自己，自己倒有些不好意思，因哧地笑道："你干吗？难道不认得我了吗？"青超笑道："我倒并不是不认得妹妹了，只是妹妹的两颊红得苹果似的，真令人越看越好看了。"绿珠听了，把秋波向他一瞅，似乎含羞，又似乎含嗔地啐他一口，却又笑起来道："超哥，你又痴了吗？"说罢，两人都相对而笑。此时两人内心的愉快，真有非作者笔墨所能形容其万一了。

过了一会儿，青超又道："妹妹，我又想起两句诗来了，你可要听吗？"绿珠道："你要说得好，说得不好，我可要恼的。"青超笑道："这两句诗，真再好也没有，再透切也没有了。"绿珠把俩手抵着颈项，酥胸微微地高低着，眼珠盯着青超，静静地等着他说出来。青超笑了一笑才念道："桃花纵俱娇颜色，输与卿窝两点春。"念完了后又哈哈笑道："可透切吗？"绿珠听了，把纤手从颈上放下来，轻轻地在青超身上拍了一下，娇声道："我不懂，你终喜欢咬文嚼字。"青超忙把她纤手捉住了笑道："你恼吗？下次我再也不说了。好妹妹，你饶我这一次吧。"绿珠听了，把手掩着脸儿，咯咯笑道："亏你说得出，好不害羞。"青超笑着又向绿珠连连点头道："谢谢你，谢谢你。"绿珠听了，放下纤手道："超哥，你又怎么啦，要谢我呢？"青超道："我不害羞，倒叫妹妹掩着脸儿替我害羞，这不是要谢你吗？"说得绿珠忍不住又哧地笑了。

青超牵着她的手儿笑道："妹妹，我们这样笑笑，倒是委实很有益呢！"绿珠从地上坐起，把手帕拭着泪道："还说呢，我的腰也被你笑得痛了。"青超道："那么我们别说这些了，谈谈旁的吧。妹妹，你在校里忙不忙？"绿珠道："我倒不忙什么，只是你可真的忙够了。"青超道："我也没有忙呀。"绿珠哧哧笑道："我看你天天到我这里来，好像职员上办公室，那还不是忙吗？"青超道："这也奇怪，我一天不见你，我心里终觉像有一件事没有做，可是到了你这里，除了和妹妹到外面去玩儿，又觉得没有什么话可以说了。"绿珠道："这因为是天天碰见，所以大家就没有话了，假使一个星期碰面一次，那要说的话就恐怕多了。"

青超虽无师旷之聪，可是他倒也能闻弦歌而知雅意的，见绿珠这样说，便握着绿珠的手道："妹妹这话不错，现在明白了，天天玩儿着，的确不好，一则伤神，二则人言可畏，外人不明白的，捕风捉影，不但彼此职务有关，就是妹妹服务教育的热心，也给我缠得淡了下来。"绿珠暗想，自己只有说了一句话，他却已经完全知道自己的意思，这真是明眼人，闻一知十了，心里十分欢喜，把玉臂去伏在青超的肩上。青超随手拉着她，绿珠便也乘势投在他的怀里了。绿珠道："这就对了，星期日，我到超哥的寓里来玩儿，或者超哥到我这里来玩儿好吗？"青超点点头，俩人相互地望了一会儿，青超不觉低下头去，在绿珠的樱唇上吻住了。良久才抬起头来，见绿珠的双颊愈加红晕可爱，秋波向青超一瞟，不觉又嫣然一笑，回过头去。

　　青超见她如此娇羞不胜也忍不住笑了，牵着她的手儿，两人呆呆地又望了一会儿天空。但见蔚蓝一片，一对对的燕儿追逐在云端里翩翩地转着，和暖的春风送来百花的幽香，青超在这春光明媚的良辰中，更有如此美丽的素心人相伴，真是够陶醉了。太阳走了一天的行程，完成了它一天的使命，像耕夫乏力得涨红了脸，慢慢到西山去休息。青超和绿珠慢慢地踱出了法国公园，踏上了宽阔的霞飞路，是静悄悄的，只有汽车如飞地疾驰，去了一辆又来一辆。绿珠转过脸来笑道："超哥，我们回去吧。"青超道："那么去吃了饭吧。"

　　俩人踏进一家西菜馆，吃了两客大菜，时已八点，青超道："妹妹，你明天能不能来玩儿？明天是星期日呀！"绿珠笑一笑道："也好，上午我改好了课本，下午来吧。"青超拍手道："那我一定恭候着，可别失约。"绿珠笑道："你这样要紧，明天是不是开一个宴会，可还要介绍几个朋友给我吗？"青超摇手笑道："哪里开什么宴会？明天我和妹妹坐在家里，谈个畅快可好？"绿珠笑着点头，青超遂叫了一辆汽车，送绿珠到了校中。绿珠跳下汽车，向青超摇了一下手，青超在车窗边又道："珠妹，你明天准来。"绿珠连连点头，那汽车又呜的一声，四轮向前开去了。未知后事如何，且瞧下回分解。

第十七回

左右为难情敌当面
始终如一割爱明心

　　绿珠的寝室是睡着两个人，还有一个，就是这位姓吴的水玲女士。当绿珠推进寝室的门，见里面灯光通明，水玲还没有睡去，只倚在床栏旁看书，见绿珠进来，便把书本在枕边一塞，向自己笑了笑。绿珠知道她又要开口取笑人了，只就自己比她先开口笑道："哟，老吴，你在瞧什么书？什么这样鬼鬼祟祟的，瞧了我就藏啦？"吴水玲笑道："对啦，我瞧书倒不会鬼鬼祟祟的，不知中上是谁鬼鬼祟祟的？"绿珠走到自己床铺边坐下，换了拖鞋，微红了脸道："这就奇了，我又不做亏心事，为什么要鬼鬼祟祟？我们正大光明地来去，怕人说话吗？"水玲听了，一迭连声道："得啦，得啦，你这小妮子的嘴就真厉害，我也没说你，你这份急干什么？你想，我的妹妹有了情人，那我可还不喜欢吗？"绿珠听了，啐了她一口，又咻地笑了道："别胡说吧，狗嘴里哪里吐得出象牙？"说着便脱了衣服，掀开了被，睡了进去。

　　水玲呆呆地瞧着绿珠像出了神，绿珠心里倒也好笑，忍不住笑道："喂，胖大姊，你想什么啦？"水玲听了，好像才醒来般地轻轻地叹了一口气道："我瞧你纤细的柳腰、轻盈的腿子，真美丽极了，我真恨自己为什么生得这样胖？好妹妹，请你告诉我，你是怎样才使她生得这样美丽的？"绿珠听了咯咯地笑道："这也很容易呀，你只要饿一个月就得啦，还怕不瘦下去吗？"水玲急

209

道："你就是这一些不好，别人家正经儿地和你说话，你又当笑话讲。"绿珠笑道："你自己先说笑话，倒怪我，我又不是医师，哪里知道这许多啦？"水玲道："我不信，你一定有什么秘诀，医师的话都没有用的，这里有……"

水玲说到这里，把枕下的那本书抽出来，书面向绿珠一照，接下去道："你瞧，这里有什么某某留美、德、英、日等医师说的，使人体曲线美的方法，我都照着做了，倒是却没有一些效力，不是都在胡说吗？"绿珠俯身接过那本书，见上面写着"女子生理卫生及人体曲线美之研究"，遂向里面翻了两翻，仍还给了她笑道："胖大姊，你真傻啦，现在曲线美已是落了伍，你这样富于弹性的肉体，才是最流行的健康美呢！"水玲听了，哼了一声道："好，好，别人家心里烦恼，你倒说这些俏皮话。"绿珠正色道："我这话倒是真的，我自己正在想法使身子胖起来呢，你倒还喜要瘦。"水玲道："胖得像猪仔般的，还成什么样？"

绿珠哧地笑了道："你每天吃饱了饭，为什么不转转念头？这是因为你太安闲了。"水玲道："叫我想什么呢？我真恨，我从前一些也不胖的，可怜我的……也为了我胖而因此破裂了，你想我还有什么？"她说着把浓眉皱在一起，手儿拍着自己大腿，啪啪地响着，绿珠见她这样有趣滑稽的样子，又忍不住哧哧地笑了。绿珠究竟还带着一份孩气，只是哧哧地笑着，把个水玲倒气到跳了起来，走到绿珠的床前来道："你不替我想个法儿，倒尽管地笑。"

绿珠见她身上只穿一件紧身马夹，又小得十分，这就把肉体更裹得凸了出来，下身一条短裤，大腿胖得变成了三段，肉好像都在颤动，她似乎想跳到自己床上来的。绿珠见了，真有一些怕，忙坐了起来，连连摇手道："好姊姊，我不笑了，你快去睡好了，我来告诉你这个秘诀吧。"水玲笑着，这才仍回到自己床上去。绿珠掠了一下云发，向她笑道："我对你说，要身体瘦，就是除了饿，是没有第二个办法的……"水玲听了，又从床上坐起来道："好呀，原来你仍是说这些，这次我可不饶你了。"绿珠一边摇手，一边连声道："别忙，别忙，还有下面的话啦。你干吗这样儿急法？"水玲在床沿旁坐下道："是了，你且说下去，再是这样的一套，我可真……"绿珠道："你现在这个身体的肉，都是胖油肉，那是没有用的，要是变成了肌肉，那就好了，所以你最好要多运动，对于球类赛跑等常常练习，那么你的身子或许可以结实些，绝不会摇摇摆摆了，连走路都很费力。至于你要变成一个弱不禁风雨的身子，那是绝不能了，除非有仙丹了。"

水玲道："这话也不对，上海学校里，除了几个有体育场外，其余差不多就很少，叫我到哪里去赛跑踢球？而且我有时走急路都要吁气，哪里谈得到跑呢？"绿珠道："就是不赛跑踢球，到外面常常去散散步也是好的。你整天坐在案桌上，一动都不动，怎不要胖起来呢？"水玲道："你不知道别人的苦，为着自己胖一些，走在路上都受人注目，而且往往还有许多不良青年胡言乱说，你想不惹气吗？所以我就不高兴出外了"。绿珠听了点头道："这话倒也不错，路上是的确常常有的，不过你走你的路，不去理他们就得了。"水玲听了不说什么，呆呆地坐了一会儿，似乎也感到有些春寒，便又钻到被窝里去了。绿珠见她痴得可怜，也忍不住微微叹了一口气，熄灭了电灯，向水玲说声晚安，便躺了下去了。

第二天早晨起来，绿珠漱洗完毕，便到教务室去改学生的课本，直到吃午饭的时候，方才把一叠课本改完。午后几个同事都出去玩儿了，绿珠亦略梳妆一下，敷一层香粉，两颊还涂上两圈红红的胭脂，梳了一个云发，向镜内照了一会儿，又换上一件格子花呢的旗袍，才在抽屉里取出一只黑漆皮医，挟在胁下，正想开门出去，却见校役进来道："苏先生，外面有陈女士来望你了。"绿珠听了一怔，暗想这就太不巧了，便只得把皮医放在桌

211

上，跟着校役出来。

到了会客室，见明珍坐在沙发上，见了绿珠，便站起来握着绿珠手笑道："好久不见了，你今天倒是不曾出去吗？"绿珠也就忙握着她手，同时摇了一会儿道："真的，多时不见了，校里这几天比较忙一些，所以我也不曾到你家来望你。姊姊，你这几天忙不忙？"明珍道："我吗？说忙也不忙，说空也不空，只是在工作时间不能抽身罢了。"绿珠咯咯地笑着，一面拉着她的手儿走进寝室里，亲自斟了一杯茶。明珍接了喝了一口，向四周一望笑道："那个胖大姊也出去了吗？"绿珠听她提起吴水玲，心里不住好笑，便把昨夜她说的话告诉给明珍听，引得明珍扑哧一声，连茶都笑得喷了出来，忙把手帕抿了嘴，停了一会儿。这也难怪，可怜老吴是生得太胖了。

俩人谈谈说说，不觉已是钟鸣三下，绿珠心里可就急起来了，暗想这可难了，她老只是坐下去，可不要把超哥等得心焦了吗？要是她再不走，今天我可去不成了。绿珠心里正在想着，见明珍站起来笑道："时候也真快，一忽儿已三点钟了，我走了。"绿珠听了，正中下怀，不觉喜出望外，也不相留。明珍今天见绿珠神思恍惚，似乎有着什么心事，也觉奇怪，因笑道："妹妹，今天我们一同出去走走吧？晚上到我家里去吃饭。"绿珠这就不得不说一句谎了，便笑了笑道："今天我不出去了，课本还有许多不曾改呢，过几天来吧。"明珍见她不允，遂也不相强，告别出来。绿珠送她走后，回到寝室里，觉得自己心头还跳得厉害，想着自己的谎话，又不觉好笑，忙在桌上拿了皮医，出了校门，跳上车子，赶忙到青超寓里去。

到了上海新村，见门开着，遂走了上去，诚民见了忙叫道："苏小姐来了吗？我家少爷正等着。"苏绿珠不及答话，早见青超从房里跳了出来，见了绿珠，忙抢步上前，握住她手道："好等，好等，怎么这时候才来？"绿珠笑了一笑，俩人进了房中，绿珠把皮匣放在梳妆台上，见小圆桌上放着四盆糖果，因咭地笑道："哟，超哥，你怎样把我当作上客看待了？"青超笑道："那当然啰，不过你的上客，架子可真不小。"绿珠顿足道："这就真冤枉人，我早就想来了，可巧来了一个同学。"青超把手扶着椅子笑道："该死，该死，我错怪了妹妹，你别这样急，快坐下来说吧。"俩人遂在对面坐下。

绿珠见他这个样子，就又笑了出来，便把同学陈明珍来望自己的话说了一遍，青超道："我也早知道妹妹是不会失信的。"说着把盆子里的太妃糖剥了一粒，送到绿珠口边，放在嘴里，细细地嚼着。青超又替她斟了一杯茶，绿珠笑道："超哥，你等好多时候了？"青超道："可不是，我吃了中饭，就把这桌子亲自收拾清洁，泡了两壶茶，等了一个钟点、我想终可以来了，不料没有来。这样一个钟点，两个钟点，到了三点钟，仍不见你来，这可把我急得像热锅上的蚂蚁了，真觉有些坐不是立不是了。妹妹，自己想想，该怎样罚罚呢？"绿珠咭地笑道："我又不是故意如此，也是出于不得已的。你想她和我絮絮讲话的时候，我心里这一份的急，可不也和你一样吗？"绿珠说到这里，把眼珠向青超一瞟，青超听她这样说法，忍不住哈哈地笑了。

绿珠见他这样子，也不知为什么，脸上便觉一阵怪燥的红了起来，慢慢地低下头去，青超忙停了笑，伸手抓了一把杏花软糖，放在绿珠面前的桌上道："妹妹，你别做客，吃些吧。"绿珠才抬起头来，向青超望了一眼，青超也正在望着自己，这就忍不住又咭地笑了出来，耸了两耸肩，把右手托着自己的粉颊，左手捧着杯子，慢慢地喝着。正在这时候，忽然房门当当一声，走进一个妙龄女郎来，绿珠的座位因为是朝外的，所以第一个就瞧见。那女郎的脸儿却和自己的脸儿有些相仿，见她云发鬈曲，耳鬓边戴着一连串的珍珠环子，身上穿着一件蜜色的旗袍，左手臂上弯着一件雪白的哔叽单大衣，右手一只皮匣，也是一个贵族小姐，这就不觉一怔，心想这是什么人？

那女郎进来的时候，也是脸含笑容，忽然一瞧见了自己脸上，也是一怔。青超见绿珠慢慢把茶杯放下，脸儿只是朝着门外瞧，心里奇怪，也就回过头去。这真是不瞧犹可，一瞧真把青超大吃一惊，你道这个女郎是谁？谅必诸翁已经知道，正是唐公馆里的芳蓉小姐，这就不禁哟的一声，站了起来，走到芳蓉面前，接过大衣，向沙发上一放笑道："来得正巧。"说着把自己的座位让给芳蓉，自己在下首站着，见她两人的脸上都似乎带着薄怒，心里这就急得了不得，那手就不由自主地去抓头发。

好在青超亦善于交际的人，不至于就会急得没了主意，见她两人这样怔着，究竟不对，因忙笑了笑道："你们两位还未必认识，我来替你们介绍吧。"青超这样说着，绿珠也就站了起来。青超向绿珠道："这位就是唐先生的妹妹，芳蓉女士。"说着又向芳蓉笑道："这位就是我的表妹，苏绿珠女士。"俩人经青超一介绍，这就不得不开口了，绿珠先伸过手去，芳蓉也就伸出手来，两个握了一会儿，又说了几句客气话。青超这就觉得室内空气是松弛了许多，因忙着又亲自去泡了一壶茶来。

见她两人这时倒都满脸笑容地谈着，青超拿着茶壶站在旁边，这就把她两个脸儿细细地比较起来，真是一个豆蔻梢头，一个嫩蕊含苞，各有各的好处，倒把青超看得呆住了。暗想珠妹同我，从小便青梅竹马亲热惯的，此次到了上海，她为我竟至脱离家庭，此是何等重大的牺牲？我若负了她，不特情理上说不过去，即是良心上也觉得时刻不安，但现在我又何以对得住芳蓉妹呢？想芳妹与我的情谊，自从黄浦江边拾笔作为介绍，俩人便一见如旧，若没有珠妹一番交情在前，也可谓百年良缘，三生注定。况她遇我，正值自己穷途日暮，乃她对我，不特春风风人，而且解衣推食，正是无微不至，种种恩情，直令我到死难忘。此刻为了珠妹，便把她拒绝到千里之外，则我又于心何忍呢？

正在这左右为难的当儿，忽然把手儿一松，手指在茶壶上一碰，这就把手烫得惊觉醒来，便在下首椅上坐下，替芳蓉斟了一杯茶笑道："密司唐，今天怎么倒有空闲？"芳蓉淡淡一笑道："琼姊说你有好几个星期不来了，倒恐怕你有了病，所以我来望望你。"青超忙道："真对不起，谢谢你，我这几天真懒得很，别的地方没有走。"芳蓉也没有回答，举起杯子喝了一口茶，向绿珠笑道："密司苏，现在什么地方求学？"绿珠在盆内拣了一粒杏仁糖，慢慢地剥着笑道："我吗？很惭愧，已经辍学了。"芳蓉道："想是在什么地方办事了？"绿珠道："在一个初级中学里做个教员。"绿珠说着，又问芳蓉在哪里求学，芳蓉回答了，又笑道："怪不得密司脱陆一向不曾提起有一个表妹哩。密司苏，对于教育界一定有大大的贡献了。"绿珠摇手道："密司唐这样说来，可真叫无地自容了。在这个世界中，像我这般的人不知有多少，胸中哪里有什么可以贡献社会呢？怎像密司唐前程远大，将来定当为女界诸姊妹吐气。"

芳蓉见她说话真不老实，心里也觉自己及不来她，但看着她可爱的两个酒窝儿，也觉得她尚可亲近，因又笑道："密司苏芳龄是……"绿珠不及回答，青超在旁边这就插嘴道："比你小一岁，应该叫声你姊姊哩。"芳蓉笑道："不敢当，我哪里来福气，有这样一个好的妹妹呢？"绿珠笑了笑，把手指在桌上敲了几下道："密司唐，你不喜我做妹妹吗？你比我只大了一岁，学问就比我强得多了，将来出了洋回来，那么对于祖国，一定有一番建设了。"芳蓉道："哪里有出洋的机会呢？就是留学回来，也不过涂上一层金罢了。"青超笑道："你们俩将来都是有极大的希望，大家别客气。"

正在这时候，诚民推门进来道："少爷，点心来了。"青超道："拿上来吧。"诚民遂到外面，端上一锅火腿鸡丝面，又拿三副碗筷。青超替她俩各盛了一碗，自己也盛了一碗道："别客气，

215

大家吃吧。"这时候俩人好像一些不饿，只是呆呆想，因各人的心事，一时都说不出口。绿珠想，超哥与芳蓉的行动可疑的地方很多，他在她的家里往来游玩，已有了六个月之久，男子心野，日久情生，见一个爱一个，恐他俩已另有交情，不然为什么这样地亲热呢？芳蓉想，他因为新近有了绿珠，便把我忘了一干二净，男子的心真是冰寒雪冷，有两三个星期，他竟绝迹不来，想起来绿珠真是一个有力的情敌，到底用怎样手段来解决呢？

俩人想到这里，一个面含娇嗔，一个脸带薄怒，哪里还吃得下面吗？分明大家是来喝着醋了，便一齐对青超道："我们真的不想吃。"诚民遂拧上面巾，三人在沙发上默默坐了一会儿，这时钟鸣六下，芳蓉站起来道："我还有一些小事先走了，密司苏多坐一会儿吧。"绿珠亦忙站起来，青超道："你就吃了饭去。"芳蓉淡淡一笑道："面尚吃不下，哪里还吃饭？下次来吃吧。"青超自料不能挽回，便把沙发上的大衣拿起来，芳蓉忙着接过，一时却又不走，一会儿看看绿珠，一会儿看看青超，才说道："再见了。"绿珠遂向她点了一下头，只送到房门口停住，青超忙着跟了芳蓉下去。到了门口，芳蓉回头道："别送了，你快伴你的表妹去。"青超听了，颇觉纳闷，因又忙道："密司唐，夜冷了，大衣穿上了吧。"芳蓉淡淡笑道："我自理会得，你进去吧，上面你的表妹等着啦。"说着便头也不回匆匆地走去了。

青超听她这话充满着酸溜溜的意味，直瞧她窈窕的后影在黑暗中逝了去，才轻轻地叹了一口气，觉得心里有一阵说不出的惆怅，连连打了两个寒噤，便慢慢地回到楼上去。到了楼上，见绿珠呆呆地坐在沙发上出神，因走上去，在沙发的另一端上坐下，搓了搓手笑道："妹妹，你和密司唐谈谈，倒很投意呢。"绿珠回过头来向青超微微一笑道："哟，你怎么不送她回去啦？"

青超听了这话，不觉一怔，暗想这真可糟啦，两面都不讨好，女人的醋劲儿可真厉害。仔细一想，芳蓉和绿珠对我其情爱的深厚，真是一样无二，但芳蓉虽好，而珠妹则有约在前，我不可以后的爱夺前的爱，我只好将芳蓉的爱割去，来明我始终如一的了。因伸手过去握着绿珠的手，很恳切地道："妹妹，你这话怎么说？我如负了妹妹的心，定不得好死。"绿珠听他说出这话，便就涣然冰释，忙把纤手在他嘴上一按道："我和你开玩笑的，你怎么当真啦？你又何苦说出这些话呢？"青超见她连说三个你字，可知她心中的急真是到了万分，便微笑道："不如此，哪足以明我的心迹？妹妹待我的恩情，不足言谢，我只愿与妹妹白头偕老。"

青超说到这里，绿珠嗯了一声，把手去轻轻在青超身上打了一下，两颊便起了一朵红云，忙又别过头去。青超哧地笑道："妹妹，你难道不承认吗？"绿珠又回过头来摇摇手，向外面指了一指，低声道："别说了，给人听了笑话。"青超见她说话时，灵活的眸珠一转，颊上的酒窝儿就又掀了起来，雪白的牙齿还微咬着嘴唇，这一种又天真又可爱的举动，真觉得没有人能够相拟的。青超这就情不自禁，把她纤手握着吻了一下，绿珠也就哧哧地笑了。这天晚上，绿珠八点敲后就回校去。

光阴如水般地流去，一眨眼，已是一星期，想着那晚芳蓉独自地回去，心里不知如何地怨恨我呢？可怜自己也真的对不住她，芳蓉待我的一片真情，也可算是深极了，不过今生是不能报她了。这天下午青超便到唐公馆去了，到了唐公馆，青超刚跳下车子，忽见唐公馆的边门里并肩走出俩人来，青超仔细一瞧，出来的一个正是芳蓉，一个就是谷英，青超忙叫道："密司唐。"芳蓉回过头来，一见青超，便理也不理，只顾和谷英说着话，谷英把身子紧紧倚着芳蓉，得意地笑道："我伴芳妹去买一些东西，密司脱陆，里面请坐一会儿，我们回来见吧。"说着又笑了一笑，挽着芳蓉的手臂，向左边走了。青超见了这情形，心里简直有些气愤，暗暗骂了一声："谷英，你别以为……"青超说到这里，忽然又咽住了，瞧着远去他俩的后影消逝了，还在唐公馆的门前呆住了。

忽然身后汽车喇叭鸣的一声，才把青超惊觉过来，忙回头一瞧，见车厢里的人向自己叫道："啊，密司脱陆，好久不见了！"说着开了车门，原来却是辉祖，因忙上前，握了他的手笑着连连道："久违，久违，刚从外面来吗？"青超说着，亦跳上汽车，辉祖道："厂里十分地忙，又三个星期没回来呢，今天特地抽身来望望妈的。"这时门役已把大门开了，汽车便驶进去，青超笑道："这是密司脱唐服务的精神，实在可敬。"辉祖也笑道："你别说了，我倒有些难为情了。"说得两人又忍不住笑了。

汽车到了大厅前，停了下来，车夫开了车厢，俩人跳下，早有仆人来迎，接过呢帽。辉祖道："太太呢？"仆人道："太太张公馆打电话来，邀去玩牌了，小姐和表少爷也出去了，只有少奶在家里。"辉祖听了，也不说什么，和青超进了里面会客室，见琼英在理小孩子的衣服，阿香站在旁边陪着闲谈，见了他们进来，便忙站起来笑道："哟，你们两人在哪里……"辉祖道："我们在门口碰见的，妈到张公馆去了吗？"琼英点头，阿香已拧上面巾，端上柠檬茶，琼英向青超望了一会儿道："好呀，你为什么这许多日子不来了？我道你永远不到这里来了。"青超端着茶杯喝了一口道："琼姊真对不起，实在没有空，那天密司唐来，我留她吃饭，她一定不肯。"琼英冷笑一声道："到情人家去还来不及，哪里有闲工夫这里来呀？"

青超知道琼英是实心眼儿人，她一句话都藏不牢的，那准是那天芳蓉回家告诉她的。琼姊从前什么事都庇护我的，现在她知道了这些，自然要着恼了，不过自己自问良心，还是觉没有欺人，但是仔细想想，终是很觉对不住芳蓉。辉祖在旁边听了琼英的话，也是弄不明白，又见青超低着头一声不响，似乎自己认错了般的，倒也觉奇怪，但又不便问什么，遂也呆呆地坐着。青超又抬起头来道："琼姊又在说笑话了，我哪里来的情人？"辉祖也咻地笑道："真的你别冤好人，我知道密司脱陆是老实人。"青超听了，微笑了一下，脸上又平静下来，眼皮低垂着，手指在茶几上轻轻地敲着。

琼英见他这一份可怜的模样，心里又软了下来，便也不再去难堪他了，觉得芳蓉也是有一半的错处，不能全怪青超的，自己虽然热心欲成全他们好事，怎奈姻缘已定，他们命里注定是不该成为配偶的，这真叫非人力所能挽回了，自己只好由他了。想着前星期那晚，芳蓉回家来告诉我，真是气得哭了出来，说他没有良心，别人家待他如此情分，他却干出这种事来，谁又相信她是什么学校里教书？还说是他的表妹哩。这句话芳蓉妹妹是说得太刻毒了，论着青超平日行为，他是绝不会干出这种没人格的事来，芳妹有些话，我也不中听。她以为有了钱，就可以征服别人的自由，这就错了。不过芳妹平日的思想，是绝没有这个观念的，想是那天她一定是一时气糊涂了的。总之我怪芳妹和他好的时候太好了，不好的时候，就诅骂他是一个负情忘义的人，这就太坏了。而且芳妹自己也常和谷英出去玩儿，倒一定不许别人和异性为友吗？这似乎有些专制手段了。不过芳妹的确是存心爱着青超的，其实对于谷英，因为是亲戚关系，不得不敷衍的。

我知道芳妹自小儿就瞧不起谷英的，那天芳妹出去，回来的时候曾告诉我说，她在汽车里，瞧见谷英和一个少妇挽着手，从大东旅馆里出来，她对谷英是更鄙视了。今天她和谷英一同出去，一定也是心里气不过的。青超的确也不应该，他为什么从前一直没有说起有一个表妹呢？况且芳妹待他情义也是不错，我想这一定是前次在杭州时，芳妹和谷英太接近了些，所以青超也生了疑心。他们这样地闹下去，叫我也没法想，也只得由着他们了。琼英想着，也不觉叹了一口气，回头又望着青超。青超见她柔和的目光望着自己，心里更觉感激，便站了起来，走到她的面前笑道："琼姊，你在做哪个孩子的衣服？"

琼英被他问了这句话，忽然脸儿红了起来，旁边辉祖也噗地笑了。青超弄得莫名其妙，回头向辉祖望了一眼，又向琼英望望，这就大悟了，哈哈地笑道："可喜，可喜，吃红蛋的时候，可别忘我啦。"琼英被他说破了，倒也老起脸来，唾他一口笑道："心急什么？静静儿等着吧，叔叔终有做的。"青超乐得耸了两耸肩笑道："我不但要做叔叔，而且还做舅舅呢。"琼英不懂道："这话怎讲？"青超笑道："我叫你琼姊，可不是做了舅舅，叫他大哥，那就应该叫我叔叔了。"青超说了，又指着辉祖。辉祖笑道："你喜欢做尽管做，只不过外甥侄儿见了舅舅叔叔的时候，见面钱却要双倍的。"

说得琼英青超都笑得折了腰，琼英还笑得连连咳嗽起来，辉祖忙端了茶，给琼英喝了一口笑道："这又何苦来呢？"琼英把手帕拭着眼笑道："还说呢，有你们这两个宝贝，什么话都会说了出来。"青超辉祖两人，自己想想，也觉好笑，忍不住又笑起来。琼英把衣料都收拾在盘内，站起来端着走出去。这里青超辉祖又谈谈时局和社会的不景气，都十分地感叹。辉祖说起自己最近因厂公事，恐怕又要赴欧一次，青超笑道："有机会我也很想出去见识见识。"辉祖道："那很好，不知你……"

正在说时，忽见琼英手里拿着一袋东西，进来笑道："你们别说话了，我们来吃些好东西吧。"辉祖站起来道："是什么东西？"青超亦站了起来，琼英提着袋子笑道："你们先猜一猜是什么东西？"青超笑道："有些像胡桃。"琼英摇头笑道："不对。"青超辉祖又连猜了几种，琼英都说不对。辉祖笑道："好啦，别猜了，我的涩水倒要滴下来了。"琼英笑着，这才倒出来，原来是一只像胡桃大的红枣子，青超笑道："哟，这样大的枣子，哪里买来的？"辉祖也奇怪道："这就无怪我们猜不着了，我们看都不曾看见过呢！"琼英道："这是新鲜的，你们尝尝甜不甜？"青超咬了一口，回头向辉祖道："果然甜得很，与别的果子另有风味，你尝了怎样？"辉祖连连点头道："味儿不错，我们真还只破题儿第一遭吃呢。"

琼英笑道："这是郑州枣子，上海是买不到的，我一个同学，前天来望我，她刚从郑州出来，乘便带些枣子来送我，可惜不多。芳妹也吃出了滋味，我分一半给她，她说要藏在枕边，晚上一边看书，一边吃着，你们想可淘气吗？"青超听了，不说什么笑了一笑。辉祖道："妹妹和谷英什么时候出去的？"琼英道："你们来的时候，他们出去还不到十分钟呢。"青超道："不错，我在门口遇见的。"琼英奇怪道："你碰见他们吗？"青超点头不语，向琼英望了一眼，又回转头去。琼英见他似乎很难过的样子，心里明白芳妹一定没有睬他，想青超这样子，不是他仍很爱芳妹吗？俩人都是很相爱的，为什么大家要有这许多的猜疑呢？这天青超是在唐公馆留饭，临走时向琼英道："下星期日，叫芳妹别出去，我有话来对她说。"琼英见他改称芳妹，又见他可怜的样儿，心里也甚感叹，便点头答应。青超走后，芳蓉和谷英仍没有回家。他们究竟到哪里玩儿去？只好在下回，再行报告阅者诸君了。

221

第十八回

割断情根用心良苦
传来蜜枣感德莫忘

时光飞一般地过去，早又是红了樱桃、绿了芭蕉的时候了。长夏的天气，最是闷人，尤其是闺中小儿女，像林颦卿的镇日价情思睡昏昏，崔莺莺的闲愁万种，无语怨东风，那都是心有所感，才引起来的身世之悲，有时或竟一病恹恹，背人揾泪。此种眼泪，名之谓"伤心泪"，无宁称之谓"多情泪"。"多情泪"即是恋爱泪，"伤心泪"即是失恋泪，总而言之，不外是相思泪。大概泪之为物，以出为快，不出则不快，愈出则愈快，而尤以尽出为最快。《石头记》中的林妹妹，她是最能体贴这个意思的，所以她对于宝玉的泪，是春流到冬，秋流到夏，差不多在泪世界中度着生活了。

现在讲到这位唐芳蓉女士，自从在青超处碰见了绿珠以后，那天到了家里，琼英见她郁郁不乐的神气，便走过来问道："妹妹，怎么啦？你没碰到青超吗？"芳蓉有气没力地答道："不。"琼英又道："那么准是青超病了吗？"芳蓉又不耐烦地回道："不，不。"琼英倒奇怪了，想了一会儿道："啊，我晓得了，一定是青超冲撞了妹妹，妹妹受了他的委曲回来了？好妹妹，你瞧在我的面上，别生气了吧。"琼英说着，一面拉了她的手，向里间走去。不想芳蓉听了琼英的话，越想越气，竟哇的一声哭了出来，接着不断地流泪。

222

琼英一面劝慰着，一面想着，准是芳妹近来同谷英太亲热了些，所以青超心里不快活，有三两个星期不曾来，今天会面，一定为了这事，大家多起口舌来了。这时芳蓉，正是像林妹妹伤心到了极点，倒叫琼英反而不好仔细问她了。过了一会儿，阿香来喊吃晚饭，芳蓉亦不要吃，琼英因一同伴她到了卧房，又低声地问道："妹妹，你到底为了什么？我又不是外人，你对我说吧。"只见芳蓉尚含着余怒地答道："你问他去，我怎么知道？"停了一会儿又说道，"他不晓得哪里弄来了一个人，我面前只说是他的表妹，我看了气极了，他还叫我吃面，你想我还吃得下面吗？我是预备同他决裂，负了气走的。我走的时候，他那表妹还坐着不肯走哩。琼姊，你替我想想，可不恼人吗？"琼英听她说完了，方才明白，这个醋风波，乃是芳妹同他的表妹闹的，并不是青超同谷英闹的，一时也只好顺她的意思说道："明天我打个电话叫他来，向妹妹赔个不是，你想可好不好？"芳蓉道："啐，真用不着哩！"

从此以后，芳蓉整整地有好几天没有好好儿用饭，不是哭着青超薄情，便是哭着自己无缘。在那天青超到唐公馆来，恰巧芳蓉和谷英并肩出来，在大门前碰到青超。芳蓉心里想叫青超大家气气，所以同谷英格外装出亲热的样子，并且向青超一理也不理。那天晚上同谷英在戏院里瞧戏，直到十二点半才回来。等她回来，青超早已在十点钟回去了。

芳蓉睡在床上，想着青超平日间待她的无限温存，一时又懊悔日间不去理他，实在是自己的不应该，也许他同他的表妹，并没有什么关系，那我不是错怪了好人？想他此刻睡在家里，不是也同我一样地气愤、一样地烦恼吗？唉，这真何苦来呢？想罢又整整地泣一夜。帘外芭蕉帘内人，分明叶上心头滴，这时的芳蓉，她心头倒又滴下来了，想第二天，欲仍到青超那里去望望他，看他到底有没有话说。

223

次日直到十一点才醒来，琼英已早立在帐前说道："昨天青超等候妹妹，直到晚上十点后才回去，他说下星期日，自当再来与妹妹细细面谈。"正在说着，忽听外面报道："少奶、小姐，陆家少爷来了，在客厅里已等候好久了。"芳蓉听了，连忙梳洗，和了琼英，一同到楼下。一见青超，大家有些不好意思，面上都现着羞恶的态度，还是琼英先开口道："密司脱陆，今天不是星期，怎么你倒有暇呀？"青超道："我昨天忘了，今天乃是国府迁都南京纪念，所以停止办公的。"琼英问了一句，大家又都不说话，静悄悄地坐着，琼英看看青超，又看看芳蓉，心想我坐在此地也许碍着他们谈话，因站起来道："我去关照厨房，叫他备几样可口的菜儿，你们谈天吧。"

琼英去后，俩人仍没有开口，青超细看芳蓉面上，尚带着丝丝泪痕，心中愈觉难熬，一阵心酸，那自己的眼泪也被她引了出来。四目相对，两行情泪，英雄气短，逃不过儿女情长。青超便起身，携着芳蓉的手儿道："芳妹，你的心，我知道了，你别淌泪了，我们到外面去走走吧。"芳蓉见他改呼自己为妹妹，心里不知怎样，眼泪愈淌了下来。青超挽了芳蓉的玉臂，到吕班路上并肩地踱着。

芳蓉见青超如此温柔，又如此多情，把前几天的酸气已消了一半，因亦对青超说道："密司脱陆，你既有今日，何必有当初呢？你不把你的表妹早对我说，你是安着什么的心呀？"这句话问得青超闭口无言，一时竟对不出话来，因亦对芳蓉道："芳妹，你不要心急，这话长哩，容我慢慢地和你讲吧。"俩人抬头一望，不觉已到了顾家宅花园，此时芳蓉急欲听青超说话，便不约而同地步进园里去。因是日休假，游人当中，大半是情侣携手偕行，青超同芳蓉步过茅亭，拣一个僻静的地方，两人一同坐下，青超便将家乡如何水灾，姑父如何欺负，表妹绿珠如何赠金，如何脱离家庭，自己又如何遭骗，又如何投身王府，遇到三姨，自己不得已，只好不别而行，一切苦衷，从头细诉。

芳蓉听了后，又代青超落了不少的眼泪。听他又说道："我正在进退彷徨，恰巧遇到了芳妹，从此安身有所，想芳妹待我的好处，你想我怎能忘了你呢？不要说不能忘，士为知己者死，芳妹乃是我穷途遭骗后的第一个知己，只要芳妹吩咐一句话，虽赴汤蹈火，我青超亦所不辞的。一个人到死都不怕，更尚论其他的吗？这是我对于芳妹一番的存心，是这样的。再讲到我的表妹绿珠呢，她为了我，情愿牺牲一切，甚至脱离家庭，抛弃种种幸福，人家这样地待我，我又怎可忘了她呢？你想，论她的行为，不也是我青超从家乡遭水灾后的第一个知己吗？我生平有两个裙钗知己，真可谓是死无遗憾的了。我现在明白了，我唯有仿秋柳的办法，立誓终身不娶，以报答二位知己的感遇，你想对不对？好不好？"

芳蓉听到这里，真觉一字一泪一针一血，但自替青超代为着想，也真的是左右为难，万难两全。他若同他表妹结了婚吧，他觉得对我不住，他一定是不肯的。若弃了他的表妹，同了我结婚吧，这算是什么话？他又何以对得住他的表妹？他一定是也不肯的。这……怎么好呢？想到这里，芳蓉不禁双泪直流，湿透了衣襟，又想起他说的秋柳，又是怎么一回事，怎样一个人？倒要问问他，因垂泪问道："密司脱陆，你说的秋柳，到底又是怎样的一桩事呀？你倒说给我听听。"青超见问，正要说时，忽见迎面有两个女郎，手牵手地走来，一见了青超，不仅哟哟两声。青超见了她，也同声咦咦地站起来。

芳蓉见他这样惊讶的情景，连忙收束泪痕，注意立着的女郎。只见一个身穿元青旗袍，已是花信年华，但仍不减少妇丰韵，一个颜如渥丹，正是桃夭及时，十七八的年纪，只见她轻启樱唇，向青超笑道："陆爷，我何处不找到？今天不晓得这么幸运，竟遇到了你，真叫我想得好苦，寻得好万难呀！"青超听她这样说法，倒也破涕为笑，便替她向芳蓉介绍道："这位就是我所说的徐秋柳女士，乃是我汉口同乡。"秋柳随也介绍她的同学："这是刘彩霞女士。"一面请教芳蓉姓名，青超亦代为介绍，并约略告诉秋柳别后景况，秋柳亦问了青超的住所，向日记簿里注明。

那时芳蓉一看手表，已指在十一点一刻，因催着青超回去道："时光不早了，琼姊等着哩，回去恐要给她抱怨了。"青超一想，这话倒是真的，因匆匆向秋柳作别，说声改天再会吧。秋柳犹依依不舍，青超已随同芳蓉急急地出园了。

回到家里，琼姊正立在门外盼望，一见二人，笑着说道："好了，好了，你们背了我到哪儿去的？怎么这许多时候？真说得来知心着意，连饭也不想吃了。可是我的肚子倒真的饿坏了呢！"青超连说对不起，对不起，芳蓉这时方才明白绿珠一段事迹，此刻忽又添出一个秋柳来。暗想青超这个人，真是同西方耶稣抱博爱主义一样的了，怎么有这许多爱人呢？听他说还有三姨的一段故事，且待饭后，我倒要详详细细地问他一问。此时二人各存了各的心思，虽同在一桌用饭，一处说话，大家都有些听而不闻，食而不知其味了。

草草用完了饭，大家坐在会客室里，芳蓉又向青超问道："那秋柳到底是你的什么人？大概也是你的表妹吧？想她轻轻的年纪，为什么要终身不嫁呢？"青超道："我是为了秋柳，才到王家去的，不到王家，哪里碰得到三姨？"因将秋柳也是好人家女儿，并且已是将近中学毕业的学生了，不幸遭水灾，被歹人诱拐，堕入火坑，自己立誓救她，不惜俑工度日，可喜厉正慷慨仗义，助我重金，可恨三姨寡廉鲜耻，夜半淫奔，直说到自己为保全三姨名节，辞馆作别。秋柳为报答深恩，立志相嫁，自己又再三拒绝，秋柳便誓不嫁夫为止。

芳蓉直等他说完了后，细细地推论一番，觉得青超的行为真有大过人处，他的爱真所谓是博爱之谓仁，乃是高尚纯洁神圣真挚的爱，并不是俗世一般纨绔儿肉体淫乐的爱，只好美色，只知肉欲，哪里当得一个爱字？这不过是纵欲罢了。诗人称《关雎》乐而不淫，我谓青超乃爱之神，而非欲之魔，他的人格真伟大真可敬，他的身世又真可怜。但我必须想一个方法安慰他，使他悲哀的场境转为快乐，寂寞的身世变为优游，我唯一的目的，就是打消他的独身主义，叫他万万不要以我为念，叫他要始终如一与他的表妹成其美满的因缘。这是我芳蓉多么快活的一个使命呀，也不辜负了我们相识了一场。儿女英雄，巾帼丈夫所应该做的事，现在都从我芳蓉做成功，那岂不痛快人吗？

芳蓉想到这里，心中打定了主意，外面不动声色地对青超道："啊，原来如此，密司脱陆，你这个人格，不但是现在世界所少见，亦是旷古以来所未有的了。"琼英在旁听到火坑生活的可怜，不禁为秋柳叫苦；听到园丁生活的无聊，不禁为青超叫屈；听到厉正的仗义解囊，又不禁为之拍掌叫绝；听到三姨的贪夜私奔，又不禁为之发指叫羞。秋柳要嫁给青超，不可谓秋柳的不是；青超拒绝秋柳，亦不得谓青超的无情。造化弄人，演成了种种的局面，谁也怪不了谁的呢。三人谈谈说说，早又上灯时分。

晚膳后，青超辞别回寓，诚民一面开门，一面叫道："少爷，你回来了。正好，有一个女客等候少爷，差不多已有一个多的钟头了。少爷，你快上楼去吧，她等得多心焦呢！"青超心想，那准是珠妹来了，累她等得好久，他便一路地喊道："珠妹，珠妹，对不起。"正在喊的时候，那迎面出来的并不是绿珠，却是秋柳。青超一见，也不禁为之哑然失笑，便徐徐地说道："咦，是你吗？我道是我的表妹哩。请坐，请坐。"那秋柳见了青超，久别重逢，好像婴孩儿见了慈母的一般，又是喜，又是悲，又三分带怨，又十分是伤心，一时间满充着甜酸苦辣的滋味。青超看她的意态，仿佛盈盈欲泣的样子，看她的身材，倒也长了不少，看她的容貌，更是娇得越显红白，窥她的心里，好像有无限愁思，一时间说不出口来，这叫青超从哪里安慰着她呢？

因想了一会儿才说道："我知道你已进了什么女子银行了，那不是很好吗？"秋柳答道："不错，陆爷，你怎么知道的？"青超听她称呼，连忙止住她道："你这称呼不对，恕我不能接受。"秋柳道："想我的一身，都是你的所有，依我的意思，应该侍奉你的终身，充一个婢子，方才报答你的大德。现在叫几声爷，又有什么要紧呢？"青超道："不是这样说，一则我们是同乡，二则都是教育界中人，你别这样，以后你就叫我哥哥得哩。"青超说到这里，觉得脸上一红，好像发烧，幸秋柳没有瞧见，否则他是更要难为情了。

秋柳听他的话，十分诚恳，因便改口喊了一声哥哥，并说道："这我便依了你，但哥哥也得依妹妹的一桩事呀。"青超听了，心中不免一惊，我现在一个珠妹、一个芳妹，已经是左右为难得很，若再来了你一个秋妹，那我还好做人了吗？因对秋柳笑道："你请说吧，我如依得的，再没有不依妹妹的。"秋柳道："那就是我说的，请你许我充一个侍婢，好不好？"青超摇手道："那是万万不敢，况且哥哥哪有叫妹妹服侍的道理？"秋柳又道："我也晓得你不依的，再有一桩，你依了吧。"青超道："哪一桩呀？"秋柳道："我的同学彩霞姊，她有一个姓范的表哥，叫白化，他现在南京党部里办事，他也只因为家乡水灾，只剩了只身逃出。前日他有信来，欲叫他表姊向我求婚，我对她表姊说，我这身体不是自己的，他要求婚，先得找到陆爷问过明白，陆爷如不要我的话，那也要将陆爷代付的身价银还了，可以订婚呢。现在我要求哥哥，就是请哥哥必须将身价银收回的意思。"

青超听了，连连拍掌呵呵大笑，满口地道："好极了，好极了！"经此一笑，秋柳倒反而没有了主意，奇怪起来道："哥哥，你干吗这样高兴啦?"青超笑道:"你不晓得,你说的范白化,就是同我一路到上海的要好朋友呀,是我的朋友一喜,又是妹妹的未婚夫两喜,有这两个缘故,那我岂不要喜上加喜吗?"秋柳听了,心里亦喜之不胜,因又问道:"哥哥,你说的话果然是真的吗?"青超道:"怎么不真,你如不信……"青超说到此,忽又把手在额上拍了一下,哦了一声笑道:"妹妹,我想着了,白化最近来信,曾说起他因婚姻事,将来上海一行,当时我还猜想他的对象不知是谁,哪里想得到,却原来就是我的妹妹呢!妹妹,你知道白化几时可到上海了?"秋柳道:"只要我答应,他立刻就来的。"青超笑道:"好了,好了,你也别多客气了,将来白化到了上海,我再同他算账好了,这样你终可放心了吧?你现在回去,对他表姊说,这一头的姻事,说我是非常地赞同,因白化乃系我的极要好朋友,日后大家往来,比亲戚还要热闹呢!"秋柳听到这里,只得唯唯从命,抬头见壁上钟已敲十下,遂向青超握手别去。

青超直送到门口,才回进卧室,重新喝了一杯茶,斜躺在床上,心中暗暗念着,哪里有这样巧的事?秋柳得配白化,真是不负我救她的一番苦心了。但又想起珠妹芳妹,她两个与我都有特殊的感情,我不能抛了珠妹,也不能丢了芳妹,若将俩人兼收并蓄,于情于理却又万万不能。正在委决不下,不觉已蒙眬睡去。突然间,觉有人敲门,进来一瞧,正是芳妹,青超尚未开口,只听芳蓉说到:"密司脱陆,你说你唯有仿秋柳的办法,现在秋柳是已经有了对象,而且亦已得你的赞同,天下有情人,愿都成了眷属,秋柳的精神上得了安慰,即是你的心灵上得了安慰,那是一样的。我想你现在同你的珠妹也可以举行婚礼,仿照秋柳的办法了。你自己是再也没话可说的了,这一杯喜酒,快快地给我们喝吧。"

青超听她说完,回头一瞧,又见珠妹穿了结婚的礼服,站在

229

自己的面前，那满房间的都是喝喜酒的客人，琼英、美丽、秋柳、芳琴、白化、厉正、小宝满满地站了一室，好不热闹，好不欣慰。那时青超的心里，别的都没有挂念，所念的，只有芳妹一人，他乃大声喊道："我的芳妹呢？她现在是怎么样了？"不打经这一声喊，诚民却被他喊醒了，跑了进来，一见青超和衣而睡，仿佛梦魅了的样子，因喊道："少爷，醒醒，醒醒！"青超被他叫醒，只觉室中寂然，并没有什么许多客人，也没有珠妹芳妹，但听壁上时辰钟嘀嗒作响，好像暮鼓晨钟，仿佛对人说道："色即是空，空即是色，梦幻泡影，眼耳鼻舌，一切皆虚，不生不灭。"

青超想到这里，顿觉什么缘都是空的，但一会儿又忆梦境，则觉历历如绘，映在目前，再一会儿想芳妹梦中对自己说话，"你也可以依照秋柳的办法了"这句话，我倒真觉有些吓，万一她真果提出这句话来，那时我又怎样对付呢？左思右想，颇少充分的答复，一时人也倦，神也疲了，便沉沉地睡去，不知东方的已白。

次日青超便恹恹地病了，病中好像对一个人说话，一会儿笑，一会儿哭，笑的时候，只听他叫"妹妹，你们别要哭，我出家去了，是并没有什么痛苦的"；哭的时候，只听他叫道："珠妹呀，芳妹呀，我的心呀，我的心到哪里去了？我怎么舍得下你呢？"说话时，那两眼直挺地瞧着，过一会儿，又听他大声呼道："你，你你是我的灵魂儿，你是我唯一的安慰人儿，我再也不抛你了，你千万地不要慌！"说罢了又哭，哭过了又笑，弄得诚民请医问卜，一连数天，仍是没有效验，都说是精神受了极大的刺激，那口里说的都是心病话，心病非心药不医，你还是找他的心药吧。这时看看天又将晚，诚民心里更加着急，一时倒急出一个主意来了，便快快地打电话到唐公馆，说是少爷病得很厉害，请小姐快快地来一趟。

不多一会儿，芳蓉果然赶来，一瞧青超昏话地睡着，诚民告

230

诉她病中的说话，以及医生说他是受刺激极深的一种心病。芳蓉见他面朝里地睡着，因向他耳边轻轻地喊道："密司脱陆，你有什么不适意呀？"青超听有人喊他，便忽然地坐了起来，一见芳蓉，便把她的身子紧紧抱住，口中又不停地喊着珠妹说道："他们一般贺客，都到哪里去了？孤零零地只剩我与你两个人，还有我的芳妹，她现在到底怎么样了？我要找她去，我一定要找到她。她如果晓得我俩结婚的消息，她的内心不知又要多么地难过呢。我是真正地对不住她。"说着一手将芳蓉推开，便向门外跑去。

芳蓉虽不懂他起病的原因，但听他的话，的的确确是不能忘情于我，一时心中亦颇感激，因也不管什么，走上前去将他一把抱住，口中说道："密司脱陆，你快回过头来，瞧瞧我，我是不是你的珠妹呀。"青超一听，果然回过头来，突然见是芳蓉，便又呆呆地看着芳蓉的头，呆呆地看着芳蓉的脚，看过了后，却仍一声不响，暗暗自语道："明明是与珠妹结婚，怎么一忽儿，会变了芳妹了呢？这不对，这分明我是在做梦了。"因大声喊道，"诚民，你快来呀，我到底是在梦里呢，还是不在梦里呀？"又指着芳蓉说道，"这一位到底是苏小姐，还是唐小姐呀？你快快地告诉我，我实在是太不明白了，你快说吧！"

芳蓉见他离奇恍惚的神情，晓得他实在是受了极度的刺激，但一时终想不出使他脑经可以恢复常态的方法，因便向他说道："我是真正的唐小姐，并不是苏小姐，我真的是你的芳妹妹，你有话尽管对我说好了。"青超听了芳蓉的话，又对她看了看问道："那么我的珠妹，又到哪里去了呢？"正在这个时候，外面有人敲门，诚民忙去开了，进来的正是苏绿珠。诚民迨要关门，忽见后面又跟着一个男子、一个女子，男的便是范白化，女的便是徐秋柳，三人进了房内，见室中桌上堆满着西医的药水，又见青超颠颠倒倒地说话，芳蓉珠泪盈盈地泣着，绿珠一怔，一时就也连惊带慌地追问着。

诚民便就连泣带诉地说道："小姐，你不晓得，少爷的病还是从几天前起来。"遂将那晚惊梦，一直到今朝病的情形，从头至尾地告诉一遍，并说因为自己没了主意，这唐小姐，还是我打电话去请来的。此时大家方才明白，青超得病的情形，是从梦里起的，但他梦里，到底是受着怎样的刺激，仍旧是不能明白。那时大家把青超又扶到床上，青超似乎也要睡去的模样，诚民又重斟上茶来，大家坐在沙发上，研究他病中的说话。他说是要出家去了，又说你是我的灵魂儿，你是我的唯一安慰人儿，我怎么舍得下你呢？这话不是前后自相矛盾吗？他说的你，究竟是指着哪一个呀？

绿珠向芳蓉说道："我想他说的你，一定是指姊姊的了。"芳蓉道："我想不对，一定是指着妹妹，因为我进来的时候，他一径把我当作妹妹了，我与妹妹结婚了，这么那些贺客都到哪里去了，你想听他的说话，不是明明想着妹妹，恐怕妹妹变卦，所以他又说要出家去了。我想这个病，还是妹妹发个善心，救救他，医医他，且等他精神恢复转来，妹妹真个同他结成了美满因缘，那不是使大家都可以安心了吗？"绿珠被她说得两颊绯红，因亦答道："姊姊的话，哪里完全靠得住？方才诚民不是说，他一直向门外跑，他是一定要找姊姊去，找不到姊姊，他是情愿出家的。姊姊，你千万要可怜他，成全他，别再推到我的身上来了。"

那时秋柳同白化齐声道："唐小姐、苏小姐，请你们大家不要推来推去了，我们看，是这样吧，我们一起四个人，和青超都是极要好的朋友，现在他既得了这个病我们都得想法子医好了他，旁的问题，现在且不要去研究它。两位小姐，以为何如？"大家被青超的病吓了一跳，也就忘记了室内两个人是不认得的，幸亏芳蓉是见过秋柳的，一时芳蓉忙向绿珠介绍秋柳，秋柳又向芳蓉绿珠介绍白化，大家都很赞同。芳蓉又打电话，请上海最著名的西医来打两针，青超的神智虽不能十分恢复，但睡了两个钟点，心里已略略清爽。

那晚大家都不曾睡，次日白化代为向市府请了病假，芳蓉因一夜未睡，回家略事休养，琼英得知此事，亦来探望数次。绿珠秋柳特亦请假，同在病榻侍候。医生嘱咐不能和病人多讲话，所以大家一些不说什么。青超此番病中，全仗内有绿珠芳蓉秋柳，外有白化诚民，轮流照顾。

光阴荏苒，忽忽又过两星期，青超的病差不多恢复到十之八九，而绿珠芳蓉秋柳，因朝夕相处，情投意合，早已成为闺中腻友。青超对此三美，不但病中不觉寂寞，反而唯恐病的速痊。有时大家讲起他病的情状，都指着笑他羞他，青超听了，装作了不晓得。有时他亦对了绿珠说芳蓉好，对了芳蓉说绿珠好，故意逗着她们玩儿醋劲儿。哪知绿珠芳蓉两人，双方早已谅解，而且成为非常的莫逆了。

这时白化亦向青超告知，和秋柳定下月三日，参加集团结婚。青超得此消息，病体又好了许多，预备到了那天，大家都约定一同去观礼的。绿珠芳蓉见青超已复原多日，所以亦各自回去，都盼望三日那天到来。到了那天，青超在寓里，正等候着绿珠芳蓉，突见诚民递上一信，说是唐公馆送来的，青超心里别别一跳，想不知又怎么了，慌忙折开，往后念道：

青超：
　　今日是白化君同秋女士的大好日，原定是同去观礼的，现在恕我不能奉陪了，请君向绿珠妹妹代为告诉一声。

念到这里，见绿珠已匆匆进来，青超忙道："芳妹有信来，大家看吧。"绿珠忙走到青超身边，青超遂又念道：

233

妹定明日同大哥乘亚细亚皇后号赴欧，考察实业，同行尚有几位朋友。妹之此行，系奉家父之命，行色匆匆，恕不登门辞行，一切尚祈原谅。

看到这里，绿珠奇道："这又奇怪了，怎么前几天，她一些也没有说起呢？"青超再往下念道：

忆自江干邂逅，倾心订交，杯酒言欢，妹之初意，满望与君由友谊而结成连理。后来晤到珠妹始悉君与彼凤有成约。妹也何人，敢不成人之美？聆君一席话，胜读十年书。此后与君，请订为精神上的友谊，望君万勿以妹为念。妹之出此，并非寡情，亦非负心，妹实鉴君苦衷，君亦当谅妹下忱。

青超念到此，一阵酸楚，那喉间早已咽住实在念不下去了，绿珠乃代念道：

秋柳感君盛德，尚不拘执，想君达人，亦当乐从。妹不敢夺珠妹的爱，君亦安可不成全妹的志耶？矧珠妹与君，甘苦与共，君之爱人，亦妹之知己，正是一双两好。君宜早成大礼，有情人成了眷属，君愿偿，妹心慰矣。

念到此，绿珠亦哭，俩人复续念道：

咄咄，君缘悭画眉，妹才乏挽鹿，别矣，青超，妹唯有遥祝，贤伉俪鸳鸯梦稳已而。临风积想，不尽依

234

依，诸希珍摄，心照不宣。

妹唐芳蓉再拜五月四日

当时俩人读完了这信，大家都面面相觑，不胜诧异，而又不胜感喟。俩人颊上又沾上不少泪痕，因门外汽车等着，只好先往市府观礼，再到芳蓉处送行。

迨婚礼完毕，急驱车到唐公馆，琼英说："前一步已同辉祖到南京赴友人的约去了，明日放洋与否，听说还说不定。"到了明日，青超同绿珠又去问讯，琼英摇头道："真不巧，你们回去一步，芳蓉同辉祖忽回来，说南京已来不及去，他们在昨晚上已坐皇后号由上海启行去了。"青超绿珠白白地跑了两趟，终不能与芳蓉作临别一面，心中真感到无限地惆怅。青超道："现在我们怎样呢?"绿珠道："还不回去吗?"在车中一路上，谈起芳蓉这个人，真是了不得，又大方，又旷达，实在少不了她，现在她不在此，好像觉得非常寂寞枯燥。一面青超又将她的信从头读了一遍，真觉又伤感，又记挂着她，情不自禁，那泪便汨汨而出，想俩人此时感到芳蓉玉成美意，真所谓感激涕零，永永无穷的了。

全书终结

员的确鱼龙混杂，其作品也良莠不齐，但总体来说，它形象地记录了中国二十世纪前五十年的历史，为中国读者提供了丰富的精神食粮，对中国小说的传承起过积极作用，因此应该给予充分的肯定。

鸳鸯蝴蝶派小说已经不是中国传统通俗小说的复制，而是一种改良的通俗小说。在形式方面，它既采用章回体，也采用非章回体，甚至采用了西洋小说的日记体、书信体等，至于侦探小说则更是完全模仿自西洋小说。在艺术手法方面，受西洋小说的影响非常明显，如增加了人物形象和景物描写，结构与叙事方式也趋于多样化，单线和复线结构并用，第三人称和第一人称叙述法兼施，还采用了倒叙法和补叙法。在内容方面，鸳鸯蝴蝶派小说已经扩大了描写范围，反映了当时社会生活的各个方面，甚至已经紧跟时事，及时反映当前的社会现实，被称为"时事小说"。如李涵秋的《广陵潮》描写辛亥革命，而他的《战地莺花录》则描写五四运动，这种及时反映当时发生的重大政治事件的小说，与多写历史故事的古代小说完全不同，显然是一大进步。鸳鸯蝴蝶派的言情小说，也不同于古代的才子佳人小说，而是一种新才子佳人小说。古代的才子佳人小说因面对森严的封建礼教，只能写才子与佳人偶尔一见钟情，以眉目传情或诗书传情的方式进行交流，最后皆是有情人终成眷属的大团圆结局。而这种大团圆结局完全是人为的：或出于巧合，或由于才子金榜题名，皇帝御赐完婚，这就完全回避了封建包办婚姻的问题。而民国年间的封建礼教已经在一定程度上松绑，尤其像上海、北京等大城市得风气之先，恋爱自由和婚姻自主思想已经渐入人心。因此有些鸳鸯蝴蝶派的言情小说也突破了古代才子佳人小说的窠臼，才子佳人已经敢于"相悦相恋，分拆不开，柳阴花下，像一对蝴蝶、一双鸳鸯一样"。其结局也不再全是有情人终成眷属的大团圆，而是"有时因为严亲，或者因为薄命，也竟至于偶见悲剧的结局……这实在不能不说是一个大进步"（鲁迅《上海文艺之一瞥》，连载

附　　录

从鸳鸯蝴蝶派谈到冯玉奇小说

裴效维

《民国通俗小说典藏文库·冯玉奇卷》将收录冯玉奇的百余种小说作品，此举极其不易。现在，我愿以这篇文章给出版者呐喊助威。尽管我人微言轻，但我毕竟是一个中国文学的研究者，为鸳鸯蝴蝶派说些公道话是我的责任。

冯玉奇是一位鸳鸯蝴蝶派作家，因此我们要想了解冯玉奇，必须首先厘清有关鸳鸯蝴蝶派的一些问题。

一、何谓鸳鸯蝴蝶派

鸳鸯蝴蝶派作家平襟亚在《关于鸳鸯蝴蝶派》（署名宁远）一文中对鸳鸯蝴蝶派的来历说得很清楚：

> 鸳鸯蝴蝶派的名称是由群众起出来的，因为那些作品中常写爱情故事，离不开"卅六鸳鸯同命鸟，一双蝴蝶可怜虫"的范围，因而公赠了这个佳名。
>
> ——载香港《大公报》1960 年 7 月 20 日

可见鸳鸯蝴蝶派并不是一个有组织有宗旨的小说流派，而是因为当时流行的言情小说多写一对对恋人或夫妻如同鸳鸯蝴蝶般相亲相爱，形影不离，因而民间用鸳鸯蝴蝶小说来比喻这种言情小说，那么这种言情小说的作家群当然也就是鸳鸯蝴蝶派了。这种说法应该是可信的，因为民间常用鸳鸯和蝴蝶来比喻恋人或夫妻，很多民间文学作品中不乏其例。这一比喻非常形象生动，但并无褒贬之意，因此不胫而走。

传到新文学家那里，便加以利用，并赋予贬义，作为贬低对手的武器。但新文学家对鸳鸯蝴蝶派的界定并不一致，大致有两种看法。

一种看法认同民间的比喻说法，即将鸳鸯蝴蝶派小说局限为通俗小说中的言情小说，将鸳鸯蝴蝶派局限为言情小说作家群。鲁迅是这种看法的代表，他在1922年所写的《所谓"国学"》一文中说："洋场上的文豪又作了几篇鸳鸯蝴蝶派体小说出版"，其内容无非是"'卿卿我我''蝴蝶鸳鸯'"（载《晨报副刊》1922年10月4日）。又于1931年8月12日在社会科学研究会做了《上海文艺之一瞥》的长篇演讲，其中对鸳鸯蝴蝶派小说更做了形象而精辟的概括：

> 这时新的才子＋佳人小说便又流行起来，但佳人已是良家女子了，和才子相悦相恋，分拆不开，柳阴花下，像一对蝴蝶、一双鸳鸯一样。

——连载于《文艺新闻》第20、21期

此外，周作人、钱玄同也持这种看法。周作人于1918年4月19日在北京大学文科研究所小说研究会做《日本近三十年小说之发达》的演讲中，就说现代中国小说"还有《玉梨魂》派的鸳鸯蝴蝶体"（载《新青年》第5卷第1号）。次年2月，周作人又发表《中国小说里的男女问题》（署名仲密）一文，认为"近时流行的《玉梨魂》，虽文章很是肉麻，（却）为鸳鸯蝴蝶派小说的鼻祖"（载《每周评论》第 5 卷第 7 号）。与周作人差不多同时，钱玄同在 1919 年 1 月 9 日所写的《"黑幕"书》一文中也说："人人皆知'黑幕'书为一种不正当之书籍，其实与'黑幕'同类之书籍正复不少，如《艳情尺牍》《香闺韵语》及'鸳鸯蝴蝶派小说'等等皆是。"（载《新青年》第 6 卷第 1 号）这种看法后来被人称之为"狭义的鸳鸯蝴蝶派"看法。

另一种看法却将鸳鸯蝴蝶派无限扩大，认为民国年间新文学派之外的所有通俗小说作家都是鸳鸯蝴蝶派，他们的所有通俗小说都是鸳鸯蝴蝶派小说。这种看法的代表人物是瞿秋白和茅盾。瞿秋白从小说的内容方面来扩大鸳鸯蝴蝶派小说的范围，他在《财神还是反财神》一文中说，"什么武侠，什么神怪，什么侦探，什么言情，什么历史，什么家庭"小说，都是鸳鸯蝴蝶派小说（见人民文学出版社 1953 年 10 月版《瞿秋白文集》）。茅盾则从小说的形式方面来扩大鸳鸯蝴蝶派小说的范围，他在《自然主义与中国现代小说》一文中认定鸳鸯蝴蝶派小说包括"旧式章回体的长篇小说""不分章回的旧式小说""中西合璧的旧式小说""文言白话都有"的短篇小说（载 1922 年 7 月《小说月报》第 13 卷第 7 号）。这种看法后来被人称之为"广义的鸳鸯蝴蝶派"看法，而且逐渐成为主流看法，以致后来的文学研究者都接受了这种看法。

新文学家不仅在鸳鸯蝴蝶派的界定问题上分成了两派，而且在鸳鸯蝴蝶派的名称上也花样百出。如罗家伦因为徐枕亚等人好用四六句的文言写小说，便称其为"滥调四六派"（见署名志希的《今日中国之小说界》，载 1919 年《新潮》第 1 卷第 1 号），但无人响应。郑振铎因为《礼拜六》杂志为鸳鸯蝴蝶派的主要刊物之一，便称其为"礼拜六派"（见署名西谛的《新文学观的建设》一文，载 1922 年 5 月 21 日《文学旬刊》第 38 号）。这一说法得到了周作人、茅盾、瞿秋白、朱自清、阿英、冯至、楼适夷等人的响应，纷纷采用，以致使用频率越来越高，知名度越来越大，终于成为鸳鸯蝴蝶派的别称了。于是"鸳鸯蝴蝶派"和"礼拜六派"两个名称便被新文学家所滥用。如郑振铎在《新文学观的建设》一文中称"礼拜六派"，而在《〈文学论争集〉导言》一文中却称"鸳鸯蝴蝶派"（见上海良友图书公司1935年10月出版的《新文学大系·文学论争集》卷首）。还有人在同一篇文章里既称鸳鸯蝴蝶派，又称礼拜六派。如阿英在1932年所写的《上海事变与鸳鸯蝴蝶派文艺》一文中说：张恨水的所谓"国难小说"，与"礼拜六派的作品一样，是鸳鸯蝴蝶派的一体"，"充分地说明了鸳鸯蝴蝶派的作家的本色而已"（见上海合众书店1933年6月出版的《现代中国文学论》）。

茅盾在20世纪70年代觉得统称鸳鸯蝴蝶派或礼拜六派都不合适，于是提出了一个折中的看法，他在《紧张而复杂的生活、学习与斗争（上）——回忆录（四）》中说：

> 我以为在"五四"以前，"鸳鸯蝴蝶派"这名称对这一派人是适用的。……但在"五四"以后，这一派中有不少人也来"赶潮流"了，他们不再老是某生某女，而居然写家庭冲突，甚至写劳动人民的悲惨生活了，因此，如果用他们那一派最老的刊物《礼拜六》来称呼他们，较为合式。

> ——载1979年8月《新文学史料》第4辑

事实是该派在"五四"前后没有根本变化，都是既写言情小说，又写其他小说，将其人为地腰斩为两段，既显得武断，又无法掩盖当时的混乱看法。

这些混乱的看法导致后来的文学研究者无所适从：或沿用"鸳鸯蝴蝶派"的说法（如北大本《中国文学史》和《中国小说史稿》、复旦本《中国文学史》和《中国近代文学史稿》等）；或沿用"礼拜六派"的说法（如山东师院本《中国现代文学史》等）；或干脆别出心裁地称之为"鸳鸯蝴蝶—礼拜六派"（见汤哲声《鸳鸯蝴蝶—礼拜六小说观念的价值取向及其评价》，载《苏州大学学报》1992 年第 2 期）。这可真算是中国小说史上的一出有趣的滑稽戏了。

二、如何评价鸳鸯蝴蝶派

鸳鸯蝴蝶派的开山作品是 1900 年陈蝶仙的言情小说《泪珠缘》，因此鸳鸯蝴蝶派应该是指言情小说派，这也就是后来的所谓"狭义的鸳鸯蝴蝶派"，但被新文学家扩大为"广义的鸳鸯蝴蝶派"，实际上也就是民国通俗小说派。

鸳鸯蝴蝶派与同时期的"南社"不同，既没有组织，也没有纲领，而是一个在思想倾向和艺术风格上大体相同或相近的小说流派，连"鸳鸯蝴蝶派"这一招牌也是别人强加给它的。然而客观地说，鸳鸯蝴蝶派确实是一个产生过巨大影响的小说流派。在"五四"以前的近二十年间，它几乎独占了中国文坛；在"五四"以后的三十年间，虽然产生了新文学，但新文学只是表面上风光，而鸳鸯蝴蝶派却一派兴旺发达景象。我对"广义的鸳鸯蝴蝶派"做过不完全的统计：该派作家达数百人，较著名者有一百余人，所办刊物、小报和大报副刊仅在上海就有三百四十种，所著中长篇小说两千多种，至于短篇小说、笔记等更难以计数。在此前的中国文学史上，还没有哪个文学流派有过如此宏大的规模，产生过如此巨大的影响。

鸳鸯蝴蝶派由于规模宏大，又处在历史的一个巨变时期，其成于 1931 年 7 月 27 日、8 月 3 日《文艺新闻》第 20、21 期）。言情小说由大团圆结局到悲剧结局的确是一个大进步，因为前者是回避封建包办婚姻礼制，而后者是控诉封建包办婚姻礼制。而这一进步的开创者是曹雪芹和高鹗，他们在《红楼梦》里所写的婚姻差不多都是悲剧。因此胡适称赞《红楼梦》不仅把一个个人物"都写作悲剧的下场"，而且最后"作一个大悲剧的结束，打破了中国小说的团圆迷信"（《〈红楼梦〉考证》，见 1923 年亚东图书馆版《胡适文存》）。可见鸳鸯蝴蝶派的言情小说在一定程度上继承了《红楼梦》开创的爱情婚姻悲剧模式，因而具有相当的反封建意义。我们可以徐枕亚的《玉梨魂》为例加以说明，因为该小说被新文学家指为鸳鸯蝴蝶派的代表性作品。

《玉梨魂》的故事很简单——清末宣统年间，小学教员何梦霞与年轻寡妇白梨影相爱，但两人均认为他们的这种行为是不道德的。为了得到感情的解脱，白梨影想出个"移花接木"的办法，即撮合何梦霞与自己的小姑崔筠倩订了婚。然而何梦霞既不能移情于崔筠倩，白梨影也无法忘情于何梦霞，结果造成了一连串的悲剧——白梨影在爱情与道德的激烈冲突下郁郁而死；崔筠倩因得不到何梦霞之爱而离开了人世；白梨影的公公因感伤女儿、儿媳之死而一病身亡；白梨影的十岁儿子鹏郎成了孤儿。何梦霞为排遣苦闷，先赴日本留学，继又回国参加了辛亥武昌起义（即辛亥革命），壮烈牺牲。

《玉梨魂》不仅描写了一个爱情婚姻悲剧，而且不同于一般的爱情婚姻悲剧。一般的爱情婚姻悲剧都是由封建势力造成的，即由包办婚姻造成的；而《玉梨魂》所写的爱情婚姻悲剧，其原因却是何梦霞和白梨影自身的封建道德。他们既渴望获得恋爱自由和婚姻自主的权利，又不能摆脱封建道德和封建礼教的束缚，两者激烈冲突，造成三死一孤的惨剧。从而揭露了封建道德和封建礼教的影响力是多么巨大，它已深入人们的骨髓，使其不能自拔。因此，它的反封建意义比一般的爱情婚姻悲剧更为深刻。

其实，新文学阵营也不是铁板一块，虽然大多数新文学家对鸳鸯蝴蝶派全盘否定，但也有少数新文学家态度比较客观，他们对鸳鸯蝴蝶派也给予一定的肯定。鲁迅是其中最突出的一位，他不仅认为某些鸳鸯蝴蝶派的悲剧言情小说是"一大进步"，而且不同意某些新文学家对鸳鸯蝴蝶派消极影响的夸大其词。他说：

> 至于说他流毒中国的青年，那似乎是过虑。倘有人能为这类小说所害，则即使没有这类东西也还是废物，无从挽救的。与社会，尤其不相干，气类相同的鼓词和唱本，国内非常多，品格也相像，所以这些作品也再不能"火上添油"，使中国人堕落得更厉害了。
>
> ——《关于〈小说世界〉》，载《晨报副刊》
> 1923 年 1 月 15 日

这种客观的观点与前述周作人无限夸大鸳鸯蝴蝶派作品能使国民生活陷入"完全动物的状态"乃至"非动物的状态"的观点形成了鲜明对比。当抗日战争爆发后，鲁迅更提倡文学界的抗日统一战线，主张团结鸳鸯蝴蝶派一起抗日。他说：

> 我以为文艺家在抗日问题上的联合是无条件的，只要他不是汉奸，愿意或赞成抗日，则不论叫哥哥妹妹，之乎者也，或鸳鸯蝴蝶都无妨。但在文学问题上我们仍可以互相批判。
>
> ——《答徐懋庸并关于抗日统一战线问题》，
> 载《作家》月刊第 1 卷第 5 期

鲁迅不仅提倡团结鸳鸯蝴蝶派一起抗日，而且主张新文学派与鸳鸯蝴蝶派在文学问题上"互相批判"，这种平等对待鸳鸯蝴蝶派的度量，也与那些视鸳鸯蝴蝶派如寇仇，必欲置诸死地而后快的新文学家形成了鲜明对比。

对鸳鸯蝴蝶派给予肯定的不只鲁迅，还有朱自清和茅盾。朱自清认为供人娱乐是中国传统小说的特点，因此不赞成将"消遣"作为罪状来批判鸳鸯蝴蝶派小说。他说：

在中国文学的传统里，小说……更是小道中的小道，就因为是消遣的，不严肃。不严肃也就是不正经，小说通常称为"闲书"，不是正经书。……鸳鸯蝴蝶派的小说意在供人们茶余酒后的消遣，倒是中国小说的正宗。

——《论严肃》，载《中国作家》创刊号

茅盾也承认鸳鸯蝴蝶派小说也"写家庭冲突，甚至写劳动人民的悲惨生活"。他还从艺术性方面对鸳鸯蝴蝶派小说给予一定肯定。他认为鸳鸯蝴蝶派的有些长篇小说"采用西洋小说的布局法"，如倒叙法、补叙法，以及人物出场免去套语、故事叙述"戛然收住"等等，这一切是对"旧章回体小说布局法的革命"。还认为鸳鸯蝴蝶派的有些短篇小说学习了西洋短篇小说"截取一段人生来描写，而人生的全体因之以见"的方法："叙述一段人事，可以无头无尾；出场一个人物，可以不细叙家世；书中人物可以只有一人；书中情节可以简至只是一段回忆。……能够学到这一层的，比起一头死钻在旧章回体小说的圈子里的人，自然要高出几倍。"（《自然主义与中国现代小说》，载 1922 年 7 月 10 日

《小说月报》第 13 卷第 7 号）

鲁迅、朱自清、茅盾毕竟属于新文学派，因此他们对鸳鸯蝴蝶派的肯定是有限的。我们应该摆脱成见与束缚，从中国文学史的角度，对鸳鸯蝴蝶派做出客观公正的评价。

三、如何看待冯玉奇的小说

我们澄清了以上有关鸳鸯蝴蝶派的三个问题，等于为介绍冯玉奇的小说提供了一个坐标，也等于为读者提供了一把参照标尺。读者用这把标尺，就可自行评判冯玉奇的小说了。

冯玉奇于 1918 年左右生于浙江慈溪，笔名左明生、海上先觉楼、先觉楼，曾署名慈水冯玉奇、四明冯玉奇、海上冯玉奇。据说他毕业于浙江大学（一说复旦大学）。1937 年九一八事变后寄居上海，感山河破碎，国事蜩螗，开始写作小说以抒怀。其处女作为《解语花》，由上海春明书店出版。出版后旋即由东方书场改编为同名话剧，演出后轰动一时。那时他才十九岁。由此一发而不可收，至 1949 年 7 月《花落谁家》出版，在短短十来年时间里，他创作的小说竟达一百九十多种，平均每年近二十种，总篇幅应该不少于三千万字，只能用"神速"来形容。这时他只有三十一岁。近现代文学史料专家魏绍昌先生（已去世）所编《鸳鸯蝴蝶派研究资料（史料部分）》（上海文艺出版社 1962 年 10 月出版）开列的《冯玉奇作品》目录只有一百七十二种，也有遗珠之憾。不过我们从这一目录中仍可确定冯玉奇是一位以写言情小说为主的通俗小说作家，因为在一百七十二种小说中，言情小说占有一百二十二种，其他小说只有五十种：社会小说三十四种、武侠小说十四种、侦探小说两种。

冯玉奇不仅是一位写作神速且极为多产的通俗小说作家，还是一位热心的剧作家和剧务工作者。早在他二十六岁（1944 年）

时，就担任了越剧名伶袁雪芬的雪声剧团的剧务，并为之创作了《雁南归》《红粉金戈》《太平天国》《有情人》《孝女复仇》五大剧本，演出效果全都甚佳。在他二十七到二十八岁（1945～1946）时，又与他人合作，前后为全香剧团和天红剧团编导了《小妹妹》《遗产恨》《飘零泪》《义薄云天》《流亡曲》等二十多个剧本，演出效果同样甚佳。可见冯玉奇至少写过十几个剧本。

冯玉奇一生所写的小说和剧本总计不下两百五十种，总篇幅可能达到四千万字以上，是名副其实的"著作等身"，是当之无愧的中国最多产的作家，号称多产的同派小说家张恨水也难望其项背。当时的文学作品已是一种特殊商品，冯玉奇的小说如此畅销，其剧本演出又如此轰动，这足可以证明其受人欢迎，这就是读者和观众对冯玉奇的评价，它比专家的评价更为准确，也更为重要。遗憾的是，我们无法看到他的剧作和三十岁以后的作品，也不知其晚景如何，卒于何年。

从冯玉奇的生活年代和创作时段来看，他显然是鸳鸯蝴蝶派的后起之秀，所以尽管他作品如此之多，影响如此之大，而同派的老前辈却很少提到他，这也是"文人相轻"的表现之一。

按说要介绍冯玉奇的小说，应该将其全部小说阅读一遍，但我没有这么多时间，也没有这么大精力，因而只向中国文史出版社借阅了《舞宫春艳》《小红楼》《百合花开》三种，全都是言情小说。因此我只能以这三种言情小说为例加以介绍，这可能会犯以偏概全的错误，因此只能供读者参考。

《舞宫春艳》写了两个纠缠在一起的爱情婚姻悲剧故事：苏州富家子秦可玉自幼与邻居豆腐坊之女李慧娟相恋，由于门第悬殊，秦可玉被其父禁锢，二人难圆成婚之梦。不幸李慧娟生下了一个私生女鹃儿，只好遗弃，自己则郁郁而死。鹃儿被无赖李三子收养，长大后卖到上海做伴舞女郎，改名卷耳。中学生唐小棣

249

先是爱上了姑夫秦可玉家的婢女叶小红，不料叶小红失踪，于是移情于卷耳，但无钱为卷耳赎身，两人感到婚姻无望，于是双双吞鸦片自尽。

《小红楼》的故事紧接《舞宫春艳》：曾经被唐小棣爱过的叶小红的失踪，原来也是被无赖李三子拐卖为伴舞女郎，小棣、卷耳自杀后，小红才被救了回来，并被秦可玉认为义女。经苏雨田介绍，与辛石秋相识相恋而订婚。同时石秋的姨表妹巢爱吾也爱石秋，但石秋既与小红订婚在先，便毅然与小红结婚。爱吾为了摆脱难堪的地位，离家出走，下落不明。石秋奉父命赴北平探望二哥雁秋，在火车站被人诬陷私带军火，被军人押到司令部。可巧爱吾此时已成为张司令的干女儿兼秘书，便设法救了石秋一命。但张司令强迫石秋与爱吾结婚，二人既不敢违命，又固守道德，便以假夫妻应付。后来石秋回到家里，终于与小红团聚。

《百合花开》写了两个紧密相关的爱情婚姻故事：二十岁的寡妇花如兰同时被四十二岁的教育家盖季常和十八岁的革命青年盖雨龙叔侄俩所爱，而盖季常的十六岁侄女盖云仙又同时被三十六岁的银行家杨如仁和十九岁的革命青年杨梦花父子俩所爱。经过许多曲折后，终于两位长辈让步，盖雨龙与花如兰、杨梦花与盖云仙同场结婚。

由以上简单介绍可知，冯玉奇的这三种小说共写了五个爱情婚姻故事，其中两个是悲剧结局，三个是有情人终成眷属。这正如鲁迅所说："有时因为严亲，或者因为薄命，也竟至于偶见悲剧的结局……这实在不能不说是一个大进步。"其次，这三种小说的五个爱情婚姻故事，倒有四个是三角爱情婚姻故事，但它们的情况并不雷同。唐小棣、叶小红、卷耳的三角恋是一男爱二女，辛石秋、叶小红、巢爱吾的三角恋是两女爱一男，而盖季常、盖雨龙、花如兰和杨如仁、杨梦花、盖云仙的三角恋更为异想天开，竟然都是两辈嫡亲男人（叔侄、父子）同爱一个女子。

可见冯玉奇极有编故事的才能，从而使作品更具吸引力和娱乐性。又次，这三种言情小说的描写极为干净，没有任何色情描写。除了秦可玉与李慧娟有私生女外，其他人都非礼勿言，非礼勿行。如辛石秋与叶小红因婚礼当天石秋之母去世，为了守孝，新婚夫妻在百日之内没有圆房。而辛石秋与姨表妹巢爱吾为了对得起叶小红，虽被张司令强迫成亲，却只做了几天假夫妻。

从表现形式和艺术手法来看，我觉得冯玉奇的小说与当时新文学的新小说都受了西洋小说的影响，基本相同。譬如：两者都突破了传统小说书名的套路，不拘一格，尤其采用了一字书名和二字书名，如冯玉奇有《罪》《孽》《恨》《血》和《歧途》《逃婚》《情奔》等；而巴金有《家》《春》《秋》，茅盾有《幻灭》《动摇》《追求》。两者的对话方式也突破了传统小说的套路，灵活自如：对话既可置于说话者之后，也可置于说话者之前，还可将说话者夹在两句或两段话之间。至于小说的结构法、叙述法与描写法，更是差不多的。譬如人物描写不再是"沉鱼落雁""闭月羞花""倾国倾城"之类的千人一面，景物描写也不再是"落红满地""绿柳成荫""玉兔东升"之类的千篇一律，而加以具体描绘。这里随便举一个例子：

> 小红坐在窗旁，手托香腮，望着窗外院子里放有一缸残荷，风吹枯叶，瑟瑟作响。墙角旁几株梧桐，巍然而立。下面花坞上满种着秋海棠，正在发花，绿叶红筋，临风生姿，可惜艳而无香，但点缀秋色，也颇令人爱而忘倦。

这是《小红楼》对莲花庵一角的景物描绘，虽然算不上十分精彩，但作者通过小红的眼睛描绘了院中的三样东西——风吹作响的"枯荷"、巍然挺立的"梧桐"、正在开花的"海棠"，从而衬托出莲花庵幽静的环境，曲折地表明了时在秋季。频繁使用巧合手法是冯玉奇小说的显著特点，可以说把所谓"无巧不成书"用到了极致。巧合手法有助于编织故事，缩短篇幅，增加作品的吸引力等，但使用过多则时有破绽，有损于作品的真实性。冯玉奇的某些小说也采用了章回体，但只是标题用"第×回"和对偶句，"却说""且听下回分解"之类的套语已不再经常出现，因此并非章回体的完全照搬。况且章回体并非劣等小说的标志，它在我国小说史上发挥过巨大作用，产生过杰出的四大古典小说。因此用章回体来贬低冯玉奇的小说，也是毫无道理的。

冯玉奇的小说也有明显的缺点。它们与其他鸳鸯蝴蝶派小说一样，主要注重小说的娱乐性，而忽视小说的社会性和艺术性，因此没有产生杰出的作品。他是南方人而小说采用北方话，加之写作速度太快，无暇深思熟虑，导致语言不够流畅，用词不够准确，还有许多错别字和语病。还有使用"巧合"法太多，有时破绽明显，这里不再举例。

总而言之，冯玉奇既不是"黄色"和"反动"小说家，也不是杰出小说家，而是一位勤奋多产、有益无害的通俗小说家，他应在中国小说史尤其是中国现代小说中占有一席之地。

2017 年 6 月 4 日于北京蜗居

图书在版编目（CIP）数据

劫泪缘／冯玉奇著. — 北京：中国文史出版社，
2018.3

（民国通俗小说典藏文库·冯玉奇卷）

ISBN 978 - 7 - 5205 - 0048 - 7

Ⅰ. ①劫… Ⅱ. ①冯… Ⅲ. ①长篇小说 - 中国 - 现代
Ⅳ. ①I246.5

中国版本图书馆 CIP 数据核字（2018）第 010291 号

点　　校：高　姗
责任编辑：蔡晓欧

出版发行：**中国文史出版社**

社　　址：北京市西城区太平桥大街 23 号　邮编：100811
电　　话：010 - 66173572　66168268　66192736（发行部）
传　　真：010 - 66192703
印　　装：廊坊市海涛印刷有限公司
经　　销：全国新华书店
开　　本：720×1020　1/16
印　　张：16.25　　字数：198 千字
版　　次：2018 年 9 月第 1 版
印　　次：2018 年 9 月第 1 次印刷
定　　价：49.80 元